MW01366327

COLLECTION FOLIO

Henry de Montherlant

*de l'Académie française*

LES JEUNES FILLES

# Les lépreuses

Gallimard

Ce volume est le QUATRIÈME
d'une série intitulée LES JEUNES FILLES

*Cette série doit être lue*
*dans l'ordre suivant :*

# PREMIÈRE PARTIE

# I

Si les morts, dans l'au-delà, n'étaient pas captivés entièrement par des intrigues de préséance (*idem* des Esprits célestes : les Trônes qui se poussent pour devenir des Dominations, etc.), feu M. Dandillot se fût tortillé ferme en cet octobre 1927. Depuis le retour d'Étretat, on s'occupait à tout changer dans l'appartement des Dandillot, et il ne s'agissait presque jamais que de contrarier les goûts du disparu. C'était surtout sa chambre et son bureau qu'on voulait qui fissent peau neuve, — ce bureau où, surprenant un jour sa femme à « toucher à quelque chose », M. Dandillot lui avait dit : « Ici, vous n'êtes que tolérée. » Trois mois après son mariage, Mme Dandillot n'avait pas encore dépaqueté ses affaires personnelles, pensant qu'elle ne resterait pas, qu'elle retournerait chez ses parents; et le jour où elle se résigna, elle les avait moins mêlées qu'ajoutées à celles de son mari. C'était maintenant au tour des affaires de M. Dandillot d'être retirées de la communauté. On avait même mis au feu ses dossiers sportifs et ses photos d'athlètes (encore que Mme Dandillot eût au sport une certaine gratitude, convaincue que la culture physique avait hâté de dix ans la mort du défunt). Sur les murs, le sobre papier gris avait été remplacé par un papier rose dont le motif était un couple de rossignols. M. Dandillot étant antichrétien, la cheminée portait maintenant une Vierge, flanquée, « pour corriger cette austérité », d'un pastel représentant du mimosa, d'un fusain représentant un king-charles, œuvres de Mme Dandillot jeune fille, et d'une « jolie chose » détachée de *L'Illustration* et encadrée : *Exquisités*, — une femme dans de la mousseline, signée Domergue. Et des Sacrés-Cœurs, des calvaires, des « cachets » de première communion : Jésus-Christ était partout à l'honneur chez ces gens prêts au mariage civil, au divorce et à l'avortement. Sans parler de beaucoup d'autres objets plus ou moins infâmes, cadeaux pour la plupart, car on avait dans cette maison tellement peu de personnalité que l'on conservait en bonne place tous les objets qui vous avaient été offerts. Ainsi le littérateur français, invité au Maroc, vous avoue que ce voyage ne lui fait nulle envie, mais qu'il ira quand même, parce qu' « il aime bien les voyages payés ». Faire quelque chose dont on n'a pas envie, parce qu'on peut le faire gratis, utiliser un objet dont on n'a pas le goût, parce qu'on l'a eu pour rien, et cela quand on est dans la grande aisance : signe caractéristique — et qui ne trompe jamais — de l'individu de médiocre qualité.

Solange Dandillot était revenue de Gênes avec le fer au flanc. Gênes aurait dû être une circonstance décisive. Qu'en était-il né? Rien. Et lui, maintenant, hors de portée, et pour combien de temps? Un homme qui vient de recevoir un coup dur et aurait besoin de réfléchir à mille choses importantes et urgentes, il arrive qu'il se jette dans n'importe quoi de machinal : il recoudrait des boutons ou cirerait ses chaussures, pour ne pas penser. Ainsi Solange rangeait, rangeait, « finissant » une vieille robe, gantée pour se préserver les mains (mais cela faisait comme si elle ne voulait pas toucher à ce qui avait appartenu à son père), cramponnée à sa besogne, qu'elle compliquait d'ailleurs incroyablement, selon la pente du génie d'Ève; à la fois méticuleuse, tatillonne et désordonnée, selon ce même génie. Outre la distraction qu'elle éprouvait à ranger, elle éprouvait cette espèce de volupté qu'il y a, quand on détruit en rangeant, à voir le vide prendre la place des objets, — volupté d'ordre intellectuel, nous semble-t-il. Cette furie de rangement. Encore plus! Encore plus! Attaquons encore ce coin-là! Réduisant des secteurs de vieilleries avec la passion d'un chef de guerre réduisant un îlot d'ennemis. Et le soir, de tension, cernes aux yeux comme après la nuit blanche, mais avec une paix de la conscience qu'il est rare qu'on ressente après avoir accompli un acte de bien, ou un haut et dur devoir. Certaines femmes, c'est bon signe quand elles rangent : cela veut dire que, guérissant d'une crise, elles recommencent à aimer leur foyer. D'autres, au contraire, c'est qu'elles ont besoin de se fuir dans un travail idiot. Solange appréhendait le jour où tout serait en ordre à la maison. Pour reculer ce jour, étirer sa tâche, elle s'inventa des courses ménagères ici et là; elle sortait, puis rentrait pour ressortir : toutefois plus serrée de bourse qu'avant le séjour à Gênes, comme si quelque chose en elle s'était un peu contracté. Enfin, de nature végétative, elle avait toujours dormi beaucoup; mais à présent, couchée et la lumière éteinte, à neuf heures. — Avec tout cela, la place concrète occupée par M. Dandillot dans ce logis ne cessait de rétrécir, tant qu'enfin, de tout ce que cet homme avait tissu autour de lui durant soixante années, il ne resta plus que la valeur d'une petite caisse, qu'on relégua au grenier : ainsi d'un corps incinéré il ne reste qu'une poignée d'ossements. Si le mort prend le vif, dit-on, le vif le lui rend bien.

Solange participait à cette œuvre faite contre son père avec beaucoup d'inconscience, et un peu de conscience. Diminuant matériellement la trace de son père, il ne lui échappait pas qu'elle diminuait par là sa trace morale. La femme veut diminuer l'homme mort comme elle l'a diminué vivant. Un homme a été un esprit libre : une mère, une sœur, une épouse monte sur sa tombe, et s'acharne à prouver qu'il était « chrétien sans le savoir ».

Quand Solange reçut la première lettre de Costals, où il se plaignait qu'il fît mauvais temps à Gênes, parlait en termes pathétiques de sa solitude, et, sans dire de façon précise que Solange lui manquait, évoquait sa présence avec une pointe de nostalgie, elle eut un sentiment qu'elle n'avait jamais éprouvé : elle fut assez contente qu'il ne parût pas heureux. Elle était à mille lieues de se douter que Costals, à Gênes, entre son travail et ses aventures féminines, était heureux comme un roi. S'il avait pris le ton un peu pathétique, c'est qu'il ne voulait pas, la devinant insatisfaite, qu'elle le crût satisfait. A la fois par charité, et parce qu'il faisait souvent, comme les Athéniens d'autrefois, des sacrifices sur l'autel de l'Envie. Solange lui répondit en termes consolateurs, avec une nuance de protection; il était question de « goût de cendre dans la bouche »; la pitié que les hommes ressentent pour les femmes a pour pendant la pitié que les femmes voudraient ressentir pour eux. Costals pouffa quand il lut ce lieu commun de midinette. C'était la salive de M^lle^ Bevilacqua dont il avait le goût dans la bouche.

Elle pensait à lui, à présent, avec un filet d'aigreur. Son élan était brisé, corrompues la spontanéité et l'intégrité de son don. Dans son langage, toujours rudimentaire, elle ne voulait plus, disait-elle, « se fier aux apparences ». Elle lui fit attendre deux jours sa réponse, exprès : n'avoir pas l'air trop empressé... Peut-être aussi, depuis qu'elle vivait seule avec sa mère, était-elle un peu moins nette moralement.

Homme, femme, enfant, on se gâte toujours à ne vivre qu'avec des femmes.

L'auteur s'arrête... Décrire des médiocres, le cafard finit par vous en venir. « Et maintenant, madame Baudoche, à la cuisine! » s'écriait Barrès, excédé du personnage principal de son roman. Si encore ces deux femmes Dandillot étaient suffisamment poussées dans tel sens de la médiocrité, pour qu'on pût faire d'elles une caricature! Mais elles échappent même à la caricature; et d'ailleurs à la caricature nous préférons la photographie. Costals l'avait souvent pensé : une jeune fille, pour un écrivain, quel triste, quel pitoyable sujet! Certes, son corps et son visage, s'ils sont beaux, sont à cet âge au comble de leur beauté. Mais là-dessous!... « Pour les faire entrer dans son œuvre, voyez le traitement que Shakespeare est obligé de leur faire subir. Il les refait. Il les invente. Il se force à rêver sur elles. Il faut rêver la jeune fille pour la rendre possible dans l'œuvre poétique. Byron l'avoue de la façon la plus nette [1]. Et la Béatrice de Dante est la Théologie. Quand l'écrivain ne transfigure pas la jeune fille telle qu'elle est, il la rate. Molière rate les siennes... Balzac rate les siennes... »

L'auteur n'a pas voulu transfigurer M^lle^ Dandillot. Ratée? Telle que nature, en tout cas. Si elle ennuie le lecteur, c'est donc que l'auteur l'a reproduite avec fidélité, puisqu'elle était ennuyeuse naturellement.

Un dimanche de novembre, comme elles s'apprêtaient à « se débarrasser » de la messe d'onze heures,

1. « J'ai toujours eu un grand mépris pour les femmes. Je n'ai pas formé légèrement mon opinion sur elles, mais par l'expérience. Mes écrits, il est vrai, tendent à exalter leur sexe; mon imagination s'est toujours plu à les revêtir du *beau idéal*. Mais je n'ai fait que les dessiner telles qu'elles devraient être » (dans les propos recueillis par Medwyn).

Mme Dandillot fixa sa fille : « Pourquoi mets-tu des kilos de poudre comme cela? » — « Pas plus que d'habitude. » — « Mais si, ma petite, regarde-toi, tu as l'air d'un Pierrot. » Solange enleva la poudre avec son mouchoir. Son visage restait blême. Mme Dandillot se rembrunit.

Quelques jours plus tard, accoudée à une table, Solange remarqua que son bracelet-montre avait glissé, le long de son avant-bras, deux ou trois centimètres plus bas qu'il ne descendait d'habitude. Alors seulement elle s'expliqua la sensation qu'elle éprouvait depuis un certain temps, que ses mains nageaient dans ses gants. Elle ne dit rien : elle avait honte. Mais peu après Mme Dandillot vit clair, et un flacon de fortifiant apparut sur la table de la salle à manger. Le foyer Dandillot devint ainsi plus représentatif encore : dans les armes parlantes de la bourgeoisie figure une boîte de spécialité pharmaceutique. (Ils ont besoin d'un médecin pour leur dire de moins manger. Ils ont besoin d'un médecin pour leurs « cures de silence ». Ils consultent le médecin s'ils prennent du ventre. Ils consultent le médecin si leur gosse se touche.) Solange acheta aussi du rouge. Et elle changea de coiffure, parce que l'ancienne « faisait » très jeune fille, et que le genre jeune fille, avec ses traits tirés, lui donnait l'air d'une vierge prolongée, tandis que la nouvelle faisait jeune femme, et une jeune femme a le droit de n'être plus très fraîche.

Les lettres de Costals arrivaient, deux par semaine, toujours pleines de tendresses. « Mais est-il sincère? » se demandait notre néophyte de la méfiance. Elle avait un certain mal à répondre à ces lettres. S'exprimant avec gaucherie quand il y avait en elle le plus d'élan, on devine ce que cela pouvait être quand son élan était tombé. « Vous avez emporté toute une partie de mon être, un moi pas très ancien, que vous aviez créé, qui avait pris une place dominante, et qui, absent, laisse un grand vide... » Cela était exact, mais elle gardait l'esprit trop libre pour ne finir pas par un peu de littérature : « ... comme dans une maison, l'enfant parti, on se retrouve seul, le soir. » Ou bien encore : « Mon lapin de peluche vous attend, toujours le même, avec les boutons de bottine qui lui servent d'yeux et une oreille qui retombe comme un saule pleureur. » Parfait, mais elle ajoutait ce qui suit, invention pure, destiné, semble-t-il, à titiller la corde sentimentale et le côté satyre de Costals, toujours prêts à s'émouvoir si elle évoquait son enfance : « Je l'ai emporté dans mes bras et l'ai déposé sur mon oreiller, comme lorsque j'étais petite fille, il n'y a pas si longtemps. » (Jusqu'à cinquante ans, toute femme cherche à faire croire qu'elle est une petite fille; il n'y a pas une femme sur cent qui n'ait dit une fois au moins à un homme : « Vous savez bien que je suis une petite fille. ») La première lettre de Gênes, Solange avait attendu pour y répondre, par manège; à présent, c'est parce que ces réponses étaient presque des corvées, qu'elle remettait souvent pendant plusieurs jours de les écrire. Mlle Dandillot faisait mentir ce cliché, qu'une femme s'attache davantage à un homme dont elle a souffert, et cet autre cliché, que la femme demande à l'homme qu'elle aime qu'il lui cède dans les petites choses, et lui résiste dans les grandes. Au vrai, chaque être a une certaine capacité d'aimer, de haïr, de souffrir, de s'appliquer, d'attendre. Solange avait lancé à Gênes la plus longue lame de son amour. Cet amour se retirait insensiblement, comme les marées.

Comment s'expliquer que, dans ces conditions, elle n'ait pas renoncé à son projet? Essayons. C'était une fille qui, jusqu'à vingt-trois ans, avait peu désiré, et n'avait jamais eu à vouloir. Mais voici qu'elle veut quelque chose, et on dirait que toute cette volonté inemployée fait bloc et attaque en une seule fois : ah!

je n'ai pas de volonté! eh bien, on va voir ça! Son manque de désir en tout prend une énorme revanche. Elle met autant d'acharnement à s'accrocher à ce mariage, qu'il lui faut de docilité et qu'elle a dû subir de procédés « impossibles » pour retenir l'homme qui est le maître de son destin. Elle s'est embringuée. L'entêtement n'est pas si éloigné de l'aboulie : les êtres de volonté faible sont aussi lents à s'arrêter qu'ils ont été lents à se mettre en branle. Et puis, il y a le chimérisme féminin. Quoi de plus différent, au départ, qu'une Andrée Hacquebaut et une Solange Dandillot? Pourtant elles en arrivent l'une et l'autre au même point : à croire que l'obstination a raison de tout. C'est que l'obstination est l'aveugle et grossière opposition du moi à une réalité qu'il échoue à mesurer; et cette opposition est chose féminine. On parle des maladies de la volonté. La volonté elle aussi, quelquefois, est une maladie.

Et enfin, au delà de toutes ces raisons, l'acharnement de ces deux femmes à vouloir quelque chose qui d'évidence était si hasardé, reste incompréhensible. Mais pourquoi écrirait-on des romans, si ce n'est pour montrer les adultes tels qu'ils sont (et tels que les voient les enfants), c'est-à-dire arbitraires et incompréhensibles? Les intrigues des femmes pour marier ou se marier sont d'ordinaire le fruit de l'intérêt, de l'ambition, etc. : elles peuvent l'être, simplement, de la bêtise, et c'était peut-être le cas ici. — Mais quelle trahison à l'égard de la vie, que vouloir à tête perdue ce mariage sans amour!

Solange ne souffrait pas d'amour meurtri, elle souffrait d'un échec, et de cette incertitude dont les femmes souffrent beaucoup plus que les hommes. Son dépit avait parfois une flamme d'agressivité un peu sournoise : le taureau de combat est dangereux surtout à la fin de la course, lorsqu'il a été blessé. Le jour où Costals lui écrivit une lettre enthousiaste sur la beauté des Italiennes (dans le temps qu'elle se fanait), elle se sentit démunie de n'avoir pas elle aussi une vie privée, un passé qui pût lui servir d'arme contre lui. Ayant lu sur notre homme un article désagréable, elle le lui envoya avec délices. Elle avait besoin, à la fois, de le retenir et de le punir.

A la mi-novembre, Costals annonça son retour pour le 25. Dans la lettre suivante il ajournait ce retour, sans en préciser la date. Solange accueillit la lettre avec calme, mais peu après, ayant aperçu sa machine à écrire, elle eut des larmes : elle était à ce moment indisposée, et son imagination était toujours plus sensible dans ces moments-là, comme chez ces gens du peuple qui se mettent à faire des vers quand ils sont malades. Cette machine à écrire avait été achetée trois mois auparavant. Convaincue qu'elle « taperait » les manuscrits de Costals quand elle serait sa femme, elle avait voulu apprendre à dactylographier. Au retour de Gênes, la machine avait été reléguée dans un coin.

Exaspérée de connaître qu'il n'avait pas besoin d'elle, elle en venait à se demander s'il n'avait pas annoncé faussement son retour, dans le seul but de lui faire sentir, en l'ajournant ensuite, combien il se suffisait. Et pour voir aussi jusqu'à quel point elle marcherait. N'y aurait-il donc pas un jour où ce serait elle qui mènerait le jeu? Qu'il serait tentant, si jamais il faisait le premier pas, d'en faire un en arrière, et de le manœuvrer un peu!

Elle avait souvent la sensation qu'elle n'avait plus aucun sentiment; il lui semblait n'exister plus, puisqu'on ne s'occupait pas d'elle : scènes, dédains, offenses, tout eût mieux valu que ce néant. Elle restait davantage encore silencieuse, ou ne finissait pas ses phrases, comme si parler avait été une dépense de force inutile, et elle ne voulait plus voir personne, sursautant et même pâlissant un peu aux coups de sonnette.

— Je sais bien pourquoi je ne veux plus sortir de ma coquille. Non! Non! les relations avec les gens sont trop difficiles! Cela use trop. Penser que, même avec ceux qu'on aime le plus, tout est toujours à recommencer...

« Il y a moi, ma petite, tu le sais bien », avait répondu Mme Dandillot. Solange dut penser : « Les parents, ce n'est pas la même chose... »

Les efforts de Mme Dandillot pour l'intéresser à des conférences, à un groupement politique, se heurtaient à des : « Pour quoi faire? » « Toujours compliquer sa vie! », etc. Et il était vrai que le moindre petit acte à accomplir faisait le vide dans son cerveau, comme une machine pneumatique : ranger une armoire, débrouiller une peloton de fil, étaient choses qui l'*occupaient* complètement. Son écriture se dilua : elle gribouillait les fins de mots, sautait les accents et la ponctuation. La présence de la femme de chambre l'exaspérait, comme si elle la détournait de son obsession et de sa rumination, et parce que cette présence lui faisait imaginer des ordres à donner, auxquels elle n'eût pas pensé s'il avait fallu sonner, et qu'elle ne savait pas donner des ordres sans explications et sans verbiage. Ses lèvres étaient sèches, son haleine n'était pas bonne. Enfin elle eut deux furoncles à une fesse, puis un autre, à la cuisse. Toujours le froid l'avait stupéfiée; son caractère changeait, l'hiver; mais, son ton vital ayant baissé, combien davantage maintenant! Assise de biais sur le radiateur, la fesse malade en l'air, auprès de *Madame Vigée-Lebrun et sa fille* (les deux chattes, toujours dormant enlacées), elles aussi sur le radiateur, elle tricotait pendant des heures des chandails pour une œuvre (Costals avait refusé avec indignation qu'elle lui en tricotât un), moins par intérêt à confectionner des vêtements, ou par sympathie pour les pauvres, que pour l'espèce de distraction que lui causait le maniement des aiguilles. Alors si absorbée qu'elle n'entendait pas que Mme Dandillot lui parlait, ou ne comprenait pas. A son avant-bras, le bracelet-montre n'avait pas monté, malgré les fortifiants. Sur les veines de son poignet, dont Costals lui avait dit un jour qu'il les aimait, elle arrêtait les yeux quelquefois, comme pour s'assurer avec étonnement qu'il y avait toujours en elle quelque chose qu'il avait aimé.

A Gênes, Costals écrivait le roman où il faisait passer Solange. (Sentant toutes ces choses comme il les sentait, il fût devenu fou s'il ne les avait pas écrites, et sur le moment.) Tout ce qu'il mettait d'elle dans ce roman, il le lui retirait : voilà une prise plus forte que la prise charnelle. Le jour où il traça la barre finale, Solange ne mourut pas, vidée, mais, à table, elle sentit dans sa bouche quelque chose de dur, et cueillit entre ses doigts la couronne d'une dent qui s'était cassée : de faiblesse, elle se décalcifiait. « Madame de Chateaubriand, à qui je faisais cracher le sang à volonté... » (Chateaubriand, *Mémoires d'Outre-Tombe.*)

Costals annonça son retour pour le 2 janvier, date choisie afin de « couper » aux visites du jour de l'an, et prit rendez-vous avec Solange pour le 3. Mais, à Paris, il trouva une lettre de Mme Dandillot. Elle désirait le voir d'urgence, avant qu'il n'eût rencontré Solange.

Aussi une lettre d'Andrée Hacquebaut, qu'il n'ouvrit pas, mais rangea. Il avait un classeur pour les lettres qu'il conservait sans les avoir lues. Et un classeur pour les lettres où l'expéditrice avait marqué : « A détruire. »

II

ANDRÉE HACQUEBAUT
*Saint-Léonard (Loiret)*

A PIERRE COSTALS
*Paris.*

*30 décembre 1927.*

Je boude depuis six mois. Il me faut bien vous en informer, puisque vous ne me faites pas l'honneur de vous en apercevoir : vous dédaignez jusqu'à mon indifférence. Mais je ne peux pas laisser passer cette date sans vous souhaiter une heureuse année, Costals. Est-ce manque de dignité que vous récrire, après six mois de silence, puisque je ne vous demande plus rien? Vous m'avez *saignée* de mon amour, il n'y a pas d'autre mot. Vous ne saurez jamais ce que vous avez refusé : j'en aurais fait l'Amour, — une chose pleine, ronde, compacte, brillante, comme un pain, comme un gâteau. Mais ne revenons pas là-dessus.

Je vous écris. La porte de l'armoire à glace où je range tout ce qui vous concerne étant ouverte, je suis comme dans une petite, toute petite chambre, en face de vous seul. On voit à peine clair, à cause du temps sombre. Il était dit que ce serait un dimanche que je me remettrais à vous écrire. Tout prend une telle acuité de tristesse, à Saint-Léonard, un dimanche de pluie. Que de dimanches pleurés derrière ma fenêtre!

Je suis calme mais je ne suis pas guérie. Il suffit d'un peu de musique (j'ai maintenant un poste de T. S. F.), d'un peu d'insomnie, d'un peu de pluie...

ou bien, au contraire, c'est un rayon de soleil qui me rejette corps et âme à tout ce qui me fait du mal. Je m'ennuie à la folie. Se réveiller sans courage, et ne songer qu'à faire passer la journée le plus vite possible, comme une médecine qu'on avale en se bouchant le nez. Depuis mes sinistres « vacances » de Cabourg, en juin, je n'ai quitté Saint-Léonard que pour vingt-quatre heures passées à Orléans. Je n'ai plus envie d'aller nulle part. Nulle part personne ne m'attend. Nulle part personne n'a envie de mon visage. Savoir que votre visage plaît à quelqu'un, comme on serait recréée! Que votre visage existe pour quelqu'un, dans un monde plein de morts qui ne regardent ni n'aiment, quel fragment d'immortalité!

Je vous le répète, je n'éprouve aucune gêne à vous écrire. Je garde toujours aussi forte cette impression, comment dire? que nous savons ensemble des choses que les autres ne savent pas, des choses que vous ne m'avez même pas dites et que pourtant vous n'avez dites qu'à moi.

A. H.

*(Cette lettre a été classée par le destinataire, l'enveloppe non ouverte.)*

## III

Le grand romancier français dit un jour à un de ses confrères : « J'ai publié quatorze livres. Eh bien, si j'étais célibataire, je n'en aurais publié que sept. » — « Autrement dit : un livre sur deux pour le budget. Vous ne trouvez pas que la proportion... ? » — « Eh, c'est que j'ai trois enfants, moi! » Cependant le grand romancier français est riche...

Tout ce qu'ils font de vil ou de médiocre, ils s'en excusent sur leur famille. On dirait qu'ils ne se sont mariés que pour avoir ce prétexte, comme il y en a qui n'ont été volontaires à la guerre que pour pouvoir jouer de ce « geste » leur vie durant. Mme Dandillot, dans le taxi qui l'emmenait chez Costals, se sentait soutenue, comme par un corset de fer, par la bonne conscience. Sa bonne conscience, c'était son amour pour sa fille : au nom de cet amour, elle eût volé. Nous savons d'ailleurs que cet amour était véritable et fort. A la puberté du garçon, l'amour de la mère devient étale : elle ne peut plus se rapprocher de ce monstre, auquel elle ne comprend rien. Au contraire, la transformation de la fillette en jeune fille épanouit l'amour maternel, qui incline alors vers l'amitié. Plus tard, à la transformation de la jeune fille en femme, nouvel épanouissement. Depuis que Solange était femme, Mme Dandillot l'aimait davantage encore.

Ce qu'elle voulait aujourd'hui de Costals, c'était un oui ou un non. S'il continuait d'atermoyer, ce serait elle qui dirait non. Mais quand Costals parut, elle se sentit intimidée. C'était la première fois qu'elle venait chez lui; elle était comme une équipe de football qui joue sur le terrain de l'adversaire : il arrive qu'elle en soit désorientée. Et le manque de soucis, pendant ces trois derniers mois, avait donné à l'écrivain meilleure figure (il s'était aussi nourri de Solange, de là peut-être ces joues pleines). En apparence plus calme et plus assuré, il lui imposait un peu. Durant un long moment, gardant ses arguments les meilleurs, elle se contenta de reprendre ce que maintes fois elle lui avait dit.

— Vous vous ratatinez frileusement, au lieu d'accepter d'être cinglé par le vent. Vous refusez l'obstacle. Vous avez peur de vous tromper, peur de l'échec. Pour apprendre à nager, il faut se jeter à l'eau.

— Vous ne croyez pas que, si un homme qui ne sait pas nager se jette à l'eau, une fois sur deux il se noie?

— La vérité est que vous n'aimez pas assez Solange.

— Précisément, je ne l'aime pas assez. Ne tournez pas cela contre moi. Le cœur! Il en faut beaucoup pour aimer un peu.

— Mais l'amour viendra, allez! C'est toujours ainsi que ça se passe...

— Vous souhaitez donc pour gendre un individu qui vous avoue qu'il n'aime pas assez votre fille.

— J'apprécie par-dessus tout la franchise, dit Mme Dandillot. — Elle pensait ce que pensent toutes les femmes : « Qu'il garde pour lui sa franchise, qui le diminue et l'avilit. » Combien de fois n'avait-elle pas dit à Solange : « La franchise d'un homme est un piège qui nous enlève toute notre prudence. Quand il t'avertit qu'il ne t'aime pas " à fond ", prends garde! »

— Il n'y a pas besoin d'un grand amour romantique, reprit-elle. Vous aimez suffisamment Solange, il me semble, pour lui apporter cette aide que toute femme a le droit d'attendre de son mari.

— Permettez, je ne vis pas pour les autres, dit Costals avec fermeté. Si j'osais, je dirais que je suis parfaitement naturel. Et la nature ne commande pas de se dévouer. Elle ne commande que de vivre.

— Solange elle aussi est naturelle. Et pourtant, je vous assure que s'il vous arrivait quelque ennui...

— Je n'ai jamais d'ennuis.

Mme Dandillot rit. Plus elle était gênée, plus son air était désinvolte et son expression allègre. Elle songeait : « Je repartirai sans avoir fait ce que je suis venue faire : sans lui avoir mis le marché en main. Je vois cela d'ici. » Elle songeait aussi qu'il serait maladroit de parler de la volonté de Solange, parce que cela cabrerait Costals, et, avant chacune de ses phrases, elle prenait garde de ne pas mettre l'accent là-dessus. Elle fixa si bien ce qu'elle devait ne pas dire, qu'à la fin le mot jaillit : « Elle a une volonté de fer, cette petite. Elle s'est dit : " C'est cet homme-là que je veux. " » Elle s'était relâchée, comme un organisme au dernier point de la débilité ne retient plus ses matières fécales : de Solange à sa mère il y avait contagion de l'épuisement. La riposte de Costals fut immédiate : « J'aime refuser », dit-il. Elle se tut, matée. Dans le silence, on entendit, à l'étage au-dessus, une boule que faisaient rouler des enfants, et le petit bruit des ongles du chien qui trottait sur le plancher. Mme Dandillot massait avec son index les poches sous ses yeux. La sonnerie du téléphone retentit. Costals alla à l'appareil.

— ...

— Si je pense que le roman est un genre littéraire

périmé? Non, Monsieur, ce qui est périmé, c'est l'absence de talent. Le talent soutient n'importe quel genre littéraire. D'ailleurs vous savez aussi bien que moi que le roman se porte à merveille. Alors, est-ce que nous ne perdons pas notre temps?

— ...

— Vous recevoir? Pourquoi? Je viens de vous répondre. Mais, à mon tour, me permettrez-vous de vous poser une question? Voici, je voudrais vous demander si, à votre avis, l'interview par téléphone n'est pas un genre journalistique qui devrait bien être périmé?

— ...

— Un monsieur dont la pensée est présumée avoir un certain prix, puisqu'on désire la connaître en vue d'en faire bénéficier le genre humain, est occupé à quelque chose d'important : il pense, ou il se repose de penser, ou il décide, ou il dirige la destinée d'un être, ou il fait l'amour, ou il se repose de faire l'amour. Le téléphone le hèle brutalement, le dérange deux fois : dans son esprit, dont le cours est brisé, dans son corps, qui doit se déplacer pour aller à l'appareil. Et c'est un inconnu, qui veut savoir de lui si le roman est un genre périmé, et qui une fois sur deux ne publiera même pas sa réponse, parce que son « papier » est déjà trop long, ou parce qu'on a renoncé entre temps à cette enquête. Eh bien, mon cher confrère, je dis que ces mœurs sont — je cherche un mot doux... — sont des mœurs de sauvages.

De temps en temps, dans l'appartement contigu, claquait une mitrailleuse (l'eau dans les conduits?). Mme Dandillot jouait avec son collier, et ne pensait à rien. Elle fixait, sur la table, le globe électrique que Costals avait allumé tout en téléphonant — le noyau igné au cœur de cette nébuleuse, — ou bien les fenêtres de la maison voisine, qui dans la nuit tombante s'éclairaient l'une après l'autre, comme des visages d'êtres à qui on dit un mot gentil, ou bien à qui on parle d'eux-mêmes. Elle n'aurait pas su dire pourquoi ces intérieurs, trahis pendant quelques secondes, entre l'instant où on avait allumé et l'instant où on fermait les volets, lui donnaient un peu de rêve : c'était qu'ils lui suggéraient l'intérieur inconnu où Solange, en compagnie de cet homme, devrait être heureuse et passer sa vie.

Costals, ayant raccroché, enchaîna.

— Je ne comprends pas pourquoi l'usage, qui exige tant de précautions, devant notaire, dans la délimitation des droits matériels des futurs, et de leurs biens, en exige si peu sur le chapitre des droits respectifs de l'esprit et de la personnalité. Aujourd'hui, tous les gouvernements d'Europe ont adopté une morale, où ce que vous et moi nous entendons par morale est foulé aux pieds, dès qu'il s'agit du bien de l'État. Pour moi, je considère qu'une œuvre d'art est aussi importante qu'un État, et mérite d'aussi notables sacrifices. *Salus operis suprema lex.* J'agis mal avec vous en vous laissant dans le suspens, mais j'ai raison d'agir ainsi parce que ce suspens me sauve du mariage, qui serait nuisible à *opus*. Les citoyens acceptent, en faveur de l'État, que leurs gouvernants aient une morale de bandit de grand chemin. Acceptez, en faveur de mon œuvre, les dérogations que, lorsqu'elle est en cause, je me permets à la morale vulgaire. Aimer un artiste doit être, pour une jeune fille, comme si elle aimait la mort.

« Peste, madame la Nourrice, comme vous dégoisez! » Mais ce n'était pas fini.

— Il y a deux catégories d'hommes : ceux qui dirigent et ceux qui sont dirigés. Les premiers sont les créateurs, littéraires, artistiques, scientifiques, politiques. En somme, les conquistadores : conquête de la pensée par l'écrivain, de la beauté par l'artiste, de la vérité par le savant et le philosophe, du pouvoir par le politique. Il faut aux conquistadores la quiétude de l'esprit, que chasse le mariage. Que les autres hommes se marient. Qu'ils aient des enfants pour compenser tout ce qu'ils n'ajoutent pas au patrimoine de l'humanité. Mais que les conquistadores ne prennent du couple, et de la paternité, que ce qui peut être utile à leur économie.

— Laissez-moi le dernier mot, dit Mme Dandillot. D'ailleurs, la galanterie l'exige, minauda-t-elle, avec un sourire contracté (en ce moment, où elle était si émue, cette minauderie était monstrueuse; mais cela aussi était sorti malgré elle). Vous, cher Monsieur, vous avez votre œuvre. Elle est, si j'ose dire, votre fil à la patte, à vous qui avez horreur des fils à la patte. Mais moi j'ai ma fille. Les femmes heureuses aiment bien leurs enfants; les malheureuses les aiment désespérément. Et puis, tout ce que M. Dandillot ne donnait pas d'affection à sa fille, j'ai dû le lui donner; j'ai dû l'aimer pour deux. Et maintenant, voyez ce qu'est devenue ma fille, grâce à vous.

Elle sortit de son sac un de ces tickets que donnent les pharmaciens, après les pesées de leurs clients, et le tendit à Costals. Il lut :

*9 décembre — 59 kg. 100*
*16 — — 58 kg. 100*
*23 — — 57 kg. 200*
*30 — — 56 kg. 300*

Elle le vit relever la tête. Son expression était grave.

— Savez-vous dans quelles circonstances on a des furoncles? On a des furoncles quand on a le sang tourné. Solange a eu trois furoncles depuis le mois dernier. Savez-vous... savez-vous ce que veut dire ceci?

Elle sortit du sac un petit sachet de papier de

soie. Costals posa le ticket sur la table, prit le papier et l'ouvrit : il contenait la couronne de la dent cassée de Solange.

— Vous savez ce que c'est que se décalcifier? Vous mesurez à quel point un organisme peut être atteint pour donner tous ces signes : amaigrissement, furonculose, décalcification? Et quand le seul mal dont il est atteint est un mal moral...

— Est-ce que vous avez un bon médecin?

— Aux honoraires qu'il demande, je présume que c'est un bon médecin.

— Et elle ne me disait rien de tout cela dans ses lettres!

— Je vois que vous ne la connaissez pas.

(Arriver à étouffer la voix de la conscience, comme on empêche une femme de crier...)

On sonna à la porte d'entrée. Ils se turent. Le serviteur apporta une enveloppe pneumatique. Costals la flaira.

— Excusez-moi, mais ce pneumatique a la petite figure de travers des lettres de chantage...

Il le lut, et le tendit en silence à Mme Dandillot, qui lut à son tour :

*Mon cher Maître,*

*Vous sentez sûrement, comme nous, que l'heure est venue de reconsidérer l'Univers.* Studio 27, *équipe de Jeunes, s'est attribué le plus délicat de ces examens nécessaires : prendre la mesure de l'homme. Notre Conseil a donc pensé qu'il s'imposait avant tout d'ouvrir un vaste débat sur ce problème de première urgence :* Dieu, la Révolution, la Poésie. *Un Congrès, auquel la Jeunesse pensante du Monde entier sera fraternellement invitée, sera organisé par nous en mars. A l'issue de ces assises, où nous aurons confronté nos conclusions et pesé nos vouloirs, nous proposerons, — et nous exigerons s'il le faut.*

*Une enquête préliminaire doit nous fournir nos instruments de travail. Nous vous prions donc de répondre aux trois questions suivantes (nota :* Studio 27 *ne paraissant encore que sur un nombre réduit de pages, prière de ne pas donner à votre réponse plus de quatre pages format dactylo).*

*Questions :*

*1° Qu'est-ce que Dieu?*

*2° Ne pensez-vous pas que Dieu soit le message permanent de la révolution? Si oui, quelle place cette pensée occupe-t-elle dans votre vie?*

*3° Gratuité de Dieu et gratuité de la révolution. Sont-elles en fonction l'une de l'autre?*

*4° La doctrine de* Studio 27 *— Dieu commence où finit la poésie — vous paraît-elle de nature à conditionner votre vocation d'Européen?*

*5° Raisons de votre désespoir.*

*Veuillez agréer, mon cher Maître, etc.*

P.-S. — *Nous donnons le bon à tirer du numéro ce soir à 9 heures. Pouvons-nous espérer avoir votre réponse à temps?*

— Je vous avoue que je n'y comprends pas grand'chose, dit Mme Dandillot, rendant le pneu à Costals.

— Mais, Madame, il n'y a rien à comprendre.

— Ah! très bien. Ce sont peut-être des lycéens? demanda-t-elle, se souvenant que son fils, à seize ans, écrivait des choses de cet acabit.

— Oh! non, dit Costals. Je connais quelques-uns des signataires. Ce sont des hommes de trente à quarante ans. Mais il y a certains milieux de pensée, à Paris, où l'on n'est pas précoce.

Il posa sa main sur son front.

— Ainsi, nous n'avons pu nous occuper une demi-heure de choses sérieuses sans être interrompus deux fois par ceux que j'appellerai les Fols, parce que ce sont des gens qui, avant tout, manquent de cette vertu décidément cardinale : le bon sens. La vie française est parcourue sans cesse par les Fols. Femmes vivant dans les chimères, demi-intellectuels pour qui les mots sont tout, bourgeois aveuglés par leurs œillères de classe, prolétaires aveuglés par leur ignorance, étudiants aveuglés par leur bêtise : tous, toujours à côté de ce qui est, que ce soit pour une raison ou une autre. Tous pourtant ayant voix au conseil dans la tragédie, et — vous sentez la grandeur shakespearienne de la chose? — le Héros, celui qui tient dans sa main les destins, n'osant décider, quoi qu'il pense en soi-même, que soutenu par l'approbation des Fols. Mais ceux qui me saisissent le plus sont ces Fols de l'intelligence, qui viennent de faire irruption et de nous vrombir aux oreilles pendant que nous étions dans le sérieux... Leur race est profondément nôtre. Ils ont été les Sorbonagres de Rabelais, les Précieuses et les Médecins de Molière, les Idéologues de Napoléon : la cuistrerie est un des traits éternels de la France. On dit que chez nous tout finit par une chanson. Tout finit aussi par un canular [1], mais par un canular qui se prend pour quelque chose d'extrêmement important...

« Où en étions-nous avec tout cela? Ah oui! la décalcification... Eh bien, c'est entendu, j'épouse votre fille. »

Mme Dandillot avait engouffré, avec égalité d'âme, la lecture du pneumatique, la digression sur les Fols... Elle était dans une région où il lui semblait que la chose était depuis longtemps jugée, et jugée contre elle. Au mot de Costals elle ne sursauta pas, comme

1. Plaisanterie, bouffonnerie, dans l'argot des élèves de Normale.

si elle avait été désormais hors d'atteinte. Elle dit seulement :

— Vous venez, pendant une demi-heure, de me soutenir que vous ne pouviez pas vous marier à cause de votre œuvre. Vous avez donc changé d'avis encore une fois?

— Cette attitude était rigoureusement solide. Mais d'autres attitudes, à l'égard de ce même objet, sont rigoureusement solides. Aussi rien ne m'est-il plus facile que de passer de l'une dans l'autre. Comme dans les pièces diverses d'un appartement : l'ameublement est différent, l'exposition est différente, mais c'est toujours le même appartement. Savoir user d'un appartement, c'est savoir séjourner dans une pièce ou dans l'autre selon l'humeur, l'heure et la saison. Maintenant, pourquoi ai-je changé? Parce que, ça (il montra la dent cassée), ce n'est plus du canular. Une fille qui dépérit de ce qu'un homme la laisse dans le suspens, c'est tout ce qu'on veut, mais ce n'est pas idiot. Solange est dans des problèmes qui sont réels, à la différence de ces andouilles, qui *reconsidèrent l'univers* tout en tremblant devant leur concierge (il déchira en menus morceaux le pneumatique). Le motif de sa souffrance n'est pas un motif risible, comme le sont les motifs des trois quarts des souffrances morales de l'humanité. Et vous, qui êtes triste parce que votre fille se décalcifie, rien de plus raisonnable que votre tristesse. Tandis que moi, quand je vous réponds *salus operis*, je sais bien que *salus operis* est une position respectable et forte, mais je sais bien qu'il y a aussi un côté par lequel, *salus operis*, c'est également du canular. Alors je sors du canular, et j'épouse. Je téléphonerai demain à mon notaire, à la première heure, qu'il se mette en rapport avec le vôtre.

Le téléphone appela. Costals se jeta sur l'interrupteur, dans l'antichambre. « Silence aux idiots! » tonna-t-il.

M^me^ Dandillot l'avait suivi dans l'antichambre. Comme un chat qui emporte un oiseau dans sa gueule, elle ne désirait que jouir de sa proie à l'écart, au fond de la tanière familiale. Toute parole serait superflue, il n'y avait qu'à s'en aller. Inlassablement, l'eau glougloutait dans les w.-c. contigus (la « chasse » étant dérangée), comme la fontaine d'un patio marocain. M^me^ Dandillot prit la main de Costals, et serra cette main sans réponse, avec un « Vous êtes quand même un chic type ». Son trouble était tel qu'elle ajouta : « Je vous souhaite une bonne soirée. » — « Je me la souhaite aussi », dit Costals, qui se sentait venir. Pour couper court à leur gêne mutuelle, elle brusqua son départ : « Je vous téléphonerai demain. » A l'instant où M^me^ Dandillot lui avait dit qu'il était un chic type, Costals s'était rendu compte qu'il était dupe. « Le sot dans l'abîme », pensait-il.

## IV

ANDRÉE HACQUEBAUT
*Saint-Léonard*

A PIERRE COSTALS
*Paris.*

*10 janvier 1928.*

J'ai voulu refaire du vélo, dont je n'avais pas fait depuis plus d'une année, et je suis « rentrée » dans un banc. Mon genou est douloureux, je crains d'avoir un épanchement de synovie. Voilà ce que c'est que de prétendre « s'insérer dans le monde extérieur », quand on n'est pas construite pour ça.

Vous m'avez laissée macérer dans mon ignorance, mon inutilité, ma cérébralité, ma sécheresse, alors que la vraie intelligence doit élargir la vie, non la resserrer, féconder la vie, non la stériliser. Sous notre amour, je me serais ramifiée, j'aurais élargi des cercles autour de moi, comme le caillou jeté dans l'eau. Et pourtant soyez sans remords : mon malheur est d'avant vous et d'après vous. Ce qu'il y a de maudit en moi, c'est, au bas de l'échelle, cet accrochage d'un banc, et, au haut de l'échelle, c'est mon incapacité d'accrochage avec les êtres. J'ai trop vécu seule, trop vécu dans les livres, je ne sais plus créer le contact entre moi et mes semblables. Je me dis toujours que demain je saurai. Je prends des résolutions : « A partir du jour de mes trente et un ans... Oui, à partir du 23 avril. D'ici là, inutile d'essayer, puisque, dans trois mois, c'est décidé, je commence d'être une femme nouvelle. » Lâchement, je me donne ce délai, ce repos. Mais je sais bien que, le 23 avril, ce sera la même impuissance, la même inhibition. Et je suis jeune, bien portante; mon visage — quoi que vous en pensiez — n'est pas repoussant. Que sera-ce quand je serai flétrie et infirme!

On me dit : « Mariez-vous. » Mais je ne suis pas mariable, si je n'aime pas infiniment. Je ne serai jamais dominée charnellement que par un homme qui m'aura dominée avant, par tout le reste. Le phénix de ces phénix s'étant dérobé, je ne chercherai pas un autre amour. Créer cela de toutes pièces, se monter la tête sur des nullités, se sentir toujours l'aînée, ne savoir pas pourquoi l'on aime, sinon par besoin d'aimer, j'ai la nausée en y pensant. On me dit : « Vous êtes désœuvrée. Allez à Orléans, voire à Paris, et travaillez. » N'ayant pas de profession, je serais bureaucrate, et la vie en ville, tous mes frais payés, ne me laisserait pas plus d'argent que je n'en ai ici; et avec cela moins de santé, moins de loisirs surtout, une tâche abrutissante. Et ce n'est pas de rencontrer davantage d'humains qui m'apprendrait à briser la glace, ni, si par extraordinaire je l'avais brisée, à savoir manœuvrer de telle sorte qu'il y eût une *seconde fois*. « Tentatives de percée », disait-on pendant la guerre; je n'arrive pas à percer ce cercle infernal de la solitude. J'erre sur les bords non seulement de l'univers des hommes, mais de l'univers tout court; je regarde furtivement, j'écoute aux portes. Ma maladresse est telle que, s'il y a quelqu'un avec qui je suis « en bons termes », mais que je ne vois pas souvent, j'évite une rencontre, parce qu'il y a de grandes chances qu'en le rencontrant je manœuvrerai si bien que je me l'aliénerai.

Les femmes? Je leur suis antipathique. D'ailleurs, elles ne m'intéressent pas. Les hommes? Je ne sais pas plaire, la cause est jugée. Si l'homme est moyen, et par hasard ne me dégoûte pas, je lui parais trop intellectuelle; « maniérée », disait l'un d'eux (moi, maniérée!...). L'été dernier, pendant les grandes vacances, il m'est arrivé de dire au jeune frère d'une amie, lycéen : « Tu ne fais rien du matin au soir. Lis donc, prends des notes, enrichis-toi. » Cet « enrichis-toi » a fait fortune, — pour qu'on s'en moque; il paraît que c'est un mot de normalienne! Quant au seul homme intelligent que j'aie jamais rencontré, vous savez mieux que moi... Les enfants? Ils ne m'attirent pas. Je suis de la race des amoureuses, non de la race des mères, races très différentes à mon sens : une femme pourra être mère plusieurs fois, et être seulement une amoureuse, tandis qu'au contraire telle femme, telle jeune fille, qui aime un homme, n'aime en lui, au fond, que les enfants qu'elle espère qu'il lui donnera. Je ne suis donc pas de la race des mères, mais il m'est arrivé de regretter de n'être pas mère. Ce qui m'enrageait, beaucoup plus que la privation d'enfant, c'était de n'avoir pas eu toutes les choses essentielles, entre autres cette immense révélation sur la vie — la vie vue sous un angle entièrement inconnu jusqu'alors — que doit être la maternité.

Ce n'était là que ma vieille tristesse de *n'avoir pas eu*. Ce qui est nouveau, c'est ce que j'ai ressenti en octobre. J'ai dû passer une journée à Orléans, avec mon oncle, pour donner des signatures chez le notaire, au sujet de la succession d'une grand'tante. Et là, dans le square où je m'étais assise un moment, il y avait des mioches en bas âge, qui s'approchaient de moi, me regardaient avec sympathie, et une bouleversante confiance (tout de même, si j'avais été une mauvaise fée?), mettaient leurs petites pattes malgracieuses sur mes genoux. Ils ne flairaient donc pas ce qu'il y a en moi de maudit, et j'en étais si touchée! Mais je ne savais que leur dire, ou, si je leur disais quelque chose, ils ne tardaient pas à s'en aller : eux non plus, je n'avais pas su les retenir. Une des mères, à côté de moi, ne demandait qu'à engager la conversation, mais je me suis dérobée. J'aurais eu honte d'avouer que j'étais fille, et, si j'avais menti, si j'avais dit, comme l'idée m'en est venue un instant : « Moi aussi j'ai un petit », je me serais vite trahie par mon ignorance de la « chose maternelle » : parler des langes et des régimes, j'en serais aussi incapable que vous devez l'être. (D'ailleurs, de quoi sais-je parler, hormis des livres et de l'amour? De même que je ne sais ni nager, ni conduire une auto, ni monter à cheval, ni chanter, ni jouer du piano, ni faire la cuisine, ni faire une robe, ni aller à bicyclette autrement qu'en *agressant* les bancs : je ne connais rien à rien. Comprendre Bergson, c'est croire qu'on vaut Bergson, mais réussir des confitures, c'est une autre affaire.) Et je me suis levée brusquement, et éloignée, avec désespoir. Et maintenant, ici, quand j'entends les « M'man! » des gosses, cela m'enfonce un poignard dans le cœur. Ces femmes qui ne me valent pas, la plupart stupides, et de qui ces enfants sont la *possession*, quand moi je suis là à tourner éternellement autour des paradis fermés, exilée de l'humain, apportant partout avec moi je ne sais quelle ambiance de froid, de soupçon et de ridicule... Malheur aux femmes sans foyer, qui doivent poursuivre les maris des autres, ou les enfants des autres, pour leur besoin d'aimer! Ou les chiens errants et les chats des voisins. Le chat de notre voisine, quand je le dévore de baisers, il me regarde avec surprise, et il a l'air de comprendre.

Sur ces entrefaites, un beau matin, mon oncle et moi nous recevons chacun du notaire le plus imprévu des chèques : ce qui nous revenait de la succession de la grand'tante. Quinze cents francs pour moi, tombant du ciel!

Cet argent m'arrivait au moment où j'étais le plus

occupée par mon regret des enfants. Et tout de suite une idée me vint : le donner à la pouponnière tenue ici par les religieuses de Sainte-Opportune. Quinze cents francs, pour Saint-Léonard, c'est une petite somme. Je devenais la « bienfaitrice »! J'avais mes entrées à la pouponnière, rien ne pouvait plus m'être refusé. Incapable de pénétrer par moi-même dans l'humanité normale, j'achetais mon droit d'entrée. Je payais pour avoir le droit de m'occuper de ces enfants comme s'ils étaient les miens. Je payais une raison de vivre. C'était horrible, si on veut, mais puisqu'il n'y a pas moyen autrement...

Et puis, après y avoir bien réfléchi, j'ai vu ce qui se passerait. On accepterait mon argent, et peu à peu on m'écarterait. Pourquoi? Parce que, dans ce petit groupe, je serais gauche, pas à ma place, pas utile, gênante au contraire. On dirait : « Qu'est-ce qu'elle vient faire ici? » On ne s'expliquerait pas... Oh! j'ai vu tout cela si bien! L'embarras des bonnes sœurs, prises entre les égards dus à la « bienfaitrice », et l'éloignement qu'elles auraient pour moi, cet éloignement fondé, puisque, en effet, je ne suis pas des leurs, puisque je ne suis et ne peux être d'aucune communauté humaine. Alors j'ai renoncé. Quand je cherche à m'accrocher aux autres pour tirer d'eux mon bonheur, et qu'ils me résistent, passe encore. Mais être rejetée quand je cherche à faire leur bonheur à eux, ah! ce serait trop le poignard, ça aussi.

Soyons sérieuse, je sais bien que ce n'est pas le bonheur de ces pauvres gosses que j'aurais cherché, mais le mien, toujours le mien. Ils n'auraient été que les moyens que j'aurais pris pour sortir de moi. C'est entendu, le dévouement n'est pas dans ma nature. A trente ans et neuf mois, ce qu'on pourrait faire de mieux, ce serait d'être une grande sœur, d'aider les autres. Et il paraît même (c'est une chose qu'on entend dire) que, lorsqu'on est malheureux, il y a là un moyen de l'être moins. Mais il faudrait pour cela avoir sa vie derrière soi, être une femme qui a eu, ne jeter dans cette vie médiocre, dans ces petits soins pour des êtres médiocres qu'une écorce bien sucée...

Ce petit incident m'a du moins permis une chose : comprendre une certaine catégorie de gens, et les plaindre, — ceux qui ont beaucoup d'argent le jettent par la fenêtre, et avec cela ne parviennent pas à accrocher le bonheur. Ça, ça doit être encore pire que d'être sans argent et sans bonheur. Sans bonheur et sans argent, on peut se consoler : « C'est parce que je n'ai pas d'argent »; l'idée qu'on se fait de soi n'est pas atteinte. Sans bonheur et avec argent, il faut bien se dire : « C'est en moi qu'il y a quelque chose qui éloigne les êtres et la vie. »

Des quinze cents francs, onze cents sont intacts. Quatre cents sont partis en une robe, des reliures et des livres (j'ai acheté tout Sainte-Beuve!). Je voulais échanger de l'argent contre de la vie, mais il n'y a rien à faire : je ne puis l'échanger que contre de la non-vie. On fait un effort pour être autre chose que soi-même, puis on renonce; c'est encore être soi-même qui est le moins difficile. Le chien retourne à son vomi.

A. H.

*(Cette lettre a été classée par le destinataire, l'enveloppe non ouverte.)*

## V

Costals, après son *oui* à Mme Dandillot, revint au salon, et se laissa tomber dans le fauteuil. Sa première pensée de fiancé fut une pensée optimiste. La porte donnant sur l'antichambre était ouverte, et la chasse des cabinets continuait son glouglou marocain. « Ça, ma vieille Solange, les chasses de water, ça va être votre rayon. » Le ticket des pesées était resté sur la table. Il le relut, s'attendrit. « Pauvre petite! Maintenant, nous allons la voir se regonfler, comme si on lui insufflait de l'air avec une pompe! »

La lutte de son intelligence avec son cœur était constante. Chaque fois (ou presque) qu'il était généreux, il était triste, ensuite, de l'avoir été. La conscience du devoir accompli lui avait gâché bien des joies. Il avait fait telle chose chic il y a sept ans, et depuis sept ans il se le reprochait. Il avait fait telle chose chic il y a douze ans, et depuis douze ans il se le reprochait. Il lui était arrivé, une nuit, de rêver qu'il y avait la guerre, qu'on demandait des volontaires, et qu'il se proposait; et, tandis qu'il défilait avec les partants, des larmes coulaient sur ses joues. Mais ces larmes ne venaient pas de l'horreur de « partir »; elles venaient de l'horreur d'avoir choisi de partir, quand il pouvait rester peinard; c'était vraiment *le bien* dont il souffrait. — Une fois prononcé le *oui* nuptial, Costals s'attendait donc à subir une dépression. Il n'en fut rien. Le vin était tiré. Avec l'incertitude, le mal s'était dissipé. Il y avait une situation difficile : il ne s'agissait plus que d'y faire face, de l'aménager, d'en tirer le meilleur parti. Cela, c'était œuvre virile. Et sa folie le laissait étrangement calme. « D'une façon ou l'autre, cette parenthèse sera fermée dans deux ans. J'ai trente-quatre ans (l'âge où meurt Jésus-Christ; la tradition dit trente-trois, mais je suppose que, suivant l'usage général, Jésus se rajeunissait d'un an). A trente-six ans je serai de nouveau libre. Et c'est à cinquante ans seulement que Tibère commence de mener une vie vraiment agréable. »

Il fit un dîner solide, afin de se donner des forces pour l'épreuve à venir. Toute la soirée, il attendit un coup de téléphone de Solange. Comme sa voix allait vibrer dans l'appareil! Il en souriait, d'avance, et les phrases qu'il lui dirait lui sortaient des lèvres : « Eh bien, ma petite fille, votre entêtement triomphe! La " mule d'appartement ", chère aux chausseurs, c'est vous!... Et maintenant il va falloir commencer à vous cacher mes manuscrits, comme Tolstoï...? » Mais il n'y eut pas de sonnerie. Il en fut étonné, et assez déçu : « Peut-être qu'elle ne dînait pas à la maison. »

Le lendemain, lorsque, à neuf heures et demie du matin, il téléphona à son notaire, prenant rendez-vous, Solange n'avait pas appelé. Après déjeuner, même silence. « Il y a huit mois qu'elle est accrochée à ce *oui*. Je le prononce, et elle n'en a pas de plaisir. Si j'avais pour deux sous de connaissance des âmes, j'aurais dû le prévoir. Mais je n'ai pas ces deux sous de connaissance. La " psychologie " qu'un romancier met dans ses bouquins, on sait ce que c'est : de *a* à *z*, du trompe-l'œil. Quoi qu'il arrive par la suite, ceci ne pourra jamais être effacé : que, lorsque je lui ai donné ce qu'elle désirait frénétiquement, l'idée ne lui est pas venue de décrocher le récepteur pour me dire un mot.

« Elle, si peu romanesque, elle se trouve entraînée dans une aventure de roman. Et moi, défiant, je me laisse empaumer. Les hésitants tergiversent durant des mois. Et puis, excédés d'eux-mêmes, ils se décident enfin au hasard, et prennent d'ordinaire le parti le plus dangereux. La fuite dans le danger, réaction de faible. Pourtant, tout ce que je sais de moi me convainc que je ne suis ni un indécis ni un faible. Mais elle m'a entraîné sur un terrain qui n'est pas le mien, et c'est là son grand forfait. L'officier de troupe le plus brave, mettez-le en avion, ou en sous-marin, il perdra peut-être ses moyens. Chacun de nous a son élément, d'où il ne faut pas le tirer. »

La bêtise, la nullité de certains généraux célèbres, ou maréchaux de France (hors de leur spécialité), fait la stupéfaction des intellectuels qui ont eu l'occasion de les approcher; et il faut garder cet étouffant secret, sans quoi, pas d'habit vert : tel est le martyre des intellectuels. Gallieni, à travers ce qu'en montre Lyautey, semble n'avoir pas été de cette espèce-là. Lyautey cite de lui un trait dont chacun de nous doit faire son profit. Comme Lyautey, au Tonkin, en colonne, la veille de donner le combat, parle service : « Laissez donc tout ça tranquille! lui dit Gallieni. Les ordres sont donnés, le nécessaire est fait. A quoi cela vous avancerait-il de ratiociner? Vous avez autant besoin que moi de tenir vos méninges en bon état. Causons Stuart Mill et nous verrons bien demain matin. » Et il tire de sa capote un Stuart Mill et un d'Annunzio. Voilà qui est d'un homme, et je gage qu'il disposait bien ses troupes, disposant si bien son économie personnelle : maître de l'événement comme il était maître de soi. Costals voyait Solange ce soir. Puisque la décision était prise, qu'au moins cela eût l'avantage des décisions prises : vous laisser la tête et le temps libres. De deux heures à sept, Costals travailla à la révision de son roman, comme si de rien n'était. Même, songeant à sa façon d'aimer les femmes, il en trouva le titre : *Les Dédains amoureux*.

Quand Solange parut dans l'appartement de Costals, il tressaillit. Son vêtement flottait autour de sa gorge, de ses hanches. Et son visage! Le cou trop mince, la peau collant aux maxillaires, les traits tirés. Par là-dessus (on comprenait qu'elle en eût senti le besoin), fardée. C'était la première fois qu'il la voyait fardée. Et fardée comment! Un « fond de teint » de poudre rachel, mal mise — par plaques, et plein les oreilles, — et que sa toque, dans le geste de la retirer, avait essuyée sur le front, de sorte que son front était partie jaune, partie blanc : un front aux couleurs du pape. Et cette nouvelle coiffure, si « jeune femme », déjà! Il l'étreignit avec pitié, avec une sorte de tendresse. Assis tous deux sur le canapé, il prit entre ses doigts la peau de son coude, l'étira un peu. Il plaisantait, gêné : « Mon pauvre chou, qu'êtes-vous devenue! Mais à présent nous allons vous voir grossir : une vraie fiancée juive de Tunisie, qu'on engraisse comme de la volaille... » Elle sourit, puis son visage s'éteignit, et ils restèrent silencieux. Il ne savait que lui dire. Il lui semblait pourtant qu'il aurait dû jaillir d'eux beaucoup de mots. Mais rien ne jaillissait, et il était emprunté et intimidé, devant *sa femme*, comme il ne l'avait été qu'au début, dans la baignoire de l'Opéra-Comique. « Alors, vous êtes contente? » demanda-t-il enfin, gauchement. Elle ne répondit pas, mais il sentit sa main froide qui se coulait dans la sienne, comme un reptile se coule dans le sac du charmeur.

Elle se leva.

— Vous permettez que je cherche mon manteau?

— Vous avez froid?

— Il ne fait pas très chaud dans votre appartement.

— J'y ai travaillé de deux à sept, immobile, sans avoir froid...

— Je ne suis pas en très bonne santé, mon ami, il faut m'excuser. Tandis que vous! Superbe! Toute l'Italie sur votre visage!

Avant qu'il l'eût devancée, elle était dans l'antichambre. L'espèce de reproche que contenait sa dernière phrase. Et froide, oui, de sang comme de cœur.

Ils s'attablèrent, et il soupira :

— Cette difficile, périlleuse navigation côtière que nous entreprenons ensemble! Devoir mener notre barque tout le long de la vie sans sombrer...

Elle tourna le visage vers lui, avec un regard de compassion, un peu hautain et un peu las :

— J'aurais tant voulu vous convaincre que ce ne sera pas si terrible!

— Mais non, ce ne sera pas terrible. D'ailleurs, nous avons assez parlé de cela : nous n'avons plus rien à nous dire sur ce sujet. Un dernier mot seulement. Je vous demande votre parole profonde, je fais appel à la partie la meilleure de vous, pour me promettre de ne jamais chercher à me faire un tort, comme moi je vous promets la pareille en cet instant. S'il y a des paroles solennelles sur cette terre, celle-là en est une. — Mais, après tout, est-ce une parole solennelle? Que de paroles semblables prononcées depuis que le monde est monde!

— Je vous ai déjà donné cette parole profonde, et je vous la redonne. Et maintenant, vous avez raison, laissons ce sujet.

Ils mangèrent en silence. Le silence se prolongea.

« Inoubliable premier repas de fiançailles, pensait-il. De toute évidence, mon *oui* ne lui a pas donné de joie. Je bouleverse et je perds ma vie à cause d'elle. Et elle n'en est pas heureuse. Nous connaissons cela; cela est la règle. Si, risquant son existence, sa situation, etc., on enlève une mineure, à l'instant où, après des semaines de combinaisons et d'anxiété, on la serre enfin dans ses bras, elle " enchaîne " si simplement, avec tant de sang-froid, qu'on est déconfit de la voir méconnaître à ce point, en apparence, tout ce que vous a coûté cet instant. — Après tout, notre voyage de noces étant chose faite (à Gênes), il est naturel qu'il ne nous reste plus que le tran-tran. Et il a son bon côté : moins nous aurons à nous dire, moins elle aura besoin de moi, plus il me restera de temps pour les chères choses qui ne sont pas elle. »

Mlle Dandillot mangeait en silence, mettant quelquefois la main gauche en visière devant ses yeux, comme si la lumière la blessait, en réalité pour dissimuler le déclin de son visage. Non, elle ne se sentait pas heureuse : une victoire sans ailes. D'abord, naturellement, parce qu'elle était entrée dans les limbes de la chose obtenue, sortant du paradis de la chose convoitée. Mais surtout parce qu'elle avait pris appui, depuis huit mois, sur la résistance de cet homme; et cet appui avait cédé : elle en était un peu déséquilibrée. Cédé! Il avait cédé! Et comme, maintenant, il était à côté de lui-même et timide devant elle! Comme il était faible, celui qu'on nommait un « homme fort » dans les chroniques des journaux! Saurait-il défendre leur foyer, leurs intérêts, s'il se laissait manœuvrer ainsi? Elle avait peut-être fini par l'estimer, de ne pouvoir faire de lui ce qu'elle voulait. Et elle l'estimait sans doute encore, pour une autre raison : parce qu'elle voyait bien qu'il agissait par générosité. Mais c'était une estime trouble. Le duel constant qu'il y a chez le mâle, entre sa générosité et son égoïsme, entre son sang et son sperme, crée en lui une atmosphère de désarroi qui épouvante, apitoie et fascine la femme. Mlle Dandillot, dans ce moment, en était plutôt à la pitié. Et elle roulait tout cela, mangeant en silence, et faisant effort pour ne pas gratter ses mains et ses poignets, car depuis quelques jours sa nervosité, née de son anémie, lui donnait un prurit aux poignets, aux gras des pouces, dans les interstices des doigts, couverts des égratignures qu'elle s'était faites en se grattant furieusement.

Ainsi se passa leur premier repas de fiançailles, — inoubliable. Comme la statue du Commandeur, au festin de pierre, un spectre était assis en face d'eux, un spectre à multiples têtes : la tête de l'Ennui, la tête de la Gêne, la tête du Devoir, etc. Casanova dit que les princes s'ennuient toujours dans la compagnie de leurs maîtresses. Ce trait est-il particulier aux princes?

Costals était sans désir de posséder ce soir cette fille morne, amaigrie, furonculeuse et fanée (avec de-ci de-là, cependant, une flamme brusque et ravissante). Elle non plus elle n'y tenait pas, non seulement parce que cela ne lui faisait aucun plaisir, mais parce qu'elle prévoyait la déception de Costals; et maintenant elle commençait à calculer, à vouloir être habile : deux fois douchée, l'eau froide lui avait un peu ouvert les yeux. Lorsqu'elle s'excusa, sur les furoncles, de préférer « aller quelque part » avec lui, il acquiesça sans peine. L'éternel cinéma. Mais à quel film? Eh bien, on achèterait *La Semaine à Paris*.

Les gens se donnent beaucoup de mal pour tuer leur vie heure à heure. Encore n'en sont-ils pas capables tout seuls, il faut qu'on les dirige. Une revue a été créée dans ce but : signaler aux Parisiens, de façon méthodique, les occasions qui leur sont offertes de perdre leur temps. Cette revue est d'ailleurs fort bien conçue : quand on voit qu'elle est rédigée d'une façon vraiment *pratique*, quand on voit qu'on peut réellement y *trouver ce qu'on cherche*, on s'émerveille qu'elle soit faite par des Français.

— Il y a *The admirable Mister Fane*, dit Solange, dehors, feuilletant *La Semaine à Paris*. On en parle beaucoup.

— Un film américain!... Vous voulez que je vomisse mon dîner!... La perfection technique au service du crétinisme, quel péché plus grand contre l'esprit?

— Que diriez-vous de *Brigade mondaine?*

— Combien de fois faut-il vous répéter que, à aucun prix, je ne veux aller voir un film français? N'y a-t-il pas un film anglais?

— Voici un parlant anglais : *Rainbow.*

— Allons-y.

Quand le taxi les arrêta devant cette salle du quartier Montparnasse, Costals d'abord flaira la devanture du cinéma.

— Hum! Ça a l'air d'être sentimental. Et quand un Anglais se met à être sentimental! Il faut que je sache un peu de quoi il s'agit.

Il pria la caissière de lui laisser consulter le programme.

— Prenez-vous des billets? demanda la caissière.

— Je prendrai des billets selon ce que j'aurai vu dans le programme.

— On ne donne le programme qu'aux personnes qui ont leurs places.

— Je ne vous demande pas de me le donner, mais de me le vendre.

— Le programme n'est pas vendu, il est donné.

Prenez vos billets et on vous le donnera. Vous n'avez qu'à faire comme tout le monde.

Costals écumant volta et sortit, entraînant Solange.

— Est-ce qu'il n'y a pas un film exotique, n'importe lequel? Au moins les paysages feraient passer l'intrigue.

— Il y a *Le Sorcier de Sacramento*, ça doit être sud-américain... *(sic)*. Il y a *La Nuit de Waykiki*...

— Va pour Waykiki. Chauffeur! Menez-nous à Waykiki.

Ils roulèrent vers les Champs-Élysées. De temps en temps il lui prenait la main de façon un peu convulsive. Mais à peine l'auto fut-elle arrêtée :

— Vous ne m'aviez pas dit que c'était cette morue immonde qui jouait! Ah, ce sera beau! Déguisée, à prendre des poses plastiques dans la forêt vierge. Non, Solange, pensez de moi ce que vous voudrez, mais il est, à la lettre, au-dessus de mes forces de voir une telle singesse pendant deux heures d'horloge. Reprenez *La Semaine à Paris*. Enfin, n'y a-t-il pas un seul film russe? Je vous promets que, s'il y a un film russe, nous y allons, et nous restons jusqu'au bout!

— *Les Bateliers de la Volga*, sur les grands boulevards.

— Voilà ce qu'il nous fallait!

L'auto repartit. Solange fredonna la mélopée des *Bateliers*, comme, à Gênes, elle fredonnait *Sole mio*. Costals pensa qu'il y a, en toute femme, une grue prête à ressortir, et qui ressort quand elle chantonne.

Boulevard des Italiens, ils descendirent, consultèrent les affiches : tous les interprètes étaient français. C'était bien un film à sujet russe, mais tourné à Joinville.

Elle était arrêtée devant une affiche. Costals devant une autre, à quelques mètres d'elle. Il siffla pour la faire venir, comme un souteneur.

« Nous entrons? » dit Solange, qui avait sursauté. La lassitude tirait davantage encore ses traits.

— Jamais!... La chienlit française!... Les clochards déguisés en princes russes!...

Il trépignait. Il lui arrivait assez souvent de trépigner — de trépigner, *à la lettre,* — comme les bébés et comme les rois des Perses.

« Entrons dans un café », dit-elle. Le furoncle de sa fesse, secoué par les taxis, battait douloureusement. Et elle était fatiguée de cet homme, fatiguée à en mourir de ses fantaisies d'enfant gâté, à moins que ce ne fussent des manies de célibataire ou des poses d'esthète. Et de sa ponctualité : Philéas Fogg!... Et de cette cendre de sa cigarette qu'il faisait tomber partout — sur son manteau à elle, sur ses gants à elle, — comme une espèce de fiente. Et de sa grossièreté.

— Non, dit Costals, avec énergie. Nous n'avons pas fait le tour de Paris pour venir échouer dans un café. Remontons les boulevards. Il y a des cinémas tous les cinquante mètres. Nous trouverons bien quelque chose.

Elle prit son bras (geste horrible : « Je te tiens bien! ») et il referma la main sur le poignet de la « jeune fille ». Il n'éprouvait pas plus de plaisir à toucher sa peau que s'il touchait la surface lisse d'un coussin en caoutchouc, alors que, s'il avait touché le poignet de la première venue d'entre ces passantes!... Il ne la regardait jamais : il regardait en lui-même, et, au dehors, les femmes qu'il n'avait pas. Ce n'était pas M^lle^ Dandillot qu'il aimait : c'était un moment de M^lle^ Dandillot qu'il avait aimé.

L'enseigne lumineuse d'un film autrichien les arrêta. Mais, en s'approchant, ils virent qu'on faisait la queue — une queue fournie — devant le guichet. Costals déclara qu'il aurait volontiers vu ce film, mais qu'il se refusait absolument à faire la queue.

« Qu'on fasse la queue à un théâtre, à un concert, passe encore. Mais je *n'admets pas* qu'on fasse la queue à un cinéma. » (On sait que la distinction des genres — genre noble, genre moins noble, etc. — est chère aux Français.)

Ils marchèrent encore. L'exaspération de Costals se déchargeait en rires, en plaisanteries. Un homme qui a une discipiine de vie, un homme qui croit que chaque heure doit pouvoir prouver quelque chose d'acquis ou quelque chose de fait, voilà à quoi il avait passé deux heures! Oui, il fallait en rire, si on ne voulait pas se mettre en colère.

Boulevard Bonne-Nouvelle, un petit cinéma annonçait un film russe, avec acteurs russes. Mais c'était un cinéma miteux, à trois francs. « Je ne peux quand même pas vous emmener dans un cinéma à trois francs! » Il espérait qu'elle répondrait : « Qu'importe le prix, si nous avons enfin trouvé un film qui vous intéresse. » Mais elle n'eut qu'un petit rire, qui clairement acquiesçait. Il y avait donc, en elle aussi, ce bas amour du luxe, et cette basse sujétion à « ce qui se fait »!

— Redescendons, dit-il.

Ils redescendirent les boulevards. La verve de Costals s'exaspéra : cette soirée n'était supportable que poussée au *gag*. Tout artiste véritable prend par moments plus de goût à la charge qu'il esquisse de sa personnalité, qu'à sa personnalité authentique. Et c'est à ces moments-là qu'il lui faut dire, comme le Marseillais : « Retenez-moi! » Car, auprès du peuple le plus spirituel du monde, un auteur ne saurait perdre son sérieux sans perdre son crédit, malgré les vers de V. H. :

*L'Olympe reste grand en éclatant de rire.*

Ils passaient devant un cinéma d'actualités proche de la Madeleine :

— Eh bien, dit Solange, et celui-ci? Des actualités, c'est anodin!

— Il est onze heures et demie, dit Costals, tirant sa montre. Et vous avez mal au derrière : ce serait péché de mettre au lit ce derrière-là à des heures indues. Il est tout à fait inutile d'entrer dans un cinéma pour une demi-heure.

Cette parole était si génialement une parole de mari que Solange en fut suffoquée. Ah! il avait la vocation plus qu'il ne pensait! Elle se traîna encore quelques pas, puis tomba assise. Tomba assise sur la marche de pierre qui borde le bas de la grille de la Madeleine.

Costals s'assit à côté d'elle, sur la même pierre. Les passants, nombreux à cette heure, se retournaient et regardaient avec surprise ce couple, pourtant décemment vêtu, assis parmi la foule, dans cette nuit frigo de janvier, au pied de la grille de la Madeleine, comme les provinciaux accablés sur les escaliers des Expositions. Tous deux ils éclatèrent de rire. Costals tira son feutre, et le tint renversé entre ses genoux.

— J'espère qu'on va y jeter des sous.

*Cinq sous,*
*Cinq sous,*
*Pour monter notre ménage!*

Ils restèrent là un bon moment. Leur rire s'était éteint, et ils ne parlaient plus. Solange se mit à déchirer *La Semaine à Paris*, en petits morceaux qu'elle disposait soigneusement à côté d'elle sur la pierre. Costals jugea qu'à tout prix il fallait empêcher cette scène de tourner à la mélancolie. Il s'écria joyeusement :

— Un littérateur, oui, joli cadeau à faire à une

enfant! Voyez-vous, j'ai été porté, presque sans y penser, à construire notre première soirée de fiançailles comme une scène de comédie ou de cinéma. Avouez que mes *gags* étaient réussis! Et voici que vous aussi vous entrez dans le jeu! Votre trouvaille de vous asseoir ici, votre façon de déchiqueter *La Semaine à Paris*, la note sentimentale après la note comique... Nous sommes faits pour nous entendre!

— Mais oui, nous sommes faits pour nous entendre, répéta-t-elle, doucement.

Il la raccompagna. Quand il fut pour la quitter devant la porte de sa maison (il ne la reconduisait plus jusqu'à son palier; ah! elles étaient loin, leurs longues conversations d'autrefois sur ce palier, tandis que trois, quatre fois, ils devaient rallumer la minuterie), elle lui demanda : « Quel jour nous revoyons-nous? » Il mesura l'espèce de supplice que déclenche cette question, posée par des êtres auxquels on ne tient pas. Oh! qu'il est doux de quitter un être, sans devoir convenir avec lui d'une « prochaine fois »!

De retour, il aperçut, dans la glace de son lavabo, des bavures rouges autour de sa bouche. Il l'essuya, la serviette rosit. Ainsi, non contente de se mettre du rouge, ce qu'il exécrait et méprisait, Solange restait assez pensionnaire pour acheter du rouge de bazar! Faire une bêtise, et la faire bêtement! Et durant quatre heures elle l'avait laissé se promener avec ce rouge autour des lèvres! Ou elle ne le voyait pas, et alors elle était stupide. Ou elle ne voulait pas l'avertir, crainte de l'irriter, et c'était pis encore. « Cette bouche qui a donné des milliers de baisers, et cela *ne se voit pas*. Et un seul baiser d'une maladroite la trahit! » Il réentendit le petit rire qu'elle avait eu quand il lui avait parlé du cinéma miteux, ce rire si profondément révélateur de la médiocrité, le petit rire de la femme-qui-ne-va-pas-dans-un-ciné-à-trois-francs. Il revit sur sa bouche cette tache rouge, comme celle d'un blessé de guerre qui vient de vomir le sang. Et il se sentait un blessé, un grand blessé, lui aussi.

## VI

Et il alla derrière elle, comme un bœuf va à l'abattoir.

*Prov.*, VII, 22.

— Est-il quelqu'un avec qui tu aies moins de conversation qu'avec ta femme? — Presque personne.

XÉNOPHON (*Écon.*, III, I).

Et maintenant, la religion et les mythes, la littérature et l'histoire, à moi! Montons-nous bien la tête, crénom! Que dire encore contre la culture, si elle parvient à nous dorer les pilules de la vie quotidienne? A la Bibliothèque Nationale, tandis que les anges gardiens du lieu vident dans l'air des clysopompes de parfums suaves (mais rien à faire contre la fétidité organique du penseur), Costals dévore des bouquins, gainés de poussière comme une fine bouteille, qui rapportent les coutumes et légendes du mariage dans l'Antiquité, au Moyen Age, en Orient, etc. Il pressure avec méthode le fait « mariage » pour en extraire jusqu'à la dernière goutte ce qu'il contient de poésie vraie et fausse. La plume à la main, et prenant force notes, car les fondations de tout montage de tête requièrent une solidité à toute épreuve.

Ensuite il va chez son notaire. Déjà le notaire des Dandillot a téléphoné au sien. Celui-ci ne peut s'empêcher de remarquer que Mme Dandillot, dans cette affaire, se montre très libérale (elle aussi, ses « magnifiques qualités négatives » : ni méchante, ni vaniteuse, ni intéressée). Là-dessus Costals se rend compte que, si Mme Dandillot n'a jamais demandé de précisions sur la fortune du futur, lui, il n'a jamais demandé de précisions sur la famille où il entre. Mme Dandillot a peut-être été pêchée dans une maison close; feu le frère a peut-être cinglé vers Madagascar parce qu'il avait un casier judiciaire. Des deux côtés on se marie dans la nuit. Mais c'est un peu ennuyeux que Mme Dandillot soit si libérale : un homme de qualité, lorsqu'il passe marché, doit tenir la main à ce que le mauvais marché soit pour lui.

Sur le conseil du notaire — épouvanté par son ignorance touchant la condition d'époux, — Costals passe à la mairie, où on lui remet une feuille jaune : « Renseignements généraux concernant les mariages. » Mais cette feuille, pleine du génie administratif français, est incompréhensible : elle rappelle la feuille de déclaration pour l'impôt. Tout ce qu'il y a de clair là-dedans, c'est que le mariage se présente comme une « émission d'obligations ». Costals retournera demain chez son notaire, afin de se faire administrer une exégèse de la feuille jaune.

En tout cela on peut demander conseil. Mais il est une question où il ne peut demander conseil à personne : celle de son fils.

Solange, que les garçons agacent, n'aimera pas Brunet. Brunet prendra Solange en grippe. Ou bien l'aimera à l'excès, et c'est un trop grand bonheur, de pouvoir estimer son enfant, pour qu'on le risque comme cela. De toutes façons, cette étrangère entre le père et le fils, quelle horreur!

Pourquoi a-t-il gardé son fils secret? Parce qu'il l'aime. Parce qu'il ne veut pas que son fils soit jugé. Parce qu'il ne veut pas que sa façon de l'élever soit jugée. Il tient extraordinairement, déraisonnablement, à ce secret : comme les Arabes au secret où ils gardent leurs femmes. Marié, tout change. Il ne saurait être question que Brunet parût tenu à l'écart. Il va donc être prostitué à cette tourbe de médiocres, à cette jeune femme sans intelligence et sans consistance, à cette inepte rombière, à ces tantes et à ces cousins. Il ne sera plus *hortus conclusus*... Et puis, à quoi bon avoir résolu la difficulté bien vue par les sages [1], à quoi bon avoir réussi à avoir l'enfant sans avoir la femme, si c'est pour se donner la femme après coup?

Et comment lui annoncer et lui imposer cette « mère »? À Solange, Costals dira, sans plus : « Je vous préviens, j'ai un fils. » Si cela lui déplaît, elle n'a qu'à renoncer à ce mariage. Mais à lui? Lui écrire : « Je me marie. Elle est comme ceci, comme cela. Tu seras heureux, etc. »; monstrueux et impossible. Il faut donc aller le voir. Avec Solange peut-être. Qu'une telle entrevue lui est pénible! Au fond, son esprit tourne autour de cette idée : il aurait dû ne s'engager qu'après avoir *consulté* son fils.

Costals a sauté l'obstacle de la décision. Il n'hésite plus, n'en souffre plus, y pense à peine. Il n'a pas encore sauté cet obstacle : le problème Brunet-Solange. Et contre lui il hésite et souffre. Puisqu'il a Solange sous la main, c'est par elle qu'il commencera. Demain, sous prétexte de lui faire connaître sa famille, il feuillettera avec Solange son album de photographies. Devant celles de son fils, d'abord il le fera passer pour quelque petit cousin. Selon sa réaction, il parlera ou ne parlera pas.

Un jour sur deux, les fiancés passaient l'après-midi et la soirée ensemble. Costals regardait cette étrangère, ce visage qu'à Gênes il avait vu comme dilué par l'amour, ce visage de dormeuse éveillée, mainte-

1. « Faudrait-il donc accepter de se soumettre à la femme dans l'espoir d'enfants? » Djâmi, *Béharistân*.

nant froid, sec et dur (l'écriture de la jeune fille, elle aussi, était devenue plus pointue). Il avait oublié le mot de Mme Dandillot : « Elle n'a pas de volonté, vous en ferez ce que vous voudrez », pour ne se souvenir plus que de cette version légèrement différente : « Elle a une volonté de fer, cette petite. Elle s'est dit : " C'est celui-là que je veux. " » — Il concluait qu'on l'avait *eu*. La glande thyroïde, injectée à un mouton, lui fait mordre les barreaux de sa cage. La glande d'hippogriffe, injectée à un homme vigoureux, lui donne une faiblesse d'agneau. A force d'ennuyer un homme, de le bourrer de soucis, de responsabilités, d'obligations, de scrupules, de décisions à prendre, de retours sur lui-même, on peut arriver à l'ahurir et à le ronger tellement, qu'il n'oppose plus de résistance à une volonté, même quand il la connaît mauvaise; les femmes le savent, et c'est pourquoi, introduire une femme quelque part, c'est y introduire le casse-tête : comme les navires de guerre, elles progressent derrière les fumées qu'elles répandent. Costals avait été jadis « envoûté » par les épaisseurs d'ennui qui émanaient de Solange. A présent, il se croyait aussi envoûté par sa volonté à elle, plus puissante que la sienne. Il se sentait en état d'infériorité, comme auprès d'un compagnon d'aventure dangereux, d'un « dur » qu'on sent plus mobile, plus vigoureux, plus preste, plus offensant que soi. Et d'être armé, quand il ne l'est pas, ne fait qu'ajouter à votre honte la honte qu'on a de tricher. Costals n'osait plus dire à Solange ce qu'il avait à lui dire, notamment au sujet de son fils : les jours passaient sans qu'il lui parlât de Brunet. En sa présence il était sans cesse obligé de faire effort. Quand elle le regardait droit dans les yeux, il ne songeait plus comme autrefois : « Sa belle loyauté », mais : « On me brave. On veut prendre le haut du pavé. » Il lui semblait que son regard à lui était plus mou, devant elle, et ses traits eux-mêmes, et qu'elle devait y lire qu'il se sentait dominé, — par moments presque annihilé : elle lui donnait sommeil. Dans certaines localités de l'Algérie musulmane — et de notre Midi, paraît-il, — la coutume veut qu'au cours d'une cérémonie le fiancé marche légèrement sur la pointe du pied de sa fiancée, pour marquer qu'il gardera le meilleur dans le ménage. « L'inverse se fait aussi », pensait-il.

Depuis qu'elle était mal portante, Solange s'occupait de ses aises plus qu'auparavant. Et elle mangeait davantage, croyant se fortifier, d'autant que le vin et le café lui avaient été interdits, à cause des furoncles. Peut-être aussi, aigre de se sentir déçue, bien que victorieuse, et d'autre part pleine de sécurité (alors que sa mère doutait encore, elle ne craignait plus une nouvelle volte de Costals), peut-être aussi se vengeait-elle plus ou moins inconsciemment en s'étalant, en faisant poids mort, en le poussant à la dépense. Costals finissait par être exaspéré de ce qu'elle ne pût passer un après-midi sans vouloir entrer dans un thé. Quoi qu'ils fussent en train de faire, et quelle qu'en fût l'importance, il fallait tout planter là pour aller prendre le thé, comme ces chats qui s'arrêtent pile au plus fort d'une galopade en apparence pleine de détermination, pour se lécher le derrière. Prendre le thé s'étendait sur une heure : il ne s'agissait probablement que de tuer le temps. A peine le thé pris (semblait-il), il fallait se mettre à la recherche d'un restaurant pour dîner. Par politesse, comme devant le petit cinéma miteux du boulevard Bonne-Nouvelle, Costals feignait de trouver que tel restaurant n'était pas « assez bien ». Et, pas plus que boulevard Bonne-Nouvelle, jamais Solange ne disait : « Qu'est-ce que ça peut faire! Allons n'importe où. » Il distinguait bien qu'elle préférait les restaurants luxueux, ou soi-disant tels; et, pour lui, seul quelqu'un de qualité douteuse peut aimer le luxe : à cela il pensait qu'il y a peu d'exceptions. « Le garçon pisse dans le potage, et le groom crache dans les huîtres, sans oublier le commis, qui se lave les doigts avec le citron; le service est mal fait et interminable; les prix sont un scandale : mais il y a de faux ors et de faux marbres, un panier pour notre bouteille, une musique à prétentions, des menus sur lesquels sont venus se poser, en tête des noms de plats, les articles en chômage, débauchés par les littérateurs qui n'en veulent plus pour leurs titres (non! non! il n'y a rien de plus grotesque qu'un grand restaurant!), et avec cela elle ronronne, elle est à son affaire. Elle passerait bien là tout l'après-midi. — Au moins la musique nous permet-elle de nous taire. Les orchestres dans les restaurants ont dû être inventés à l'usage des couples. »

A table, comme elle mangeait! Et choisissant presque toujours, comme par système, les plats le plus cher. « Elle demande des consommations cher. On voit qu'elle est de bonne famille, cette petite », disait un jour, naïvement, un inconnu, d'une inconnue, à la table de café voisine de celle de Costals. Costals, au contraire, quand il voyait Solange éplucher la banane avec couteau et fourchette, pour que ses précieux doigts ne touchassent pas la matière grossière : « Faux raffinements, pensait-il, par lesquels les petites gens prétendent qu'on croie qu'ils sont des archiducs, alors qu'ils y avouent le ruisseau. » Elle, si gracile, si légère, qui, au cinéma, « ne fixerait pas le strapontin en s'asseyant dessus » (disait-elle), ce qu'elle pouvait engouffrer! Par dérision, pour voir jusqu'à quel point elle irait, il la tentait : « Vous prendriez bien encore une pêche Melba? Vraiment, cette crêpe au rhum ne vous dit rien?... » Il voyait alors sur ses traits une hésitation, la dispute entre son envie et la conscience qu'il se moquait un peu d'elle. Elle poussait les lèvres en une moue qui signifiait *non*, tandis que ses yeux disaient *oui*, et cela se terminait toujours par un : « Je veux bien... pour vous faire plaisir. » A ces moments, il avait d'elle un tel dégoût. Comme lorsqu'elle s'excusait : « Il faut que je mange beaucoup pour être tout à fait moi-même. » « C'est cela, pensait-il, elle n'a pas de réserves. » Il finissait par croiser les bras, regardant devant lui en silence, pendant qu'elle avalait, avalait, et brûlant de répondre à son regard interrogateur : « J'attends que vous mangiez la croûte du fromage. » Il songeait avec désespoir que tout l'argent qu'il ferait sortir de son intelligence, de son art et de son effort s'écoulerait dans les intestins d'une femme. « Peut-on, à la fois, être digne d'estime et être gourmand? Je crois que j'aurais encore mieux aimé que cet argent fût employé en fards et en toilettes. » Ainsi des heures passaient, ainsi s'anéantissait le bien inestimable du temps. Et l'écrivain parodiait le mot d'Alexandre emporté dans les eaux de l'Hydaspe : « O Société, que de choses il faut faire pour mériter tes louanges! »

« Contre le donjuanisme on nous dit : " Ah! une seule femme, mais que l'on approfondit, de qui l'on tire des accords toujours plus merveilleux! " Et cela est tentant, en effet, à condition qu'on nous indique la recette pour trouver une femme en qui il y ait quelque chose à approfondir, et dont on puisse tirer ces époustouflants accords. Car une seule femme, et qui est le vide... j'aime encore mieux mille et trois vides. — Celle-ci, cramponnée à moi, et n'aimant ni moi, ni mon travail, ni l'amour. Qu'a-t-elle fait pour s'adapter à moi? On n'aime pas un être, si on ne modifie pas sa propre vie pour y ajouter ou en retrancher quelque chose à cause de lui. Elle me souille en m'obligeant à une nourriture dite de gourmet, à laquelle je ne tiens pas et que je réprouve, en m'entraînant dans des endroits plus ou moins luxueux, où je me déplais et que je réprouve, parlons net : qui me font horreur. Ce côté grue qu'ont en puissance presque toutes les femmes, même les meilleures (comme lorsqu'elle chantonnait dans le taxi). Manger, toujours manger. Être vautré dans des fauteuils, des heures durant. Elle peut faire de moi le chapon français, le bourgeois au petit ventre, avec l'apéritif, la fine, le cigare, l'auto, la « belle vie ». Froide, elle veut m'émasculer, par jalousie. Engourdie, elle veut m'engourdir. Ensuite ce sont les magasins, les achats de choses inutiles, c'est le cinéma, le théâtre, n'importe quoi pourvu que ce soit idiot, car il ne s'agit que de m'abêtir ici, comme de m'émasculer là. Le tout avec des prudences pour n'être pas vue, parce qu'on est en grand deuil, parce qu'on piétine joyeusement le cadavre de son cher petit papa; la civilisation faite par les femmes : chacun tourné vers les autres, réglé par les autres, et inspiré par la frousse de ce que pensent les autres. Et toujours engloutir. Maintenant elle se met sérieusement à sa mainmise et à sa succion. Les femmes disent toujours qu'elles donnent, et elles ne font qu'engloutir. Voir leur posture dans l'acte (posture par ailleurs si ridicule : grenouillesque). Elle voit en moi un être spécialement créé pour elle (le rêve de toute femme!), destiné à faire son bonheur, à lui apporter, avec une « situation » et la sécurité matérielle, un élément d'occupation et de distraction; chargé par la Providence de l'empêcher de s'ennuyer. Cette ex-simple, ou fausse simple, ce qu'elle m'a englouti déjà de force, de substance, de temps, d'argent. L'engloutissement des vallées. La femme-vallée. Vallée dans son étreinte, vallée dans ses organes, vallée dans son essence, retranchée du monde, ne voyant que ce qui est à sa portée, entourée, limitée de murailles qui quelquefois sont son amour, et quelquefois ne le sont même pas. Et le climat anémiant des vallées.

« Ne savoir que se dire. Ne savoir où aller. Traîner de place en place, en cherchant que tirer de sa cervelle et de son cœur. Et toujours en taxi, parce qu'il est entendu qu'une femme ne peut aller autrement qu'en auto (toujours des égards, toujours des chichis : la plus simple d'entre elles est la reine de Saba à perpétuité. Elles ne comprennent pas quel bien elles feraient à l'homme en lui permettant de les traiter cavalièrement, — et ce qu'elles y gagneraient). Et toujours avec la même : " Toujours la même! toujours la même! " comme le pélican : " Des tripes! toujours des tripes! " Et toujours ce claquement du fermoir de son sac, quand elle le referme, qui m'exaspère, comme m'exaspérait le froissement d'éventail de cette *amiga* espagnole, quand elle refermait son éventail, au rythme de trente fois à la minute, pas une de moins (pour quoi enfin je dus l'abandonner). Et chacune de ces journées perdues, abrutissantes, désâmantes, vous coûtant plusieurs centaines de francs, de ces francs avec lesquels tant d'êtres... tant de choses... » C'est au soir d'une de ces journées dévorées par le verbiage, par l'insignifiance, par la stérilité, par cette tâche épuisante et vaine d'essayer de se monter la tête sur des paroles insipides, et que de toute autre qu'une femme « aimée » on eût jugées telles, d'essayer de rendre intelligent et vivant un être qui n'était ni l'un ni l'autre, c'est au soir d'une de ces journées où tous les mots inutiles qu'on a prononcés vous ont laissé comme une pâte dans la bouche, que Costals tomba, dans un de ses carnets de notes, sur cette pensée de son cher abbé de Saint-Cyran : *L'entretien qu'on a eu avec un homme sans nécessité, ou sans quelque notable utilité, est un assez grand sujet pour empêcher le prêtre de sacrifier le lendemain.* Ah! ces bougres-là étaient capables de vous réconcilier avec le christianisme. Si peu de cas qu'on fît du christianisme, le cloître était quand même autre chose qu'une fiancée.

Il se gênait moins avec elle, comme pour compenser. Il lui arrivait, quand ils se quittaient, de lui tendre la main gauche, comme pour se retirer en même temps qu'il se donnait. Et il ne la regardait plus, il évitait de la regarder : il y a des femmes avec lesquelles on vit, avec lesquelles on couche, et qu'on ne regarde pas, dont on ne sait rien de plus que ne sait de la mer un passager qui a passé toute la traversée dans sa cabine.

Elle avait conservé son fard et sa coiffure « jeune femme », bien qu'il lui en eût exprimé son impatience, bien qu'il lui eût même dit, un jour : « Avant que je vous embrasse, débarbouillez-vous. » Parce qu'elle se plaisait ainsi, parce qu'elle trouvait qu'il était bien temps qu'elle fît un peu à sa tête. Il n'avait plus envie d'elle physiquement, et il savait qu'elle n'avait pas, qu'elle n'avait jamais eu envie de lui. Les mariages, pendant quelque temps, sont soutenus par le désir; une journée de scènes ou de silences est équilibrée par vingt minutes de nuit. Mais s'il n'y a même plus cela? Cependant, pour rien au monde il n'eût accepté qu'elle crût que sa furonculose et son visage marqué étaient la raison de sa froideur. D'ailleurs, il avait un peu honte de l'aimer moins parce qu'elle était moins jolie; il avait été ému de son geste, à un moment qu'il la regardait de très près : elle lui avait posé sa main sur les yeux, pour l'empêcher de voir de si près la décadence de son visage. Alors il la prenait, il la caressait, avec des nerfs coupés, eût-on dit, comme ceux des « énervés » de Jumièges. Se baver entre les dents, quand on n'en a pas très envie, cela n'est pas drôle. (Et des pensées saugrenues, comme celle-ci, tandis qu'elle renversait la tête et ouvrait la bouche durant l'acte : « Est-ce qu'elle veut que je lui arrache une dent? ») Ce qu'il y a d'accablant dans la simulation du désir : jusqu'à quel point son corps se prêterait-il à cette comédie? Un jour, comme une bête butée, il refuserait, purement et simplement. Le chameau reste un quart d'heure sur la chamelle, pensant à autre chose. Le chamelier lui donne un grand coup de matraque. Le chameau pousse un coup en faisant un grognement, puis retourne à sa contemplation. Nouveau coup de matraque. Nouvel élan d'amour. Et nouvelle contemplation. Semblable à ce chameau distrait, Costals... Une corvée pour eux deux, de quoi vous dégoûter à jamais de la chair, — à moins de vous pousser, au contraire, vers tous les « stupres », avec folie. Mais la Charité le voulait, la Délicatesse le voulait, le Devoir le voulait. On entend ricaner le Démon du Bien, tenant la chandelle au-dessus de cette sublime et sinistre gymnastique.

Aux heures où il n'était pas avec elle, il se jetait dans son œuvre, comme d'autres se jettent dans l'alcool ou la drogue. Il avait faim de son œuvre; elle le sauvait. Il y ramassait et y filtrait tout ce qu'il vivait avec Solange : l'art est une quintessence de la vie, il l'expurge de ses déchets et n'offre que son sang pur. S'il n'avait pas travaillé le matin, il n'aurait peut-être pas pu supporter Solange l'après-midi et le soir, sans tomber réellement malade, lui aussi. Sa lucidité, son pouvoir créateur étaient d'ailleurs les mêmes qu'autrefois. Dès l'instant que sa fiancée cessait d'exister pour lui (autrement que dans son art), il redevenait un homme.

Il ajournait sans cesse de montrer à Solange l'album de photos, de lui parler de son fils. Il ajournait d'écrire à Brunet. L'idée extravagante qu'il avait eue, un moment, de prendre l'avion pour l'Angleterre, avec toutes les lettres, toutes les photos de Solange, tout le journal intime qu'il avait rédigé à son propos, d'étaler tout sous les yeux de son fils, de lui parler de Solange durant deux heures, et ensuite de dire à ce gamin de quatorze ans et demi, et qui de caractère en avait treize : « *Veux-tu* que je l'épouse? Si tu ne veux pas, il est encore temps », cette idée s'était évanouie. En se fiançant, il avait atteint le bout de sa volonté. Maintenant il s'abandonnait.

Tous deux descendaient comme des noyés, avec des visages déjà d'un autre monde, dans les profondeurs toujours plus sombres, à quelques mètres l'un de l'autre, sans se toucher.

Pourtant, un jour parmi ces jours, il se fit une courte éclaircie. Un mufle (homme du XVIe arrondissement : il fallait s'y attendre) demanda à Costals, d'un air folichon : « Qui est donc cette fille ravissante avec qui je vous ai rencontré avenue du Bois? » Là-dessus Costals réalise qu'on trouvera sa femme ravissante, et s'en pavane un peu, dont il a honte. Tous parlent contre le monde, et tous l'ont dans le cœur.

VII

ANDRÉE HACQUEBAUT
*Saint-Léonard*

A PIERRE COSTALS
*Paris.*

*22 janvier 1928.*

Toute seule! Oui, oui, venez vite. Je vous ouvre la porte. Oh! comme vous avez froid! Vous sentez bon l'hiver, la gelée. Il faut que je vous réchauffe. Débarrassez-vous de votre manteau, de votre chapeau, de votre foulard, que je vous voie bien, vous que j'ai si longtemps inventé. Et j'aime quand vous étirez les cinq doigts à la fois dans vos gros gants de cuir fourré! Tellement un geste d'homme... Mais quoi, un rayon de soleil sur la neige! Sortons. Allez m'attendre quelques instants près de la fontaine, pendant que je me change. Quelle robe me conseillez-vous?

Mon petit bourg calme, calme. Je suis contente qu'enfin vous le connaissiez. Et vous êtes si gentil, de ne pas craindre qu'on nous voie ensemble. Marchons longtemps, jusqu'à ce que je demande grâce. Moi, froid? Toute chaude de vous, oui. Moi, ennuyée parce que vous avez lorgné la petite au père Bernardeau? La jalousie est un sentiment de crémière. Ne me parlez pas; vous ne me parleriez que de vous, et qu'ai-je à en apprendre? Je vous connais comme ma poche. Moi non plus je n'éprouve pas le besoin de vous parler. Je vais vous garder un peu avec moi, sans rien d'autre que vous respirer et me sentir vivre contre vous. Marchons en silence. Vous êtes le seul homme qui ne m'ennuie jamais. S'ennuyer de cet âme-à-âme entre nous deux!

Vous me rendez heureuse, très heureuse, et vous avez raison : j'ai mérité votre bonté. Et puis, cette certitude que vous avez enfin compris. Vous vous rendez compte enfin que vous m'aimez.

La vie est belle.

On fête le retour du régiment d'un de mes cousins, à Didier-le-Petit, et je suis obligée d'y aller avec mon oncle mercredi et jeudi. Pendant deux jours, plus de Sainte-Beuve, plus de T.S.F., et des cousins à n'en plus finir. Le repos que donne la compagnie des gens simples, ah oui, parlons-en! Avant que je vous aime, les corvées passaient sans trop de mal, mais depuis elles me paraissent au-dessus de mes forces. Vendredi je serai rentrée et nous referons une autre promenade.

Je vous embrasse.

A.

*(Cette lettre a été classée par le destinataire, l'enveloppe non ouverte.)*

## VIII

Costals déjeunait chez les Dandillot. Depuis dix jours qu'il était fiancé, il n'avait rencontré que deux fois Mme Dandillot, et les deux fois chez son notaire : on n'avait parlé qu' « affaires ». Ce matin se posait pour lui un menu problème qui, accueilli d'abord sur le mode badin, peu à peu avait tourné au sérieux : comment nommer sa belle-mère, lorsqu'il lui adresserait la parole? « Appeler " ma mère " cette inconnue sotte, souvent vulgaire, ce Polichinelle, ce cheval de gendarme? Ce n'est pas que je donne dans le poncif de tenir pour sacré le mot *mère*. Il y a des femmes de tout acabit; or, la majorité des femmes sont mères; il y a donc des mères de tout acabit. Seulement, moi, j'ai eu une mère très bien. Donner à cette étrangère le nom que je lui donnais, je ne le veux pas et je ne le peux pas : ça ne sortirait pas. " Chère Madame " est offensant. " Chère amie ", nous n'en sommes pas là. Reste : ne pas " l'appeler " du tout. Commode!... » Ce déjeuner était un supplice pour l'écrivain. Incapable cette fois de se sauver par l'abrutissement créateur (le travail), il avait fini par s'étendre sur son lit, — sur ce lit où, quelques heures plus tôt, dans son sommeil, il rêvait de ces deux femmes : ce ne sont pas les spectres des morts

qui nous hantent, ce sont les spectres des vivants.
« Il est également indispensable de fixer la date du mariage. Il est également indispensable et urgent de prendre une décision touchant Brunet. Et tout cela *pour quoi*, POUR QUOI? CAR IL N'Y A PAS DE RAISON A CE MARIAGE. »

Au début, ce fiancé terrassé sur son lit... encore un *gag!* Son rire cessa lorsqu'il se sentit la proie d'un réel malaise physique (causé sans doute par le trouble moral, mais peut-être aussi par les cigarettes que, d'énervement, il fumait coup sur coup depuis trois heures : ces cigarettes de caporal, qui sont comme si l'on fumait des poils de derrière). Il se leva pour chercher de l'eau de Cologne, pauvre chat, et se vit dans la glace. En dix jours, son visage avait vieilli, pris une expression constante de tristesse. « Je maigrirai tandis qu'elle grossira : les vases communicants. » Il se jugea laid. « Non, elle ne peut pas m'aimer. Tout cela est une farce ridicule. » La tête lui tourna carrément; il était livide; il se remit sur le lit. « Il faudra que je me saoule, avant d'aller avec elle à la mairie. L'instinct de conservation serait capable de se réveiller *in extremis.* »

« Si je pouvais seulement me dire, comme je me le suis dit parfois : " Ce n'est qu'une parenthèse. Un fâcheux avec qui on se trouve dans un compartiment de chemin de fer, et on songe : ce sont dix heures à tirer. " Mais non, elle refusera de divorcer. Ça se voit tellement à son visage, — à tout cela en quoi elle s'est métamorphosée aujourd'hui, à sa nouvelle coiffure, à sa nouvelle écriture. Peut-être finirai-je par m'attacher à elle, à cause de ce que je lui ai donné. J'ai *nourri* le petit sentiment que j'avais pour elle, dont Dieu sait ce qu'il fût devenu (du rien), si je l'avais laissé à lui-même, si je ne l'avais pas nourri de charité, comme on nourrit un métal par un autre métal, dans la monnaie, pour que cette monnaie tienne. Le mal est en moi — cette charité, — et c'est ce qui m'accable. »

Midi, et il n'était ni lavé, ni rasé, ni habillé. Il se leva de nouveau, et de nouveau fut rapidement obligé de s'étendre. Dramatique. Devoir passer sa vie auprès de gens dont la seule présence, pendant le temps d'un déjeuner, suffisait par avance à le clouer sur ce lit, avec un masque de cadavre, — et qu'il fût encore temps de dire non, — oui, cela, ce n'était plus du gag, c'était dramatique.

Il téléphona qu'il était indisposé, qu'il serait sans doute en retard. (Mme Dandillot crut qu'il ne viendrait pas. Elle avait trop de fois, quand elle faisait la tête à son mari, feint un mal d'estomac au moment de se mettre à table.)

Eau froide sur les tempes, eau de Cologne sous le nez... A midi et demi il put aller à son lavabo, et à une heure et demie il sonnait avenue de Villiers.

« Dorénavant, veuillez considérer que cette maison est la vôtre », dit Mme Dandillot, quand il entra dans le salon. Ce sont des paroles auxquelles il est à peu près impossible de répondre, quand le cœur n'y est pas.

Sur une table, un cadre contenait les photos de Solange et de Costals. Mme Dandillot, le lendemain du *oui*, avait demandé au fiancé une photo de lui « qui n'eût pas paru dans les journaux ». Costals, devant ces images, pleines de sous-entendus idéalistes, songea à ce « Lui » et à cette « Elle » dont on a trouvé les effigies en mosaïque dans les ruines de Pompéi : Elle, une dinde, Lui, un abruti, — tellement déjà le couple éternel. A peu près, pour le couple, ce qu'est la *Famille de Charles IV*, de Goya, pour la famille.

Oh! côté mangeoire, on avait bien fait les choses. C'était le repas de fiançailles, que ne le disiez-vous! Caviar, volailles, truffes, et des bouteilles extrêmement provocantes. La partie matérielle parfaite, et la partie morale piteuse, comme dans les films américains. Le cheval de gendarme caracolant à souhait. Solange le visage dur, crispé, comme en ce jour où il avait été pour la première fois chez les Dandillot, et où ils jouaient encore à être à demi des étrangers l'un pour l'autre : « Bonjour, Mademoiselle. » — « Bonjour, Monsieur. » Et Costals : « Est-ce qu'une trappe ne pourrait pas m'engloutir? » Toutefois, il discerna bientôt que le mot d'ordre était de ne pas aborder *ce sujet*, et en fut soulagé d'autant.

Après déjeuner, il y eut un temps de silence gêné. N'avoir rien à se dire, mais que cela n'apparaisse à aucun moment, c'est tout le jeu des salons. La T. S. F. et l'appareil à disques ont été prévus pour ces circonstances-là : c'est alors que la maîtresse de maison fait marcher un disque de Mozart, foudroie des yeux quiconque veut placer un mot, et douze fantoches suspendent leur souffle en l'honneur du conformisme sonore; car, de *ressentir* quelque chose à Mozart, bien entendu il n'est pas question pour un homme de 1928; seulement les faiseurs mondains se retrouvent sur Mozart comme les faiseurs intellectuels sur Racine. Mais il n'y avait pas de mécaniques chez les Dandillot. Solange, pour se donner une contenance, caressait donc la Grise (et un âpre ronron emplissait l'appartement), la contemplant comme on contemple la flamme, ce qui ne l'empêchait pas de glisser de temps en temps vers Costals ce regard en dessous qu'ont les petites filles et les bouvillons. « Laisse donc cette bête tranquille! » éclata Mme Dandillot, et l'on eût pu se croire revenu au temps où Mme Dandillot, qui avait horreur de son mari, cependant devenait nerveuse lorsqu'il caressait trop gentiment une des chattes. Enfin Mme Dandillot eut cette trouvaille : ne sachant toujours que dire, elle prit un des livres de Costals et se mit à lire à haute voix tel passage qu'elle « adorait ». « Cela va-t-il durer longtemps? » se demandait-il, ses paupières tombant de lassitude : certains écrivains trouvent quelque chose d'impudique à la lecture de leur prose à haute voix. Mme Dandillot referma le livre avec des « Admirable! Prodigieux! » Elle poussait de tels cris qu'on eût juré qu'elle était une vraie femme du monde.

— Maintenant, me permettez-vous de vous demander ce que vous avez voulu dire dans cette phrase, que je ne comprends pas très bien?

Elle relut une phrase. Ainsi détachée du texte, et vieille de dix ans, Costals ne se rappela pas tout de suite ce qu'il avait voulu y dire, et l'avoua avec candeur, comme s'il parlait à des intelligents. Alors les deux femmes s'esclaffèrent. Et il comprit que ni l'une ni l'autre ne s'étaient assimilé un seul instant l'air qu'il respirait et dont il vivait. Il se souvint d'une parole que Solange avait dite à sa mère, et que celle-ci avait répétée sans y entendre malice : « Je l'aimerais tout autant, s'il était épicier en gros. Et puis il aurait moins de femmes pendues après lui... »

Mme Dandillot devait sortir. Ils restèrent seuls. Si le « quand nous revoyons-nous? » est destructeur, le « que faisons-nous? » est son frère. Solange opina qu'elle irait volontiers chez lui, voir un album sur la sculpture égyptienne, dont il lui avait parlé. « Naturellement, elle se fiche de la sculpture égyptienne. Mais il faut bien tuer le temps. Et faire semblant de s'intéresser à ce qui m'intéresse. »

Pour s'habiller, elle passa dans sa chambre, dont elle continuait de lui interdire l'entrée parce qu'elle avait honte de ses objets de petite fille, qu'elle trouvait ridicules, mais qu'elle ne *pouvait* pas jeter. Honte aussi du fouillis perpétuel de cette pièce. Lui, il avait échafaudé là-dessus une théorie : « Elle considère sans doute ce lieu comme plus sacré qu'elle-même. Ainsi un homme ne se respecte pas, mais respecte un objet d'un culte. Reporter sur un objet extérieur ce qu'on devrait ne consacrer qu'à soi. Il m'est arrivé, m'étant fait un emploi du temps, d'en être esclave au point de détester tout imprévu, même agréable. »

Avenue Henri-Martin, tandis qu'ils feuilletaient l'album, brusquement la tentation envahit Costals de passer de cet album à un autre. Elle s'amplifia comme le bruit d'un obus qui s'annonce. Puis l'obus éclata, la décision fut prise : il alla chercher son album de photographies.

Devant les images de ses parents, de ses grands-parents, de son enfance, elle parlait toujours bien, avec douceur et délicatesse. A mesure qu'ils feuilletaient, Costals sentait un calme étrange monter en lui, un calme vraiment mystérieux. Mais il était comme durant la course de cent mètres, pendant laquelle on ne respire pas. Il tourna une page, et deux photos de son fils apparurent.

— C'est un petit cousin. On dit qu'il me ressemble, quand j'avais son âge. Vous ne trouvez pas?

— Oh! non! Vous deviez être mieux que ça.

— Il ne vous plaît pas?

— Franchement non. Il a un petit air resquilleur qui ne me plaît pas.

Costals tourna la page.

La paix. Ce n'était plus le calme, c'était la grande paix. La paix soudaine, comme l'avant-port pour le paquebot qui vient de franchir la barre, après la mer démontée. Il se souvenait aussi de la phrase de Gênes : « Il est heureux que vous n'ayez pas de fils. » Quiconque l'eût observé eût pu voir son visage, contracté depuis le réveil, se détendre et s'éclairer, comme le visage du martyr dans les flammes, au moment où, expirant, il croit voir son dieu. Pour la première fois depuis son retour de Gênes, il serra Solange contre lui, avec un élan vrai.

## IX

Costals, le lendemain, sur les cinq heures, attendait Solange. Le matin, il lui avait envoyé un pneumatique : « Venez chez moi à cinq heures. Et soyez courageuse, ma petite. J'ai à vous apprendre une nouvelle pas agréable du tout (pour vous). » Ensuite, il avait mis l'interrupteur au téléphone.

Chaque fois qu'il évoquait son visage, c'était comme si ce visage réapparaissait au-dessus de l'eau, avec son regard suppliant : « Sauvez-moi ! » et chaque fois il la renfonçait, d'un coup de rame. « Oui, vraiment, je l'assassine (il se vit dans la glace) et *j'en ai le visage*. Ce que je fais est abominable. Néanmoins, j'ai raison, cent et mille fois raison de le faire. J'ai raison de me préférer à elle, puisque je ne l'aime pas. »

Elle sonna. Il alla ouvrir. Il était ému, pourtant c'est à grand'peine qu'il réprimait une envie de sourire — non d'un sourire d'affection, mais du sourire de quelqu'un qui s'amuse, — si bien qu'il fit une pause derrière la porte, afin de composer ses traits.

Il ouvrit. Elle était sans fard et sans poudre. Il sut qu'elle avait compris. Il y eut ce petit instant d'immobilité qu'il y a quand vous venez d'être blessé, et que le sang n'est pas encore apparu.

Dans un silence absolu — pas de bonjours, — il la conduisit jusqu'à sa chambre. L'électricité n'y était pas allumée; il ne l'alluma pas. Celle-qui-fixe-le-soleil s'effondra dans un fauteuil; son sac coula le long de ses jambes, tomba à terre. Il s'agenouilla auprès d'elle et baisa ses mains glacées, ses veines très bleues, passant comme un fleuve à plusieurs bras sous le pont de son bracelet-montre : la chatte à qui on vient d'enlever ses petits, et dont on gratte le cou pour qu'elle ronronne. Il vit que ses souliers de daim noir gardaient quelque poussière de la veille : « Négligée, et une maison mal tenue. » Il baisa un peu aussi son visage; elle ne rendit pas ces baisers; il doutait si c'était par humeur, ou si elle était anéantie. Son visage était blanc dans l'obscurité, comme un glacier dans la nuit; le coup qu'elle venait de recevoir sur la tête lui donnait un regard vague et trouble, enfoncé. Son beau geste de tristesse, plusieurs fois, de lever et de laisser retomber l'avant-bras sur l'accoudoir du fauteuil, en silence (l'homme, lui, quand il fait ce geste de découragement, le fait avec le poing fermé). Il avait toujours eu « le chic » pour redresser les situations pénibles, pour faire sourire, malgré elle, une femme en colère; mais devant ce geste désespéré il restait sans voix. Bientôt il crut sentir que ses paupières, qu'il baisait, étaient humides, et il dit sa première parole : « Si vous avez envie de pleurer, il ne faut pas vous en empêcher. » Alors, se levant d'un coup, elle se jeta sur le lit, à plat ventre, dans cette posture de petite fille qu'elle aimait prendre, et elle sanglota.

A présent c'était elle qui le baisait, qui parcourait de ses mains le modelé de son visage, qui lui caressait les cheveux, qui enfonçait ses mains entre son veston et sa chemise, et toujours, quand il disait : « Ma petite chérie... » elle répondait ce seul mot : « Oui... » Ainsi un chat à qui vous parlez répond à chacune de vos phrases par un court et unique petit miaulement. D'une voix à peine perceptible, elle murmura : « J'ai le cœur noyé... » Toute sa dureté de ces derniers jours avait fondu; elle était pleine de douceur, comme un chien qui va mourir et agite la queue pour un suprême adieu. Elle savait que tout était fini, maintenant. Et elle l'aimait, alors qu'elle l'avait aimé tellement moins depuis son retour. Elle l'aimait afin de pouvoir aller jusqu'au bout de son désespoir, elle l'aimait parce qu'il n'était plus ce poussin ahuri, parce qu'il lui résistait de nouveau, parce qu'il redevenait le maître. Lorsqu'il s'arrêta d'égrener — comme en rêve — ses sempiternelles raisons «contre», elle dit :

— Vous vous souvenez du mot de Paul, dans *Les Vacances :* « Quoi que vous fassiez contre moi, je ne ferai jamais rien contre vous. » Eh bien, cela, je vous le dis. J'ai beau faire, je ne peux pas arriver à vous en vouloir. Je ne peux rien contre mon amour pour vous. Il aurait fallu que vous soyez très méchant avec moi, et vous ne l'avez pas été...

« Moi non plus, je ne vous en veux pas », dit-il. Il « se comprenait », mais Solange ne pouvait comprendre, et elle sursauta :

— Il ne manquerait plus que ça!

— Allez, le pouvoir que vous m'avez donné, j'aurais pu en user plus mal que je n'ai fait. Je vous ai donné une graine de rêve pour vos vieux jours : vous verrez comme ce sera bien quand vous la verrez fleurir. Je vous ai appris à vivre, je vous ai fourni un destin. Grâce à moi, vous vous êtes découverte, vous avez été au fond de votre nature. Tant de femmes restent en route!

— C'est être où j'en suis qui est rester en route. Et

penser que ça aurait peut-être réussi, qu'on n'a pas essayé, qu'on a souffert pour rien!

— Vous n'avez pas souffert pour rien. Un homme peut souffrir pour rien, non une femme. Je vous ai tourmentée : que vous faut-il de plus? La femme a besoin de souffrir. Enlevez-lui sa souffrance et vous la tuez, ou presque. Il y a des femmes qui sont devenues folles parce qu'elles n'avaient pas assez souffert, *normalement* souffert. Si, un jour, les femmes arrivent à faire leurs enfants sans douleur, elles ne les aimeront pas. C'est pourquoi les femmes sont presque toutes malheureuses, et cela est bien ainsi. Et puis, qu'est-ce que votre désespoir! Songez aux huit millions de morts de la guerre. Songez que ce pourrait être votre mère qui serait morte, au lieu d'un homme que vous ne connaissiez pas il y a huit mois, qui disparaît de votre vie.

— Je n'ai pas encore assez de peine. Vous voulez m'en faire davantage en me parlant de la mort de ma mère?

Mais ses gestes démentaient ses reproches : elle continuait de l'embrasser et de le caresser. Et cette façon qu'elle avait de tourner fréquemment le visage vers lui, avec un regard qui était toujours de tendresse, mais qu'il ne comprenait pas bien.

— Quand j'étais petite fille, j'étais choquée que saint Martin ne donnât au pauvre que la moitié de son manteau. Que pouvait-on faire d'une moitié de manteau? Vous ne m'avez jamais donné que la moitié de votre manteau. Et il ne faut pas faire cela. Il faut le donner tout entier, ou ne rien donner du tout.

« J'ai donné ce que j'ai pu », dit Costals. Il se calomniait. Il avait donné ce qu'il avait pu, à la mesure de ce qu'elle lui semblait mériter.

« J'aurais eu auprès de vous une personnalité que je n'aurai pas autrement. Sans vous je suis bien peu, je le sais. » Elle ajouta : « Et pourtant, je vaux quand même quelque chose! »

— Que voulez-vous que je fasse pour vous? Ce que vous voudrez, je le ferai. Voulez-vous que je vous débarrasse de moi en quittant de nouveau la France? Voulez-vous que nous continuions nos relations? Tenez, voici ce que je vous propose : maintenir tout ce qui était décidé quant à notre avenir, tout à l'exception de M. le Maire. En d'autres termes, je fais aménager une chambre pour vous dans mon appartement. Vous venez y vivre plusieurs jours par semaine. Bref, le mariage sans heure H.

— Être votre maîtresse! Oh! bien sûr, cette solution vous arrange, vous. Moi, elle ruine ma vie. J'ai peine à croire que vous me la proposiez sérieusement.

— Mais... est-ce que vous n'êtes pas ma maîtresse depuis huit mois?

— Je n'ai jamais cohabité avec vous, du moins à Paris. A Gênes, personne ne le savait. Ici!... Et puis, à ce moment-là, on aurait pu dire que nous étions fiancés, ce qu'on ne peut plus maintenant. Il y a sans doute quantité de femmes qui accepteraient avec joie votre proposition. Il faut croire que je ne suis pas du même milieu qu'elles. Et je ne me vois pas récompensant ma mère de son affection et de sa compréhension en acceptant un genre de vie qui nous mettrait en marge, elle et moi, nous fermerait toutes les portes, tant celles de ma famille que celles du monde. (« Quel monde? » se demanda Costals, redevenant méprisant.) En outre, notre oncle Mercadier, quand il apprendrait que je vis avec vous, déshériterait maman illico : la situation du monsieur n'y ferait rien. Il est curieux que vous ne pensiez pas à tout cela. Quelles sortes de femmes avez-vous donc connues, mon pauvre ami?

Bravant les convenances quand elle le croyait nécessaire pour obtenir le mariage, Mlle Dandillot se retrouvait très bourgeoise quand il ne s'agissait plus que de les braver par amour.

Costals fut assez content de sentir en elle une pointe intéressée.

— Ce langage me paraît un peu nouveau dans votre bouche, dit-il doucement. Mais on ne peut que l'approuver. En ce cas, il ne vous reste plus qu'à vous marier. Voulez-vous que « le monsieur » vous cherche un mari?

— Vous êtes fou! Des années et des années se passeront avant que je me marie, à présent. Me demander de me marier, ce serait comme si on me demandait de porter mon visage tourné du côté du dos : une violence affreuse... Le mariage avec vous était le seul qui ne me donnât pas l'impression de la mort. Car le drame n'est pas que vous ne m'aimiez pas, mais que moi je ne puisse pas en aimer un autre. Combien de femmes n'ont *jamais* rencontré un homme intelligent? Où retrouverai-je une telle maturité dans une telle enveloppe de fraîcheur? Où retrouverai-je quelqu'un qui me comprenne?

Ce dernier cri, qu'aurait pu pousser un Aristote ou un Henri Poincaré, poussé par une sorte de midinette, glaça Costals, qui était ému à ce moment; il plongea dans ce puits de tristesse où les femmes jettent les hommes, lorsqu'ils voudraient tant pouvoir les prendre au sérieux, et ne le peuvent pas. Bien que rien ne lui fût plus étranger que le désir de « former » une femme (il n'avait jamais songé qu'à former son fils, et encore avec peu de suite), le mot de Solange d'abord l'avait touché : « Auprès de vous j'aurais eu une personnalité » (il était remarquable qu'elle ne le flattât jamais; incroyable même). A présent ce mot l'agaçait, lui évoquait ces articles rigolards où, à la page féminine des hebdomadaires, *Sylphide* ou *Cousine Annie* indique à ses « sœurs » les recettes pour « se faire une personnalité ». Ces efforts pour donner un semblant d'existence à ce qui n'en a pas sont la chose la plus étonnante et la plus pitoyable du monde.

— Mais... est-ce que je vous ai donc « comprise »?

« Bien sûr », dit-elle. Costals en fut un peu abasourdi, pensant que, de toute évidence, il n'y avait rien à comprendre en Mlle Dandillot.

— Êtes-vous donc si différente des autres? demanda-t-il, avec perfidie.

« Ne vous en êtes-vous pas aperçu? » Chaque femme, si cruellement semblable à ses compagnes, se croit différente.

— L'important n'est pas d'être différent des autres, mais d'être différent de soi. Et vous êtes toujours semblable à vous-même.

Dans un vase, des fleurs se défeuillaient, comme un homme qui fait tomber des femmes de sa vie.

— C'est quand même stupide, reprit-il. (Comme tous les hommes, souvent modestes inopinément, il croyait que, puisqu'elle s'était donnée à lui, elle était prête à se donner à n'importe qui.) La femme ne s'attache que lorsqu'elle n'est pas intelligente. Voyons, soyez un peu intelligente, comme un petit chat qui pousse avec sa patte une porte entrebâillée, pour sortir : *sachez sortir*. Il y a bien des Costals par le monde, qui sont faits pour vous, alors qu'il est si manifeste que nous n'étions pas faits l'un pour l'autre. Sans compter que votre expérience avec moi vous aura servi; vous serez maintenant sur vos gardes; jusqu'à moi on avait pensé à votre place. Et puis, il ne s'agit pas pour vous d'aimer, il s'agit d'épouser. Nous tromperions votre mari autant que vous le désireriez.

— Et si je me sens incapable de mener une double vie? Vous savez bien que je ne tromperai jamais mon mari, quel qu'il soit. Ce n'est pas mon genre.

— Enfin que voulez-vous? Que puis-je faire pour vous?

Il lui vint une idée d'homme, une idée grossière au possible, mais dont la suite prouva qu'elle était une idée excellente.

— Vous savez que je n'ai jamais douté de notre divorce, et que je le rêvais aussi solennel que notre mariage aurait été clandestin. C'est le divorce qui est l'acte capital du mariage, c'est sur lui qu'on devrait mettre l'accent, et je souhaiterais même que l'Église en fît un sacrement... Mais sans doute cela viendra-t-il un jour.

Elle sourit, et il fut content de ce premier rayon de soleil. Oh! il n'y a rien de plus bête qu'un psychologue. Comme si on ne souriait pas quand on souffre!

— ... C'est pourquoi je vous avais dit que, notre bague de fiançailles, je vous la donnerais quand nous divorcerions. Laissez-moi vous l'offrir. Le diamant en est un solitaire : symbole de la destinée de votre ami.

— Je ne vais pas accepter une bague de vous, en ce moment-ci!

Il alla chercher, dans un coffret, une assez belle bague, qui avait appartenu à sa mère. Peu de temps avant de mourir, sa mère lui avait dit : « Quant à mes bagues, tu les donneras à tes bonnes amies. »

La pièce était toujours dans l'obscurité. Mais lorsque Solange, la bague en main, tourna le commutateur pour l'examiner, il connut qu'elle allait mieux.

Elle fit le geste de lui rendre le bijou.

— Vous n'en voulez pas?

Silence.

— Je vous en prie!

Elle poussa les lèvres en avant, comme lorsqu'elle « refusait » la pêche Melba :

— Eh bien, j'accepte. Mais non comme un cadeau : ce serait peu digne de ma part. Comme un souvenir de vous.

— Bien entendu! Je ne l'ai jamais compris autrement. Ce n'est pas du tout un cadeau!

Elle fit miroiter la bague.

— Il est regrettable que la monture soit démodée.

— Je vous en ferai mettre une moderne.

« C'est une pauvre petite grue, pensait-il. La jeune fille qui n'aimait pas les bijoux! Prostituée pour se faire épouser, et, le mariage claquant, acceptant au moins le prix de sa déception. Enfin toute pareille aux autres, car il n'est pas une femme qui ne se prostitue. Et parasite; depuis huit mois que nous sortons ensemble, elle a mis la main à son portemonnaie une *seule* fois : pour s'acheter cinq sous de fil à coudre. Il ne me reste plus qu'à lui faire un certificat, avec son 5 sur 20 de capacité sexuelle, et les dates d'entrée et de sortie. Mais pouvais-je souhaiter mieux? A présent nous sommes quittes. » Épouse possible, puis fiancée, elle l'avait entraîné dans un élément « sublime », qui n'était pas le sien. Grue, elle le remettait à l'aise : on rentrait dans le naturel. Et il l'avait payée, comme un prisonnier achète son gardien pour pouvoir s'enfuir. On paye les femmes pour qu'elles viennent, on les paye pour qu'elles s'en aillent; c'est leur destinée. Le ton roué reparut. D'ailleurs il ne pouvait prendre très longtemps au sérieux ses méfaits.

— Quand vous vous marierez, vous direz à votre futur que c'est un diamant qui vous vient de votre grand'mère, qu'elle portait aux bals de Napoléon III. Prévenez votre maman, qu'elle ne vous trahisse pas.

— Trahir, c'est plutôt votre affaire à vous, il me semble.

— Dans ma famille on a toujours trahi. Trahi pour trahir, comme on guerroyait pour guerroyer. Depuis cinq siècles. Nous avons ça dans le sang. Mais, si vous aviez été fille de France, je vous aurais traitée autrement, — parce que vous auriez été autre. Vous aimez penser que vous êtes un phénomène. C'est pour le coup que vous seriez un phénomène, si un homme ne vous avait pas trahie.

Assez brutalement, il la pria de se déshabiller. Pour la première fois depuis Gênes, il avait envie d'elle. Parce qu'il ne la redoutait plus. Parce qu'elle n'était plus une « légitime ». Et parce qu'il la voyait grue. « Vous voulez que je défasse mes cheveux? » demanda-t-elle, comme si de rien n'était.

Il la prit à deux reprises, soulevé par l'excitation de toute cette scène comme par une vague. Et elle aussi, pour la première fois depuis Gênes, elle parut y avoir du goût. Molle quand il était un amant distrait, et un fiancé pusillanime, elle s'allumait un peu quand il redevenait énergique dans ses décisions et dans ses caresses. Et puis, ils n'étaient plus qu'amants : qu'au moins ils le fussent bien.

Au moment de partir, Solange glissa dans son sac la boîte d'Abdullahs que Costals venait de vider : son dernier souvenir de fiancée! Mais il avait aperçu le geste.

— Les personnes qui gardent mes lettres, ou mes vieilles boîtes d'Abdullahs, pour faire du sentiment, m'exaspèrent, me causent la même sorte d'exaspération que me causent les gens qui prient pour moi. Vous avez la bague, chère Solange, ça suffit.

Il reprit la boîte et la jeta au panier.

Après dîner, au téléphone, Mme Dandillot fut parfaite. Comme elles avaient renoncé facilement, ces deux femmes! Comme elles acceptaient tout (la docilité des Françaises)! Cette volonté des femmes, dont elles parlent tant, et qui s'use si vite. Quatre fois la mère fait une défense à son gosse, mais après quatre fois elle renonce à intervenir, et le petit peut enfin se casser la jambe en toute tranquillité. A la question de Costals : « Dois-je continuer à rencontrer Solange? » Mme Dandillot, avec une apparente fermeté, répondit par la négative.

Costals avait souhaité cette réponse, et prévu qu'en ce cas il irait au Maroc, retrouver son amie Rhadidja qu'il n'avait pas vue depuis près de dix-huit mois. Un paquebot partait le surlendemain pour Casablanca. Le lendemain il prit le train pour Bordeaux, sans avoir revu Solange. « Non seulement j'ai toujours su fuir, mais j'ai toujours su fuir à temps. »

Il fermait la parenthèse.

*J'ai l'hoquet.*
*Dieu m'l'a fait.*
*P'tit Jésus,*
*Je n'l'ai plus.*

X

ANDRÉE HACQUEBAUT
*Saint-Léonard*

A PIERRE COSTALS
*Paris.*

*27 janvier 1928.*

J'ai rapporté de chez un antiquaire d'Orléans un feuillet de papier de riz chinois sur lequel est peint un oiseau. C'est la seule chose belle originale qu'il y ait dans ma chambre et même dans toute notre maison (les autres sont des reproductions). Je la regarde, je la regarde... Je songe que c'est un homme qui a peint cela. Je me souviens d'un petit bois sculpté, au Musée Dennery : une couleuvre enroulée autour d'une tortue. Le corps du serpent s'aplatissait doucement lorsqu'il appuyait sur les rebords de la carapace, et ce seul détail suffisait à donner la vie. A des milliers de kilomètres, il y a des centaines d'années, c'était aussi un homme qui avait sculpté cela. Élevée dans un milieu sans culture, j'ai cru longtemps que l'art était du superflu, bon pour les écoliers et les femmes, et ce n'est pas l'enseignement primaire qui risquait de me faire changer d'idée. Quand j'ai commencé à comprendre que l'art était presque exclusivement mâle, et la plus haute forme de l'activité masculine, j'ai éprouvé une stupeur dont je ne suis peut-être pas tout à fait revenue. Alors, quand je vois une œuvre qui m'émeut, quand je lis une page qui me fait devenir pâle, je pense que c'est un homme qui a fait cela, et je me sens pleine de respect et de gratitude, et je trouve que nous autres femmes nous n'avons qu'à nous taire. La Vierge du musée lapidaire d'Autun, Andromaque tenant le fils d'Hector, les adieux de la Jungle à Mowgli, Chartres, le Parthénon, tout cela, c'est de l'amour que cela est né, en fin de compte, de cet amour des hommes que les hommes savent donner autrement qu'en prenant dans leurs bras. Mais pour que l'art fasse passer en moi, à plein, l'amour dont il a été conçu, il faudrait y avoir été une fois, dans ces bras, savoir ce que c'est, pouvoir s'en fiche; si j'y avais été une fois, le monde de l'art m'était donné, que je ne fais que pressentir, j'étais entraînée dans ce courant vaste et doux qui circule entre l'artiste, les créatures et les choses, au lieu d'être condamnée à rester sur son bord. Par votre veto impitoyable et injustifiable, vous m'avez frustrée d'un univers, et cependant, en ce moment, je ne vous en veux pas.

*Le lendemain.* — Vous savez comment vont les choses avec moi : il faut que ça sorte. Je ne tenterai donc pas de vous dissimuler que vous m'avez peinée. Déjà, l'automne dernier, j'avais su par le journal que vous étiez en Italie, et j'avais compris : vous aviez voulu mettre encore plus de distance entre nous deux. Cette fois, vous choisissez, exprès, pour parler à la radio, le jour où vous savez que je serai chez mes cousins, qui n'ont pas la T. S. F. Je me souviens parfaitement de vous avoir écrit : « Mercredi et jeudi, plus de livres, plus de T. S. F. : ça va être gai! »

Mon oncle entre. A tantôt la suite.

Écoutez ceci. Tout à l'heure, en revenant à la maison avec mon oncle, précisément à l'angle de la rue de la République et de la rue des Tanneurs, j'ai eu l'impression de recevoir un baiser. L'illusion était telle que j'en ai rougi. C'était le vent, un petit bout de vent qui débouchait, mais comme je suis femme cent pour cent, c'est-à-dire à mes heures bonne pour la douche, je crois plus ou moins à la télépathie. Je rentre et qu'est-ce que je trouve dans le journal? L'annonce que votre causerie radiophonique n'a pas eu lieu jeudi, et qu'elle est reportée à après-demain. Puis-je penser, suis-je trop présomptueuse de penser que vous avez eu des remords de la faire juste le jour où je ne pouvais l'entendre? Si oui, glissez après-demain le mot *remords* dans votre première phrase. Par exemple : « Mesdames et Messieurs, la date de cette causerie a été changée, mais j'aurais eu trop de remords s'il ne m'avait pas été possible, etc. »

Ma lettre écrite, vite, vite, je cours la mettre à la poste, comme si elle devait vous arriver séance tenante. En fait, vous la recevrez sans doute demain matin, et ce sera un brin de plaisir pour votre journée.

A.

Ci-joint un échantillon de l'ensemble que je me fais faire, pour que vous choisissiez le même à votre « belle madame » du moment.

A.

*(Cette lettre a été classée par le destinataire, l'enveloppe non ouverte.)*

## XI

ANDRÉE HACQUEBAUT
*Saint-Léonard*

A PIERRE COSTALS
*Paris.*

*29 janvier 1928.*

Costals, cher Costals, vous n'êtes pas orateur, oh! non! Comme j'attendais votre « tour de chant »! J'avais si peur que vous ne commenciez cinq minutes en avance. Dès sept heures j'étais à l'écoute et c'est ainsi que j'ai appris que les Lapons mangent la morue assaisonnée de pétrole, que M. Claude Farrère est un « grand écrivain », et que la pâte *Fébo* « rendrait brillante même une pelote de laine »! J'en apprends des choses, grâce à vous!

J'ai guetté le mot *remords* dans votre bouche. Je ne l'ai pas entendu. Mais il est possible qu'il m'ait échappé, vous articulez si mal. En revanche, lorsque vous avez cité — *sans qu'il me parût que cette citation s'imposât vraiment* — la phrase de la mère à sa fille, dans *Pourpre :* « Je t'aime tant que je ne pense jamais à te le dire », j'ai pris cela pour moi, j'ai pensé que vous l'aviez peut-être dit avec intention.

Oui! vous articulez mal, vous vous énervez, votre voix devient cassante et votre débit précipité. Savez-vous le meilleur moment de votre causerie? Quand vous avez dit tout bas au type de la radio : « Est-ce que je parle trop vite? » Tout bas! Cent mille auditeurs vous ont entendu! J'ai songé ensuite que je n'aurais pas dû vous dire que je serais à l'écoute. Peut-être est-ce cela qui vous a troublé. Je dérange votre vie. Mes lettres vous font perdre du temps. Ma pensée nuit peut-être à vos amours (car je vous aime pour moi; votre plaisir à vous, que d'autres vous le donnent). Pardonnez-moi.

Mais c'est drôle. Je voyais en vous une belle brute intelligente, avec des mains brusques. Je pouvais enfin renoncer à la misérable supériorité dont il m'avait bien fallu m'accommoder à l'égard d'hommes faibles, les seuls que j'eusse connus avant vous. Et pourtant, toutes les fois que vous faites un faux pas, j'ai un tel élan vers vous. Je suis contente quand vous êtes content, cela me console de me morfondre, mais plus contente, je crois, quand vous faites des choses qui vous ennuient, ou quand vous êtes ennuyé, parce qu'alors je me sens davantage encore votre sœur. Ce cœur si lourd, ce cœur toujours assourdi du bruit de ses victoires, on dirait qu'il consent à écouter un peu lorsqu'elles se taisent. Il est hors de doute que votre faiblarde causerie à Radio-Paris aura déçu vos admirateurs. A travers toute la France, on se sera dit : « Pourquoi parle-t-il, puisqu'il ne parle pas bien? » Peut-être même certains auront-ils trouvé, comme je l'ai trouvé moi-même, que pour le fond non plus votre texte n'était pas très fameux : je tiens à vous en prévenir, vous commencez à vous répéter un peu, mon ami. De sorte qu'en ce moment j'ai l'impression qu'il y a des milliers d'hommes et de femmes qui se sont légèrement éloignés de vous. Et moi, à cause de cela, je me sens plus rapprochée de vous que jamais. Moi, je vous suis fidèle : comme nous sommes bien, isolés tous les deux, resserrés l'un contre l'autre, au milieu de la foule des lâcheurs! (Zut! mon oncle m'appelle pour dîner. « Dédée! » Dédée, à trente ans et neuf mois! Si encore c'était vous qui m'appeliez ainsi!)

*9 heures du soir.*

Je rallume pour que vous sachiez ceci : quand la lumière a été éteinte dans ma chambre, mes bras se sont levés et noués comme autour d'une forme chère, mon visage s'est transfiguré et j'ai dit : « Je suis près de vous! »

*1 heure du matin.*

Mon amour aimé, je vous écris, en attendant l'infusion qui me donnera peut-être un peu de sommeil, pour venir vous dire combien je vous aime. Mon amour, mon chéri... Je ne peux pourtant pas mourir sans avoir dit une fois ces mots-là, mourir sans avoir rien dit ni rien fait, mourir sans avoir rien eu de ce qu'ont eu les plus misérables, et qui ne coûterait rien à personne, et qui ne ferait de mal à personne. Vous qui pouvez trouver facilement le bonheur dans n'importe quelle étreinte, et moi qui ne le peux que dans la vôtre, — et vous qui le savez, qui m'aimez, et qui manquez à ce point d'honneur que vous ne me donnez *rien!* Pourtant, cette nuit, ma chambre est pleine de vous, de votre voix, de votre présence. C'est vous qui êtes venu, ce n'est pas moi qui vous ai appelé. Vous êtes sorti de cette boîte de radio, comme un esprit hors d'un coffret enchanté, avec votre visage un peu déconfit (les confrères vous ont dit des choses aigres-douces : « Mais non, ce n'était pas mal du tout! Vous prendrez plus d'aisance avec l'habitude... ») J'ai eu si faim, si affreusement faim de vous. Quand je ne vous donnais pas signe de vie, je vous attendais. Quand je vous écrivais, je vous attendais. Quand je vous envoyais mes injures, je vous attendais. Et vous voici enfin, cette présence n'est pas une invention de mon esprit. O mon Dieu! que je m'en montre digne!

Il y a une panne d'électricité, j'ai allumé deux bougies, comme au dernier acte de *Werther,* et elles rendent tout si fantastique dans ma chambre. Il me semble que ce n'est pas ma chambre, que c'est une chambre inconnue. J'ai mal. Si vous saviez comme j'ai mal en moi. Je suis toute secouée de vous. Si vous saviez comme elle se tend vers vous, cette femme que vous avez voulue telle, que vous avez créée telle, car elle n'existait pas avant vous. Asseyez-vous là, que je reste immobile contre vous, à me dire seulement que c'est vous, que ce sont vos vêtements. A présent soulevez-moi, étendez-moi sur ce lit que je ne reconnais pas, qui n'est pas le lit de Dédée, qui n'est pas le lit où je me tordais autrefois comme si j'y étais clouée par une flèche. Ma tête que vous prenez entre vos mains, en enfonçant vos doigts sous les cheveux des tempes (ce froid que vous me faites...) Mes jambes que vous désallongez si sérieusement. Pourquoi cette panne ne cesse-t-elle pas? Il nous faut la grande lumière : je ne suis pas laide en ce moment, vous le voyez bien; et moi je veux vous voir tout entier, maintenant que vous êtes pareil à celui que j'ai rêvé. Ce n'est plus cette infiltration insensible de vous en moi qui a eu lieu jusqu'à ce jour, fatale et consentie à la fois. Il me semble que vous fondez sur moi, vous, Pierre Costals, avec tout votre corps, toute votre œuvre, toute votre vie. Votre caresse profonde, profonde, qui cherche au delà de moi, qui veut me rejoindre je ne sais où. Comme elle me remplit bien. Comme elle calme bien cette chair que vous avez meurtrie en l'exorcisant. De la même façon que ces petites plaies qu'on s'est faites au doigt, et sur lesquelles il suffit qu'on appuie très fort pour que la douleur s'apaise. Serrez-moi, écrasez-moi, et que je crie et que je prie et que je me plaigne de trop de bonheur. Et vous écoutez mon gémissement : vous savez que vous me faites heureuse, et vous l'êtes. Et vous n'avez pas de lassitude. Vous restez aussi longtemps que je vous ai attendu. Maintenant, mon ami, vous savez ce que c'est qu'aimer.

Et ensuite vous me direz les mots que je vous ai prêtés, dictés tant de fois à voix basse, dans la solitude, ceux qui lient un peu l'avenir, ceux que vous me disiez déjà quand je vous aimais avant de vous connaître, comme la mère future aime d'avance son enfant inconnu. Et je demeurerai à votre côté, toute dissipée de bonheur, je me protégerai de moi contre votre flanc, comme une petite brebis, pour se protéger du soleil, se presse contre le flanc du mâle du troupeau.

Et ensuite je me renverserai de nouveau et je vous dirai : « Encore! Je ne suis pas guérie. »

Je ferme tout de suite l'enveloppe de cette lettre. Je ne veux plus savoir ce que je vous ai écrit.

Il faut une punition à mon bonheur. Je m'inflige de ne pas vous écrire avant samedi prochain.

A.

*(Cette lettre a été classée par le destinataire, l'enveloppe non ouverte. Toutefois, le timbre, n'ayant pas été oblitéré par la poste, a été détaché par M. Costals.)*

# DEUXIÈME PARTIE

## XII

— Qu'est-ce qui a fait ça? demanda-t-il.

— La chaleur.

— La chaleur! En février, dans l'Atlas, avec la neige tout alentour! Et quand dans cette pièce même, chauffée, la buée nous sort de la bouche!

— A midi, le soleil est chaud.

Il n'y avait ni volets ni rideaux à la fenêtre (si cette petite ouverture méritait le nom de fenêtre) de la chambre de Costals, dans cet ancien poste militaire de Tighremt, devenu un fondouk marmiteux géré par un adjudant en retraite. Costals avait tendu son grand manteau de voyage le long de la vitre (une vitre dans l'Atlas, ô merveille!), par laquelle venait une bise froide. Et ils le soulevaient, en ce moment, pour voir au dehors.

A trois cents mètres au-dessous d'eux, les buissons brûlaient. Une bande de feu, de quelque cinquante mètres de large, investissait le village, ses maisons de pisé pâle, en gradins, semblables à de grandes marches montant vers un autel. A son bout, elle gagnait, avançait comme une bête : la même apparence de vie que donnaient hier les nuages, sur ces pentes, quand Costals les voyait traverser la piste, à quelques mètres de lui, au ras de la terre, avec la vitesse d'une auto. De l'extrémité du cordon la fumée s'élevait, à une hauteur absurde, voilait des escadrilles d'étoiles, était enfin absorbée par ce grand manque de lumière qui faisait le vide dans le haut du ciel. Au-dessus des sommets neigeux le ciel était plus clair, comme si un halo émanait de la neige.

— Ta maison est en dehors de la kasba?

— Oui, par là-bas.

— Tu crois qu'elle ne risque rien?

— Oh! non.

« S'il fallait sauver Rhadidja des flammes, au péril de ma vie, le ferais-je? » Réponse : « Oui. »

Deux pièces de laine grise la drapaient jusqu'à mi-jambes, serrées à la taille par une cordelière de laine bleue, agrafées à la hauteur des « salières » par deux lourdes broches d'argent ciselé. Le cou nu depuis sa naissance, les bras nus depuis le voisinage des aisselles, s'en échappaient librement. Costals sentait son odeur épicée, cette odeur d'une autre race, qui l'avait accueilli, envoûté, sur le quai d'Alexandrie, la première fois qu'il débarquait en Afrique. Il aurait voulu mordre au plus dru de cette odeur, comme un chien ivre au plus dru de la racine d'un jet d'eau.

Et toutes les paroles qu'il lui adressait dans la solitude, mais qu'elle faisait avorter, présente, par son silence et son inertie. C'est ainsi qu'il aurait voulu lui dire ce que lui suggérait le cordon de feu. Il se souvenait de cet autre cordon de feu, en face de lui, un jour de 1924 : les hommes d'Abd el-Krim qui tiraient. Lui, il tiraillait parmi les Français. Civil, il les avait suivis en première ligne comme Pierre, aux Oliviers, avait suivi les soldats qui emmenaient Jésus, « pour voir quelle serait la fin de tout cela » (Matth., XXVI, 58). Et il avait pris un fusil, simplement parce que le fusil est le second membre viril de l'homme. En fait, il se foutait des Français. Il se foutait aussi des Marocains. Il était plutôt du côté de la France parce qu'il comprenait la langue des Français, et que la vie lui était donc plus facile et plus agréable dans ce pays que dans un autre. A présent, par moments, il avait envie de parler de cette heure à Rhadidja, et des sentiments qu'il y avait eus. Puis il jugeait cela inutile. Les paroles sont inutiles, et les Rhadidja sont bonnes en ce qu'elles vous le rappellent.

Elle laissa tomber le manteau, et se rassit sur l'unique chaise de la chambre. Costals tisonna le feu de bois, qui répondit en se jetant vers lui, comme un fauve qu'on asticote, sous la forme d'une vague de fumée, envahisssant la pièce. Puis il s'assit sur le lit. Rhadidja reniflait sans cesse, comme un gosse. « Enrhumée? » — « Oui. » Elle se moucha : il vit qu'elle saignait du nez.

C'était une fille de seize ans et demi, qui en paraissait dix-neuf ou vingt. Son teint était clair, ses yeux légèrement bridés, son nez petit et un peu gonflé, sa bouche charnue : un visage aux traits réguliers et purs, plutôt d'Indo-Chinoise que de Marocaine. Elle avait posé sur le lit le foulard rouge et vert qui couvrait ses cheveux; ceux-ci étaient châtains, très fins et soyeux : tout à fait des cheveux de Française. Bien qu'ils échangeassent peu de paroles, Costals prolongeait cette attente du plaisir. Pour rien au monde il n'eût manqué à cette politesse, de même que Rhadidja ne manquait jamais, quand elle s'était rhabillée au sortir du lit, de se rasseoir. D'ailleurs c'était une des raisons pour quoi il l'aimait, de n'être pas obligé à une conversation sublime avec elle. Il croyait dur comme fer que presque toute conversation est vaine. Et surtout une conversation sublime.

Il avait connu Rhadidja il y avait quatre ans, à Casablanca, où elle vivait alors chez un de ses oncles. Elle s'était assise à côté de Costals sur un banc du parc Lyautey. D'abord il n'avait pas songé à la désirer, mais elle se cura une dent, avec une épingle de nourrice : il vit sa langue, et alors ce fut fait. Blanche de peau et maigrichonne, il l'avait définie : « l'aile de poulet dans un restaurant à dix francs ». Son teint pâle, ses traits hiératiques évoquaient l'Asie, le sourire fin des « êtres de sagesse ». Il l'avait prise : elle était vierge. Par la suite, mise en goût, elle se donna en long et en large — c'est du moins le bruit qui revint à Costals, — pourvu que l'homme fût un Européen. Mademoiselle avait toujours professé devant Costals des opinions peu conformistes, à savoir qu'elle n'aimait pas les Arabes, qu'elle ne respectait pas ses parents, et qu'elle ne croyait pas en Dieu; il avait pensé d'abord que ce n'était là (sans parler de « l'atmosphère Casa ») qu'une façon de faire sa cour à un Français, mais les on-dit confirmèrent la dissidence de Rhadidja : par exemple, elle se plaisait, disait-on, à faire l'amour pendant les heures défendues du Ramadan. D'ailleurs ne se départant jamais, dans ses exploits, d'une discrétion et d'une bonne tenue qui en pareils cas sont chose musulmane. Avec Costals toujours réservée, tenant sa place, parfaitement bien élevée, si on peut le dire de quelqu'un qui n'a pas été élevé du tout; pleine lune de calme, de dignité et de lenteur. Sans conteste peu arabe, par sa discrétion, sa douceur, son immobilité (pas de gestes), sa ponctualité, sans parler de sa physionomie : étrange parmi les siens. Souvent c'est la stupidité d'une femme qui lui donne un air hiératique; elle : intelligente, d'une intelligence toutefois sans brillant; ayant appris seule à parler le français, qu'elle parlait très bien, à le lire, et même peu à peu à l'écrire de façon suffisante pour se faire comprendre. De famille plus que modeste, et courtisane, elle n'avait ni les réactions, ni la grossièreté qu'on eût pu attendre de sa condition. Elle n'avait pas non plus, inutile de le dire, le comportement d'un Arabe cultivé. Elle était d'une région entre les deux, d'un *no man's land* analogue à celui que devaient occuper (selon Costals) les demi-dieux grecs et les génies hindous. Sa puberté étant accomplie quand elle s'était donnée pour la première fois, il avait été épargné à Costals d'assister au changement, à la crise qu'il aurait vue sans doute chez elle si elle avait été Européenne. Égalité et permanence, comme chez les créatures semi-devines. Et leur sécurité. Le slogan de Rhadidja était : calme et sécurité.

Et son honnêteté absolue. Et son remarquable désintéressement. Depuis quatre ans, Rhadidja prenait l'argent que Costals lui fourrait dans la main, sans jamais y jeter un regard. Il lui eût donné cent sous, qu'elle n'eût pas réclamé, il en était sûr. Jamais de service demandé, jamais d'argent demandé, pas même une demande d' « avance ». Jamais ce regard insupportable de la courtisane européenne, jeté au portefeuille de l'homme, chaque fois qu'il l'ouvre. Même, une fois : « Vous dépensez trop d'argent pour moi. » (Par exemple, elle ne remerciait pas. Ou plutôt elle remerciait s'il lui avait tendu un crayon ou une épingle. Mais ne remerciait pas si c'était une jolie somme.) Telle était Rhadidja. Ni pose, ni colle de pâte, ni christianisme, ni cupidité. Et cela durait depuis quatre ans.

De quelle nature était leur lien?

Un homme à qui une femme a dit une fois : « Ça me fait drôlement du bien », le voilà fou. Notre plaisir est le plaisir de l'autre. Rhadidja n'avait jamais dit une telle parole à Costals, ni équivalent à la noix de coco de cette parole (« Tu aimes comme personne ne sait aimer », etc.). Non plus qu'elle ne faisait jamais la moindre allusion à ses relations avec lui, ni à ses relations avec quiconque. Mais qu'elle aimât le plaisir, son visage le criait, et ses fameux séismes [1]. Son visage s'allumait à l'instant, quand on entrait en elle, comme, dans les cabines téléphoniques de certains cafés, l'électricité s'allume automatiquement quand vous ouvrez la porte. Costals faisait deux mille kilomètres pour voir son visage de ce moment-là.

L'écrivain, nous le savons, ne tenait pas à ce qu'on l'aimât, et même préférait qu'on ne l'aimât pas, parce que ce non-amour laissait son cœur, son esprit et son temps libres. Avec Rhadidja il était servi. Apathique dans tout ce qui n'était pas le plaisir. Costals pensait qu'elle n'avait pour lui aucun sentiment. Peut-être une sympathie de reconnaissance, très superficielle, — et encore! Et nulle feinte de tendresse. Il le trouvait bon, ayant horreur qu'on le pelotât. (Petit, quand une fillette voulait l'embrasser : « Eh bien, alors, allez-y! Mais vite, et sans appuyer... »; et il avait pris en grippe sa grand'mère, parce qu'elle l'embrassait trop.) Rhadidja était un catalyseur; il réagissait, cela lui suffisait (sans oublier qu'elle aussi elle réagissait dans le plaisir). De son apathie, d'ailleurs étendue à tout, il était seulement confondu, car à un tel degré elle lui semblait presque inhumaine. C'était pour lui comme s'il avait ramassé une pierre sur le sol, l'avait dorlotée, fleurie, recouverte quand il faisait froid, mise dans un courant d'air quand il faisait chaud, lavée, enduite de parfums. Rhadidja, hors de l'étreinte, était cette pierre. Et c'était peut-être ce qu'il y avait d'inhumain en elle, et d'inhumain chez lui à avoir de l'attachement pour elle, dans de telles conditions, c'était peut-être cela qui maintenait en vie cet attachement. Chacun a ses voies.

De l'attachement. Dès le second jour, de la

1. Cf. *Le Démon du Bien*, « Terremoto ».

confiance (elle vagabondait seule dans l'appartement, tous tiroirs ouverts). Dès le troisième jour, de l'estime. Puis de la sympathie. Puis quelque chose entre l'attachement et l'affection, où il s'était stabilisé. Pas d'amour, bien entendu, et pas la moindre jalousie pour ses nombreux usagers. Pouvait-elle le faire souffrir? Oui, mais de la seule crainte qu'il ne lui arrivât quelque mal, à elle. C'était là le seul tremblement sur cette chose calme qu'était son affection, comme le tremblotement de la mer par calme plat. Il ne l'aimait pas, mais elle était la préférence de son cœur et de sa moelle.

De son cerveau aussi. Elle donnait à Costals ce qu'il demandait aux femmes : leur plaisir à eux deux, enrobé d'indifférence et d'absence. C'est pourquoi il y avait dans leur liaison quelque chose de pur, qu'il est presque impossible d'obtenir avec une Européenne. Ce n'est pas l'acte sexuel qui est impur et vulgaire, c'est tout ce qu'on met autour. Il y a moins de bêtise dans la braguette de l'homme, que dans son cerveau et dans son cœur.

« Je me meurs de ses mains de bronze pâle, si pures. » Il les prit dans les siennes, qui semblaient des mains de charretier, en comparaison. Il remarqua alors, au gras d'un des pouces, une tache brunâtre, entourée d'un cerne plus clair que la peau de la main. « Syphilis? Puisqu'il est entendu, selon les toubibs, que 80 % des Marocains d'ici l'ont. Mais bénigne : la syphilis des familles. »

— Tu as une drôle de tache, là.

— C'est *el jdem*.

— Qu'est-ce que c'est que *el jdem?*

— J'ai vu le docteur, quand il est passé. Il m'a donné un papier...

(Elle disait « le docteur », tandis que Costals disait « le toubib ».)

De la poche de sa jupe blanche elle tira un portefeuille, et, du portefeuille, une sorte de scapulaire en cuir, contenant un petit papyrus où étaient inscrits des caractères arabes. Elle sourit, de son sourire délicat :

— Ça, c'est un marabout qui me l'a donné.

— Tu m'avais dit que tu ne croyais pas en Dieu!

— Oui, mais il me l'a donné.

La même réponse qu'avait faite à Costals un de ses amis, incroyant notoire, un jour que Costals s'étonnait de voir à son auto une plaque de saint Christophe : « On me l'a donnée. » Veulerie universelle. On nous parle de la « non-résistance au mal ». Il y a aussi la non-résistance à la bêtise.

Dans le scapulaire se trouvait en outre un papier plié, qu'elle tendit à Costals. Il lut :

*Nom : Rhadidja bent Ali.*
*Age : 16 (?).*
*Natif de : Aït Sadem, Tighremt.*
*Maladie : Lèpre. Coryza sanglant. Macule à pouce gauche.*
*Traitement : Prélevé mucus nasal. Envoyer Rhad. Marrakech si confirmation.*
*Observations : État gén. satisf. Pas de sympt. syphilis.*
*Date : 29-1-28.*

*Signé :* Dr Maybon.

Il relut le papier. Son cœur se mit à battre, tellement fort, comme si la paroi de son thorax s'était amincie; comme si son cœur devait soulever à chacun de ses battements les côtes, de même que le cœur du lézard soulève les siennes.

— Mais, Rhadidja, c'est une maladie très grave! Et tu ne me le disais pas!...

— Le docteur a dit que cela pouvait maintenant se guérir. Il apportera des piqûres à la prochaine visite.

— Et tu es là, comme si de rien n'était!

Costals ne sait de la lèpre que les images banales et les souvenirs scolaires que ce mot évoque chez l'homme de la rue. Le corps se détachant par lambeaux, le « faciès léonin », la contagion, la relégation. Aussi — à cause d'un livre illustré de son enfance, — les monstrueuses inventions de l'Église il y a quelques siècles, plus monstrueuses que la lèpre elle-même, qui elle, du moins, est naturelle : le lépreux qui assiste à sa messe funèbre, sous un drap mortuaire, qui reçoit sur la tête (quelquefois dans la fosse) une pelletée de la terre du cimetière, qui est déclaré mort au monde et mené en dehors de la ville, après que sa maison a été réduite en cendres.

— Et le médecin ne t'a pas dit de prendre des soins, des précautions?

— Si, de ne pas laisser manger mes parents où j'ai mangé.

Costals pense à ce grand médecin, directeur d'un centre anti-tuberculeux, à qui il demandait ce que faisait le centre pour les tuberculeux laissés à leur foyer, et qui répondit, avec quelque gêne : « Nous leur donnons un crachoir. »

— Qu'est-ce que disent tes parents?

(L'émotion le rendait idiot.)

— Rien.

— Tu as d'autres taches sur le corps?

— Non, seulement celle-là.

— Tu as donc eu des contacts avec les lépreux?

— Notre oncle l'était. Pas celui de Casablanca, un qui vivait avec nous. Mais il est mort il y a trois ans.

— Il vivait avec vous!... Pas de précautions particulières?

— Non.

— Pas de soins?

— Deux fois par an, il allait à la mosquée de Sidi Bennour, à Marrakech.

Éternel instinct des obscurs, de croire de préférence celui qui ment. Entre l'Institut Pasteur et le rebouteux, on va au rebouteux; encore heureux si on ne va pas au prêtre.

— A Marrakech, je parlerai de toi aux médecins de l'hôpital, pour qu'on te soigne sérieusement quand tu arriveras.

Pour la première fois, le visage de Rhadidja, si tranquille jusqu'alors, s'alarma.

— Non, ne faites pas ça! S'ils savent que vous me connaissez, ils le disent à mon père.

— Les médecins de Marrakech ignorent ton père. Et je leur demanderai une discrétion absolue.

— Non! non!

— Je ne te laisserai pas être soignée n'importe comment, quand je peux, d'un mot, les intéresser à toi. Ce que je veux, tu entends, c'est que tout ce qu'on peut faire pour te guérir soit fait. On t'enverra en France s'il le faut.

Toujours assise, elle avait baissé la tête, si bas qu'il ne voyait plus que ses cheveux. Il voulut la lui relever, mais elle résista, comme un enfant qui boude. Complètement indifférente à sa maladie horrible, mais bouleversée par un péril inexistant. Et il n'y a pas besoin d'aller dans l'Atlas pour voir cela, chez un être jeune...

— Eh bien, je ne parlerai pas de toi, dit-il enfin, décidé à intervenir, mais voulant la calmer.

Il regarda de nouveau la feuille. Le destin de cet être cher, dans les cinq lettres d'un mot griffonné au crayon. Et peut-être son destin à lui. Le désir qu'il avait d'elle était tombé. Non qu'il eût pour ce corps vénéneux de l'horreur ou seulement du dégoût; mais il était comblé par son émotion. Et n'était-ce pas mieux ainsi? La sagesse n'était-elle pas de s'abstenir de tout contact intime aujourd'hui, et d'aller demain à Taoud, à quatre kilomètres, où il y avait en ce moment une infirmerie avec un infirmier indigène (pour les hommes qui construisaient un pont non loin de là)? Au moins apprendrait-il de l'infirmier quelques notions sur le pouvoir contagieux de la lèpre : de quoi apprécier s'il était raisonnable ou non de s'aventurer demain soir.

Il lui fit part de son projet. Mais la frayeur, qui s'était dissipée du visage de Rhadidja, y reparut.

— Si vous parlez de la lèpre à Haoucine et s'il sait que vous êtes à Tighremt, il devinera bien que c'est pour moi que vous êtes venu. Et il le dira à mon père...

— Alors, je n'irai pas.

Cette fois il était sincère : la crainte de Rhadidja lui semblait justifiée.

Eh bien, il l'étreindrait donc. Il ne se voyait pas faisant un trajet de quatre mille kilomètres, aller et retour, pour rencontrer une femme qu'il affectionnait, et ne l'approchant pas, parce qu'elle avait une tache de lèpre. Ce n'était pas le désir charnel qui le portait. Ni le sentiment d'un devoir, envers elle ou envers soi. Ni même, à proprement parler, le sentiment que cet acte serait quelque chose de « bien ». C'était le sentiment qu'il serait à la fois pusillanime et inélégant de ne pas le faire. La renvoyer comme ça! D'ailleurs tout homme, à sa place, s'il n'était pas une triple nouille, ferait comme lui. Quant au risque, sans parler de la dernière guerre, ni de la prochaine, dans sa vie de chaque jour, à la merci des pères, des frères et des amants de ses maîtresses (la plupart du temps mineures, au surplus), il risquait sans cesse; et il avait couché des centaines de fois, et sans précaution *aucune*, avec des syphilitiques et des tuberculeuses. Ce n'était donc qu'un risque comme les autres, dénué d'attrait mais nécessaire. Un de plus ou de moins!

— Déshabille-toi, ma petite. Tu veux?

Si content de lui dire ça. Le cœur recommençait à battre fort, mais s'apaisa après un instant.

Il avait eu l'intention d'examiner son corps. Mais tout de suite elle eut froid, et se fourra prestement au lit. Le moyen de la faire sortir! « Tourne-toi. A droite. A gauche », pendant qu'elle grelotte : vous voyez ça d'ici?

« Le toubib l'a examinée il y a neuf jours, et n'a vu qu'une tache. Peu de chances qu'il en soit apparu une autre depuis. Quant aux organes génitaux, il les a sûrement vus puisqu'il a cherché la syphilis. » N'importe, tandis que, derrière la tête du lit, il se déshabillait, il avait un peu la sensation du soldat qui ajuste son fourniment, une minute avant de sortir de la tranchée.

Il plongea sous le drap, comme on plongerait dans une de ces mares croupies des oasis, verdâtres, où un serpent nage avec une vitesse affreuse.

Mais quand il fut dans sa chaleur, toute inquiétude s'évanouit. Ce qui était là, c'était Rhadidja, c'était la fidèle, l'excellente Rhadidja. (Et il sentait le relief d'un tatouage récent sur le gras de son bras, l'encre encore toute proche, à fleur de peau.) C'était celle qu'il connaissait jusqu'aux entrailles, le sac de chair où il ensachait sa semence. Le lieu de sa sécurité, et même de sa sécurité charnelle : pas une fois il n'avait consenti à s'isoler d'elle (on ne *possède* pas en *s'isolant!*), bien qu'elle lui eût donné deux blennorragies, en 1924 et en 1926; la fiction de la sécurité gouvernait — il le voulait ainsi — ses relations avec cette femme qui l'empoisonnait avec constance. La serviette qu'il avait enroulée autour de la main dangereuse, pour s'en préserver, se défit et s'égara entre les draps :

eh bien! qu'elle y reste. Cependant il évitait sa bouche.

Il l'avait à peine caressée, que déjà le visage de Rhadidja s'en allait à la dérive, au pays des songes. Comme la volupté, instantanément, l'envahit, la maîtrise, l'emporte! Ses yeux bougent dans sa face qui reste immobile, ses narines s'écarquillent comme les naseaux d'un cheval de manège. Et quand, les yeux vitreux, morts, semblables à des planètes mortes, elle cherche sa bouche, il prend la sienne, — la sienne, cette bouche hier capitonnée d'un rose surnaturel, à la façon d'une calèche de jeunes mariés algérois, et qu'il imagine demain le palais perforé, comme par la syphilis. Il prend sa bouche, il la travaille avec attention et lenteur. Il est aspiré par cette femme comme le fleuve est aspiré par la mer. Le goût du risque, absent de lui jusqu'alors, maintenant y entrait. Suspendu à cette bouche si voisine du « coryza sanglant », il se sentait comme l'homme qui s'est lancé en parachute, dans l'instant que le parachute ne s'est pas encore ouvert. Mais il n'y avait là rien de plus, après tout, et il en avait conscience, que lorsqu'il buvait longuement aux bouches des tuberculeuses avancées, et avec leur mort se faisait de la vie. (Comme il aimait les baiser dans cette dépression de leurs joues, semblable au doux creux entre deux dunes, sur leurs tempes suantes où les mèches plaquaient! Comme il aimait voir leur plaisir les décoller un peu plus chaque jour! Comme il aimait les prendre pendant qu'elles toussaient, à la façon de ces raffinés qui prennent les canards pendant qu'ils les décapitent! Edmonde, sa bouche affreusement sèche; et, tenant la langue d'Edmonde entre ses lèvres, il lui semblait tenir entre ses lèvres la langue d'un reptile, et il aimait cela.) Et de même qu'alors il se disait : « Tuberculeux, moi!... Et puis quoi encore? » de même en ce moment il ricanait : « Lépreux, moi?

Allons donc! on sait bien que je suis verni. Verni comme le pape! » Il avait une confiance quasi mystique en son organisme, comme l'aviateur en son zinc qui tangue, comme le capitaine en son rafiot, roulant, prenant l'eau, mais qui toujours arrive au port.

— On dirait qu'il y a longtemps que vous ne l'aviez pas fait, lui dit Rhadidja, naïvement.

Plus tard, il eut honte de ne lui avoir donné sa plus grande preuve d'affection — ce baiser sur la bouche — que porté par l'élan sexuel. Il prit la main tachée et la baisa dévotieusement, non loin de la macule de lèpre. Il n'éprouvait nulle sensation (d'horreur, d'audace, etc.) : la seule sensation de l'affection qu'il avait pour elle.

Lorsqu'elle fut partie, dans le plus grand silence, alors il attendit un long temps, à demi rhabillé, collé contre la porte, pour se convaincre qu'elle ne revenait pas, qu'il n'y avait pas eu d'accroc avec quelqu'un du fondouk. Enfin il abandonna l'écoute. Encore une rencontre clandestine qui n'avait pas mal tourné! Depuis quinze ans et plus, dans sa vie, cette succession constante de choses hasardées qui ne tournaient pas mal...

Il alla soulever son manteau, le long de la vitre. Des hommes et des enfants passaient, tous dans leur grosse djellaba sombre à capuchon, évoquant un peu des moines et des moinillons. Le feu avait gagné. De façon visible. Comme gagne la lèpre. Sous cette rosée d'étoiles.

Puis il se rejeta au lit, ainsi rhabillé, tant la pièce était froide. Le drap du dessous gardait un pli, un *cif* [1], là où il avait été pris entre les cuisses de Rhadidja.

Alors il eut du contentement, comme si dans tout

1. Crête de la dune, en arabe.

cela il avait fait une bonne action. Il lui revint à la mémoire ce trait lu dans quelque cancionero, où la fille du roi de France et de « la reine Constantine », enlevée par un chevalier, et voulant garder sa fleur, lui dit qu'elle est fille de lépreux, de sorte qu'il ne la touche pas. Costals méprisa le chevalier, ce qui ajouta à son contentement. Immobile, les yeux sur le plafond ondoyant, il lui semblait sentir déjà battre dans son sang le poison qu'elle lui avait injecté. Il avait deux sentiments nets. Que, s'il avait attrapé le mal, eh bien, malgré tout, cette heure de plaisir tendre, il ne la regrettait pas. Et que l'horreur du mal serait atténuée pour lui, parce qu'il lui viendrait d'elle. Il pensait : « Ah! qu'elle me donne la lèpre! » comme une femme pense de l'homme qu'elle aime : « Ah! qu'il me donne un enfant! »

Cependant sa destinée était sur les genoux des dieux.

## XIII

ANDRÉE HACQUEBAUT
*Saint-Léonard*

A PIERRE COSTALS
*Paris.*
*(Lettre réexpédiée de Paris à Marrakech.)*

*20 février 1928.*

J'ai retrouvé l'équilibre, et j'en suis contente. Un peu déconcertée pourtant. Une femme qui revient au calme, c'est toujours comme s'il lui manquait quelque chose. Ne croyez pas que je sois gênée par ma dernière lettre. Après tout, si vous ne voulez pas troubler les femmes, vous n'avez qu'à ne pas venir les chercher à domicile par la radio. C'est simple.

Oui, un peu triste. La réaction, sans doute. Et on m'a livré un ensemble que je pensais qui serait bien (je ne vous vois jamais, et je m'habille pour vous seul) et qui me donne une tournure! Je m'habille mal, mais, au moins, je sais quand une chose ne me va pas. Et cela m'accable. Et il y a eu les essayages, où on a vu son image répétée dans une demi-douzaine de glaces. Mon visage m'étonne toujours dans la glace, et je tâche de retrouver l'autre, celui d'autrefois, mon premier visage. Ma passion — ma passion pour vous : je mets les points sur les i, parce que vous ne comprendriez peut-être pas — ma passion me fatigue et me vieillit plus que n'aurait fait une vie morne. C'était bien la peine de changer! Oh! pouvoir vieillir tranquillement, après avoir mis bas les armes de bonne grâce. Ce temps où l'on serait enfin en paix avec son visage... Mais pour cela il faudrait avoir obtenu ne fût-ce qu'un peu...

Vous me démolissez tout, tout. Seulement je dis : je ne veux rien que vous. Et en même temps lasse, — lasse de vous : je mets les points sur les i. Souvent, maintenant, quand ça va me prendre de vous appeler, je mets ma tête dans mes mains, je ferme les yeux le temps de défaillir un peu, et cela passe. Le sentiment que j'ai pour vous mourra; il mourra, comme meurent les choses inutiles. Peu à peu germe en moi la résolution de ne plus vous écrire. Qu'ai-je à perdre de vous, qu'il ne vaille autant perdre tout de suite? (Réflexion d'une femme qui a par instants une lueur de raison.)

Mon printemps sexuel a été retardé de dix ans par la trop grande franchise de ma mère. On se demande ce qui vaut mieux : ou laisser les enfants dans le mystère, concernant les choses du sexe, ou leur montrer ces choses telles qu'elles sont, alors que les « conversations coupables » ne les ont pas encore gâtés. Les deux méthodes aboutissent à la catastrophe. Une révélation trop tôt faite, je le sais par expérience, retarde l'évolution sexuelle. Entre quinze et vingt ans, les couples que je rencontrais me faisaient horreur, à cause de l'acte. La seule idée qu'un homme pourrait m'adresser la parole me hérissait. Déjà solitaire par nature, cette révélation avait augmenté ma sauvagerie. Si c'était pour ça les baisemains, pour ça les minauderies, pour ça la vie de société! Bals, visites, casinos, je refusai tout. J'ai même déclaré, pendant un certain temps, que j'étais fiancée, afin de faire le vide autour de moi. En revanche, jusqu'à trente ans, j'ai ignoré la psychologie de l'acte. Mon erreur à votre sujet (M. de Charlus!...) m'a fait réfléchir, et j'ai acheté depuis six mois un tas de bouquins de psychologie et de psychanalyse. Eh bien, ces lectures faites, rien ne me retirera de la tête qu'il y a certaine anomalie dans votre vie, qui est la rançon de votre talent, comme il y en a une dans la mienne. Wagner, vous le savez, disait à Liszt que, s'il avait été heureux, il n'aurait pas écrit une note. On met dans son art ce qu'on n'a pas été capable de mettre dans sa vie. C'est parce qu'il était malheureux que Dieu a créé le monde.

Avant de vous connaître, j'ai entendu à la *Muse Lamartinienne* d'Issoudun une conférence faite par une poétesse obscure, mais d'un certain talent, Claude Violante, en réalité Mlle Marie-Alix de La Roche de Villebrune, jeune demoiselle de quelque quarante-deux ou trois printemps. Le titre en était un peu ridicule : *Un grand écrivain doit-il nécessairement être vierge?* Mais l'idée ne l'était pas. Cette femme prétendait, avec force preuves scientifiques à l'appui, que, plus éloquemment un artiste parlait d'une chose, moins il la connaissait, que de fameux chantres de la femme, Stendhal, Baudelaire, Poe, Pierre Louÿs étaient impuissants, que d'Annunzio était sûrement resté « puceau » jusqu'à un âge avancé, que Byron était un refoulé, qui préférait les adolescents aux femmes, comme il est visible par ses amitiés bizarres avec Eddington, Niccolo Giraud, Lord Clare, etc., et que la vraie Aziyadé « était un petit garçon » (le mot, paraît-il, est de Mme Juliette Adam); bref, qu'il suffisait qu'un littérateur chantât magnifiquement la femme, pour qu'on en dût conclure que de chair il la connaissait fort peu. J'ai repensé à tout cela en écoutant votre causerie de Radio-Paris. La gêne évidente que vous éprouviez à parler en public m'a portée à croire que vous étiez timide, et que cette timidité devait s'étendre à beaucoup de domaines. Et cela m'a confirmé ce que j'ai toujours pensé, guidée par cet instinct féminin qui ne trompe guère : que votre insistance à mettre l'accent dans votre œuvre sur l'acte de chair était un indice que votre expérience de ces choses était courte. Et comme je n'ai toujours pas compris pourquoi vous vous obstiniez à nous refuser à tous les deux une joie innocente, ce qui est proprement de la démence... Peut-être cela me permettrait-il de le comprendre un peu : non seulement vous n'avez jamais songé, en faisant l'amour, à donner du plaisir à l'autre [1] (c'est pourquoi vous n'imaginez pas que ce soit donner une preuve d'amour à une femme, que de la désirer), mais vous-même vous n'aimez pas le plaisir, *vous n'aimez pas la chair*.

Il n'est pas besoin de vous dire que, moins vous *avez*, plus moi, qui n'*ai* rien, je vous sens proche de moi. Mon hypothèse à votre sujet m'aide à vivre. Elle est donc vraie.

A. H.

Peut-être essayez-vous de prier, et vous ne pouvez pas. Pauvre, pauvre enfant, c'est fou à quel point on peut être malheureux. Tout de même, que de bonheur on ferait, quand on n'a rien, avec le non-bonheur de celui qui a tout, comme vous!

*(Cette lettre a été classée par le destinataire, l'enveloppe non ouverte.)*

1. Dans un des précédents volumes, Costals dit : « Notre plaisir, c'est le plaisir de l'autre. »

## XIV

Les cinq jours qui suivirent, Costals, chaque soir, à la nuit close, reçut Rhadidja et la connut.

Fors cette heure si douce, toutes heures éprouvantes. Temps affreux, et se dire : « La pluie dérangeuse de rendez-vous. Elle ne viendra pas. Il pleut trop. » La petite chambre était sinistre, avec ses murs décorés de motifs ornementaux (indigènes) qui disparaissaient sous une couche de crasse, avec sa colonne sculptée au couteau, soutenant sans conviction un plafond cabossé, promis à l'effondrement sous la première neige un peu grosse. La mer de nuages affleurait au ras de la fenêtre comme l'océan au ras d'un hublot; au-dessus de cette mer, la neige des sommets, comme l'écume au-dessus d'un océan furieux. Il espérait toujours qu'un matin les montagnes auraient disparu, comme le faisaient non loin d'ici les mirages; mais non, elles restaient, stupidement. Dans la pièce que le kanoun ne parvenait pas à chauffer (en Afrique du Nord, de mémoire d'homme, onques ne vit-on un feu qui chauffe), couverture aux jambes, foulard au cou, Costals essayait de travailler; et enfin, se fourrant au lit tout vêtu, c'est là qu'il poursuivait sa paperasserie. (« Que des fautes! que des fautes! » s'exclamait Rhadidja quand elle arrivait, devant ses brouillons raturés.) Ses relations avec le patron, grand patriote et bandit breveté, étaient pour lui une autre épreuve, à cause des efforts de cordialité qu'il y devait faire. En effet, le fondouk avait cet avantage, qu'on y entrait ni vu ni connu. Rhadidja malgré tout risquait d'être aperçue. Pour éviter alors une histoire — elle prétendait que ses parents avaient toujours ignoré sa conduite, — nécessité de cajoler un peu le patriote. Si le plaisir n'est jamais payé trop cher, il se paye néanmoins un bon prix. Qu'il nous contraigne parfois à n'être pas insolent, qu'il nous apprenne à donner la patte, voilà qui mesure son empire.

Aussitôt arrivé au Maroc, Costals avait écrit à Solange. Il lui écrivit encore, de Tighremt, une lettre qu'il posterait dans quelques jours à Marrakech. En général, sur le chapitre des lettres, il était tout à fait comme les enfants. Peinant dessus comme jamais ne peina sur une page de ses livres, parce qu'il ne savait jamais qu'y dire; aussi bien, y disant n'importe quoi, pourvu que cela fît des lignes; les lâchant et les reprenant, comme le chat le souriceau; et enfin laissant tout en plan, sous prétexte qu'il avait assez menti pour aujourd'hui. Que dire alors de ses lettres à Solange! Il les écrivait par devoir : déjà le torrent de l'oubli avait commencé de couler en lui. Il était au bout de cette femme comme on est au bout d'une cigarette; elle avait fait son temps. Chaque fois qu'il pensait à ses torts envers elle, c'était comme s'il tirait sur un pansement : cela « pinçait » et recommençait à saigner. Mais le reste du temps, indolore. Toutefois, il s'était mis en tête de bercer Solange, de maintenir consciencieusement cette petite flamme... Extrême tendresse, affectée, de ces lettres : il voulait trop prouver, comme un mari; hélas, « un long discours n'est pas un long amour » (saint Augustin). Après tout, ces lettres n'étaient pas si longues. Il écourta l'une avec un autocar prétendu, qui justement allait l'emporter. L'autre, justement, son stylo manquait d'encre, et il est si pénible d'écrire au crayon. Dans l'une et l'autre, plein d'admiration pour ce qu'il faisait, comme un commerçant qui paie ses dettes, il soulignait l'étonnement où il était de se voir lui écrire, il lui rappelait qu'en ce moment il n'écrivait à personne, qu'il avait mis tous ses amis en jachère. Avec une merveilleuse inconscience, et qui était d'autant plus merveilleuse qu'elle n'était pas inconsciente : « Et vous vous plaignez! » s'écriait-il. Il avait du regret de ce qu'il avait dû faire contre elle, mais non du remords. Pourquoi avait-elle voulu qu'il l'épousât? (Pourquoi Andrée avait-elle voulu qu'il la prît?) Comme un automobiliste marri d'avoir écrasé quelqu'un, mais qui, en toute bonne foi, ne peut s'empêcher de se dire : « Pourquoi s'est-il jeté sous mes roues? »

Le jour de son départ pour Marrakech — il comptait rester six ou sept semaines, ensuite, dans le Sous puis dans un autre secteur de l'Atlas, — quelques instants avant que Rhadidja le quittât :

— Tu sais, je t'aime beaucoup.

— Je sais bien.

— Je crois que je t'ai dit tout ce que j'avais à te dire. Et toi, tu n'as rien à me dire?

— Non...

Nulle mauvaise intention dans ce « non », qui n'était que l'expression la plus simple et la plus posée de la réalité : qu'elle ne trouvait rien à lui dire. Costals, durant ces six jours, l'avait comblée de gentillesses (et d'argent). Il lui avait donné une preuve peu ordinaire, sinon d'amour, du moins de « quelque chose », en ne se laissant pas arrêter par sa maladie. Il lui avait promis qu'il ferait tout ce qu'il faut pour qu'elle fût traitée par les médecins avec la plus grande attention. Néanmoins elle n'avait rien à lui dire. Lorsqu'elle fut partie, il eut une sorte de frémissement; non un frémissement de peine, un frémissement de stupeur : « Incroyable!... Incroyable!... » Cependant il vaut mieux ne recevoir pas de reconnaissance, pour ce qui en méritait, que voir chez quelqu'un (rien n'est plus gênant) une reconnaissance disproportionnée avec le très peu qu'on a fait pour lui, et fait de mauvaise grâce. Ensuite il soupira. Du soulagement que leurs rencontres se fussent passées sans accroc au fondouk. Les hommes à amours clandestines, chaque aimoir qu'ils quittent, chaque maîtresse dont ils se séparent, chaque étape de leur vie qui touche à son terme, ils ont ce soupir : « Encore un flagrant délit d'évité! » Combiné doux-amer de mélancolie et de délivrance, comme le vent frais et la jeune chaleur sur la plage. Et leur devise pourrait être : « Tant que ça durera! »

— Vous êtes Pierre Costals l'écrivain? dit le docteur Lobel, médecin à l'hôpital de Marrakech. Asseyez-vous donc. Vous m'excuserez, mais ma profession est absorbante... et puis, nous devenons ici des sauvages... enfin j'aime mieux vous avouer tout de suite que je n'ai lu aucun de vos livres.

— C'est bien mieux ainsi, dit Costals, avec une insolence pour une fois inconsciente.

— Mais un de vos amis m'a longuement parlé de vous.

— Hum... Alors, je prévois le pire.

— M. Richard, professeur au lycée de Rabat. Ne croyez d'ailleurs pas que je n'aie rien lu de vous. Je me souviens d'un article particulièrement piquant, où vous preniez avec éloquence la défense de la Tour Eiffel.

— Comment!... dit Costals, scandalisé. Je n'ai jamais rien fait de pareil!

— Allons donc, vous ne vous souvenez pas? Il y a trois ou quatre ans. Il y avait alors une campagne de presse tendant à la démolition de la Tour Eiffel. Vous avez écrit un article pour montrer que la Tour faisait partie, qu'on le veuille ou non, du patrimoine de Paris.

— Il est possible qu'au cours d'un article j'aie dit incidemment que ces soudaines indignations journalistiques contre la Tour Eiffel, contre le Trocadéro, étaient de simples snobismes, de la simple peau de lapin, à moins qu'elles ne fussent suspectes. Mais je n'ai jamais *consacré un article* à la Tour Eiffel », dit Costals avec une véhémence contenue. Qu'il eût publié huit livres, faits de sa chair et de son sang, et qu'on ne sût de lui qu'une phrase de second ordre venue sous sa plume dans une chronique de journal, et dont on déformait le sens, encore, quel symbole des rapports entre un écrivain et le public! Et pourtant, il était tout à fait naturel qu'un médecin n'eût pas lu ses ouvrages; les médecins ont autre chose à faire. N'importe, tout eût tourné plus rond si Lobel avait eu la moindre idée de qui était Costals. En fin de compte, celui-ci glissait doucement, par une pente classique, du fait que Lobel ne l'avait pas lu, à la présomption que Lobel était une sombre andouille. Les pouvoirs d'un médecin sont si grands, non seulement sur notre corps, mais sur notre esprit, que nous avons une pente à le juger indigne d'eux. Notre vie entière dépend ou peut dépendre de lui; cela nous rend sévères à son endroit; c'est tout juste si nous lui permettons d'avoir un autre goût que le nôtre, littéraire, politique, érotique ou gastronomique.

Le docteur Lobel était un homme qui portait la cinquantaine, avec des cheveux de photographe et des moustaches d'acteur mondain; c'est-à-dire des cheveux un peu longs, quoique non pas assez pour être ceux d'un mauvais peintre, et quelques poils de moustache coupés presque ras, comme chez les comtes joueurs de comédie, dont toute la vie serait empoisonnée s'ils n'avaient pas la sensation d'être glabres, mais qui gardent quelques poils pour l'apaisement de la comtesse. La beauté du visage de Lobel n'était ni dans une expression d'intelligence, ni dans une expression de caractère, mais dans son hérédité de visage : c'était le visage d'un homme de la fin du règne de Louis XIII ou du début de celui de Louis XIV; on en était touché, si on le sentait. Mais que les yeux, descendant de ce visage si fin, tombassent sur les mains, ils s'y arrêtaient, saisis : ces doigts boudinés et roses, ces poignets épais et grossiers, c'étaient les mains d'un homme dont le père, durant un demi-siècle, avait dû manier la charrue. Le discord était semblable à ce qu'il est chez certains adolescents du peuple, qui travaillent, et qui ont un visage d'ange avec des mains de vieux forgeron. — Le trait le plus étonnant du docteur Lobel restait toutefois qu'il portât une petite barrette de la Légion d'honneur épinglée sur sa blouse d'hôpital, ce qui faisait le même effet qu'un joueur de football qui la porterait sur son maillot.

Costals, s'étant dépêtré de la Tour Eiffel, dit ce qu'il avait à dire. Lorsqu'il eut fini, Lobel :

— J'ai connu dans un bled, où j'étais le seul médecin, un fonctionnaire français qui, sa maîtresse indigène étant en danger de mort, ne me fit pas venir, parce qu'il craignait que je ne la trouve moche. Je raconte toujours cette histoire aux Européens qui me demandent d'intervenir pour leurs Mauresques. Ceci dit, j'en viens à ce que vous attendez de moi.

« Dans tout le Maroc, la lèpre est en pleine voie d'extension (il disait cela avec un air un peu triomphant, comme s'il sous-entendait : " Nous avons du pain sur la planche. ") Mais avant tout il faut que je rectifie vos idées sur cette maladie. Il y a les maladies que le public prend à la légère, et qui peuvent avoir des suites très graves : la bronchite, la blennorragie, la rougeole, la jaunisse, etc. Et il y a les maladies (ou les actes) qui sont moins graves que le monde ne le croit. La syphilis, si elle est traitée tout de suite, n'est plus dangereuse aujourd'hui. L'acte de se tenir dans un courant d'air n'est pas dangereux, si on n'est pas en sueur. L'onanisme, dont on terrifie les pauvres gamins, n'est " pas autre chose que l'acte sexuel ordinaire ", c'est Janet qui l'a écrit. La maladie de Hansen (c'était la lèpre, en style consolant, à ce qu'il parut à Costals), je ne veux pas dire qu'elle ne soit pas grave, puisqu'on en meurt. Mais enfin ce n'est pas tout à fait ce que le monde croit. D'abord l'incubation est lente : elle peut durer de huit à dix ans. Et l'évolution elle aussi est lente; la maladie peut être sinon guérie, du moins améliorée. Votre petite Mauresque a peut-être devant elle dix ans de vie à peu près normale, et sans souffrances — il y a des poussées, entrecoupées de rémissions très longues, — et vingt ans au moins avant de succomber. (" Voilà qui est capital pour moi, pensa Costals, si j'attrape le mal. Je n'ai besoin que de six ans de lucidité pour avoir fini l'essentiel de mon œuvre. ") Enfin, et c'est surtout là-dessus que j'attire votre attention, la contagion n'est pas du tout ce qu'on pense. Moins fatale que celle de la tuberculose, puisqu'elle ne se prend pas au vol. Vous vous étonnez que Rhadidja et son oncle n'aient pas été isolés. Tous les lépreux ne sont pas isolés. Nous avons sans doute des hôpitaux spéciaux, mais, dans beaucoup d'endroits, les lépreux sont dans la salle commune, quand on ne les laisse pas en liberté. Il y a trois cents lépreux à Paris, dont vingt seulement sont hospitalisés (à Saint-Louis) : les autres se baladent. Même, à Saint-Louis, ils ont toujours été et sont encore dans la salle commune, et on n'a jamais connu de cas de contamination. Bien plus, des hanséniens mariés peuvent avoir des rapports sexuels pendant des années, le conjoint n'est pas atteint. Bref, il n'est pas médicalement impossible, mais il est tout à fait improbable que, dans les six contacts que vous venez d'avoir avec cette femme, vous ayez contracté le bacille qui, quelques jours avant ces contacts, n'était pas décelé sur les organes génitaux. »

« On a toujours raison de risquer, pensait Costals. Je savais déjà que, avec les traitements modernes, la vérole était devenue un plaisir. Mais la lèpre!... »

— Prévoyons le pire, dit-il. Je serais pincé, quand le premier symptôme peut-il apparaître?

— Dans quatre mois ou dans quatre ans, c'est tout ce que je peux vous dire!

— Dois-je prendre dès maintenant des soins préventifs?

— Vos soins préventifs seront, malgré tout, de cesser vos relations avec cette personne. Il ne faut pas jouer avec les muqueuses! Je vais donner des ordres pour qu'on l'amène ici au plus tôt. Je ferai un nouvel examen, bien que Maybon soit très catégorique : examen nasal et le reste. On lui fera des injections de chaulmoogra. Ensuite, il faudra bien qu'elle retourne dans son bled. Nous n'hospitalisons ici que les lépreux avancés. Un lazaret pour eux est projeté à Marrakech, mais ne sera pas prêt avant deux ou trois ans. A Tighremt, Maybon visitera régulièrement votre protégée; j'y tiendrai la main. L'infirmier de Taoud lui donnera les soins, et veillera à ce qu'elle ne cesse pas tout traitement à la première amélioration, coup classique chez les Arabes.

Lobel proposa à Costals de lui faire voir quelques

lépreux, à l'hôpital. « De nombreux hommes de lettres, et toutes les femmes de lettres, de passage ici, se font photographier au milieu des lépreux », dit-il, avec un sourire blessant. Costals refusa. « Il est sans profit pour personne que je me frappe l'imagination. D'ailleurs c'est du pittoresque, et le pittoresque ne m'intéresse pas. » Mais il accepta que le médecin lui prêtât un ouvrage technique dont un chapitre était consacré à la lèpre. Il voulait savoir, mais savoir sans risquer de perdre son sang-froid.

Il eut toutefois du « pittoresque », qu'il le voulût ou non. Photos de « faciès léonins » : yeux hagards, nez écrasés, cils et sourcils disparus. Malades de qui les doigts, les pieds, les organes génitaux étaient tombés, pourris. « Ce serait un grand don qui me serait fait, si je pouvais cesser de l'aimer, pensait-il raisonnablement, cherchant d'instinct la position où il ne souffrirait pas. Mais peut-être, quand elle commencera à se défigurer, la nature m'y aidera-t-elle... Cependant cela n'est pas sûr. »

Une semaine s'écoulerait avant que Rhadidja arrivât à Marrakech. Il pesa s'il l'attendrait, et enfin le trouva inutile. Le lendemain, il partit pour la montagne.

## XV

Ayant regagné la montagne, Costals avait soin cependant de se trouver chaque jeudi dans un bled où arrivait le courrier, afin d'y recevoir la lettre (par avion) que son fils lui écrivait, le dimanche, de la petite ville proche de Londres où il était au collège. Des quelque deux cents lettres qui lui parvenaient en une semaine, seule la lettre de Philippe lui importait; les autres étaient, selon l'humeur du moment, ou feuilletées avec impatience, ou déchirées et dispersées sans avoir été tirées de l'enveloppe. Une lettre qu'on attend vraiment, une lettre qui vous fait plaisir, une sur deux cents, n'est-ce pas la proportion courante?

Durant le dernier trimestre de l'année 1927, Brunet, au lycée de Cannes, avait protesté qu'il ne demandait pas mieux que d'attaquer tout de bon l'imposante masse d'ignorance accumulée en lui, mais que c'était « cette boîte-là » qui l'empêchait de travailler. De sorte que l'idée était venue à Costals de le mettre dans certaine école privée près de Londres : l'Angleterre était à l'ordre du jour depuis que Brunet y avait été « heureux comme un roi », en septembre, chez des amis de son père. Et puis, c'était un moyen d'échapper à cette déformation cuistre qu'exerce sur de jeunes esprits le secondaire français; Costals avait eu pendant douze heures une véritable dépression nerveuse, le jour où Philippe lui avait annoncé avec excitation que son devoir français avait pour sujet : Racine peint les hommes tels qu'ils sont, et Corneille tels qu'ils devraient être. L'Ancien a dit justement que ceux qui ont des enfants sont comblés des dieux, mais la « scolarité », quand elle s'exprime par ces absurdes débats sur des questions dénuées de la moindre importance, vous ferait regretter par moments d'avoir un fils.

Cependant, de Bradborough, venaient de nouvelles plaintes. Brunet, à Paris, avait appris dans l'ordre toutes les stations de chaque ligne du métro, ou presque; sa mémoire était cette terrible mémoire des enfants éveillés : elle enregistrait tout, de sorte qu'il arrivait à son père de se sentir paralysé au moment de dire quelque chose devant lui, crainte que cela ne s'y imprimât à l'excès. Avec tout cela, cette mémoire se cabrait devant la langue anglaise; le garçon réalisait qu'il ne saurait jamais la parler, et s'en faisait peine, non à cause des avantages sociaux qu'il risquait d'y perdre, mais parce qu'il avait cassé la tête à ses copains de Cannes touchant la connaissance sublime qu'il en aurait à son retour. Costals d'abord n'avait pas pris ces plaintes bien au sérieux. Il se souvenait de Brunet, à douze ans, pleurant si fort sur un lapin égorgé que déjà on pouvait se demander si réellement il souffrait autant qu'il en avait l'air, ou de Brunet feignant de s'être blessé, un jour qu'il avait fait une bêtise, pour transmuer en cajoleries la réprimande attendue; et il se méfiait un peu. Mais quand, sur des photos que son fils lui envoya, il le trouva maigri, il se dit : « C'est parce qu'il sent qu'il n'apprendra pas l'anglais qu'il a maigri. » Raccourci qui sous le brillant était solide. Par ailleurs, comme la grâce, la pétulance, la fantaisie de son fils ne passaient guère dans ses lettres. « Est-ce qu'il s'éteindrait? Et, s'il s'éteint, n'est-ce pas ma faute, à moi qui l'ai un peu abandonné? »

« Quand j'étais môme, et qu'on était chacun de son côté, je ne pensais à toi que lorsque je t'écrivais, et quelquefois le soir dans mon lit. Mais maintenant je voudrais tant te revoir. » En vue de relire cette seule phrase, Costals cherchait à nouveau dans sa poche la lettre de son fils, — une de ces lettres désormais si régulières, tandis qu'autrefois c'était pour l'enfant une telle histoire d'en écrire une (ses lettres d'alors, avec la marge et les lignes au crayon). Et il pensait (malgré cette phobie qu'il avait du tête-à-tête, comme d'autres ont la phobie du tête-à-tête avec soi-même) : « Quand on veut rendre heureux quelqu'un, il faut le faire tout de suite. Ne devrais-je pas, à Pâques, le prendre enfin tout de bon avec moi à Paris? » Et encore : « Les serins qui disent que la vie " n'a pas de sens ", quand il y a toujours la possibilité de rendre heureux ce qu'on aime, et de se nourrir de son bonheur du même coup... »

Il songeait à cet amaigrissement de son fils, vrai ou illusoire, et s'en faisait souci. A son bonheur. A sa valeur. A son avenir, devant lequel il était comme un lutteur devant l'adversaire, hésitant quelle *prise* tenter sur lui; car il se savait trop singulier pour que ses jugements sur la vie fussent valables, d'office, pour un autre que lui seul. Son fils, précisément, était la pierre de touche qui lui servait à discerner, dans ce qu'il croyait bon, ce qui était bon pour tous, ou du moins pour ceux qu'il aimait; il était pour lui la cause d'une mise au point constante dans ses jugements de valeur, et d'une réflexion renouvelée sur eux (par exemple : « A moi, la connaissance du latin est indispensable. Mais à Brunet? Et, si oui, *pourquoi?* »).

C'est dans cette inquiétude qu'un jour, assis sur une pierre au milieu de la neige, il nota :

« Sainte Thérèse s'écrie de Satan : " Le malheureux, il n'aime pas! " C'est entendu, l'homme qui n'a jamais rapporté un bouquet de violettes à une femme, ou détaché les timbres des lettres qui lui parvenaient de l'étranger, pour un gosse, il lui manquera toujours quelque chose. Mais il faut dire aussi : " Le malheureux, il aime! " Où est l'amour (encore ne parlons-nous ici que de l'amour-affection), plus de liberté, plus de paix, plus de vie aérienne. Un homme est ruiné ou " déshonoré "; il le prendrait avec philosophie, s'il n'aimait pas, mais il a une femme et un enfant qu'il aime, et cette ruine ou ce " déshonneur " devient une torture. Un homme va mourir, et toute la fermeté qu'il montrerait devant la mort, s'il n'aimait pas, elle tombe en morceaux, s'il laisse des êtres qu'il aime, sous l'horreur de les perdre, et l'angoisse de ce qu'ils vont devenir. Aimer empoisonne, aimer ronge (et, je le répète, il ne s'agit pas ici de l'amour-passion, mais de l'affection conjugale, parentale, etc.). Il ne peut y avoir de sagesse philosophique chez celui qui aime; il ne peut y avoir d'être de sagesse sans égoïsme. " Dieu est tout amour ", disent les chrétiens. L'incroyant répond ceci et cela, mais il pourrait aussi répondre que, si Dieu aime, Dieu est faible, Dieu dépend de la créature et alors il n'est plus Dieu. Un Dieu qui aimerait serait un Dieu esclave, et un Dieu esclave n'est pas concevable. Regardez le sourire du Bouddha et ne nous parlez plus de son amour pour les hommes : on ne sourit ainsi que lorsqu'on n'aime pas.

« Et cependant, si le non-amour est la liberté de l'âme et de l'esprit, cette inquiétude quand on aime peut être quelquefois un des soutiens de l'âme et de l'esprit. L'attention à la santé, au bonheur et à la valeur d'un être, non pas permanente, mais toujours retrouvée au sortir de ce qui n'est pas elle, cette attention est une sorte de ciment qui se glisse dans tous les interstices d'une vie, en lie les éléments plus ou moins disparates, lui donne la cohésion et par suite la solidité. Elle fait l'unité de tant de vies dispersées (l'amour maternel chez les veuves), comme elle en fait la plénitude.

« La plénitude! Comme on est *occupé* par quelqu'un qu'on aime! Cela pourrait suffire à vous occuper uniquement. Mais la loi cruelle, " l'art contre l'amour ", ne gouverne pas que l'amour-passion; je ne l'ai pas éprouvée qu'avec Solange et d'autres femmes : si je n'ai pas donné à mon fils ma meilleure part, c'est que j'ai donné celle-ci à mon œuvre, et il y a des moments où j'en suis troublé jusqu'à l'angoisse. Quoi! dira-t-on, une vie peut-elle être occupée uniquement à penser et à vouloir le bien d'un être? Moi qui ai espacé mes rencontres avec lui pour me tenir en haleine, pour désirer et attendre de le revoir, pour ne m'habituer pas à lui, ni à l'aimer, je réponds : oui, pourquoi pas? J'imagine très bien que j'aurais pu, depuis dix ans, ne faire *rien* d'autre que me consacrer à l'éducation de mon fils (son instruction restant confiée aux spécialistes), et c'est cela qui aurait été une éducation, au seul sens valable de ce mot, et c'est cela qui aurait été l'aimer, au seul sens valable de ce mot. J'avais à construire un homme, ou à construire une œuvre; j'ai choisi l'œuvre : Rousseau abandonne ses enfants, pour pouvoir écrire un livre sur l'enfant. Les pères ordinaires, c'est gagner de l'argent, ou l'importance, ou la belote, qui les vole à leurs enfants. Moi, c'est mon œuvre qui m'a volé à l'amour et à l'éducation de mon enfant, qui m'a fait trahir mon enfant, qui m'a fait *le remettre à demain*, — cependant qu'à d'autres heures, au contraire, je sens ce fils qui me disperse, qui me fait consacrer par à-coups au périssable ce que mon instinct le plus impérieux m'ordonne de ne consacrer qu'à l'éternel (tout artiste digne de ce nom agissant comme si son œuvre devait être éternelle). Semblable à l'océan sur le rivage, tantôt mon fils gagne du terrain en moi, et tantôt il se retire. Mais n'est-ce pas le mouvement de tout amour? Et faut-il s'en plaindre? Quelle ivresse de vivre sur cette eau mouvante, jamais épuisée, jamais fidèle, jamais désespérée, qu'est la vie d'un autre! Quant à l'antinomie de l'art et de l'amour, elle n'est sans doute qu'un cas particulier d'une antinomie universelle. Si on veut faire les choses profondément, on ne peut pas à la fois — par exemple, en ce qui me concerne — créer, se cultiver, chasser l'aventure, chasser la gloire, et aimer : il y a toujours une de ces activités qui est trahie.

« ... Ce n'est pas le lien du sang qui parle en moi quand je l'aime, ou plutôt ce n'est pas seulement le lien du sang : à lui seul, un tel lien ne pourrait me suffire. La nature m'a donné cet enfant, mais dans des conditions telles que j'aurais pu le refuser, si j'avais voulu, comme j'ai refusé F... [1]. Il m'a été donné, mais je l'ai aussi choisi, de même que je l'ai aimé, mais qu'aussi j'ai *voulu* l'aimer, — *voulu* l'aimer comme le chrétien (intelligent) *veut* croire. Quand il était encore dans l'inconsistance du jeune âge, j'ai parié sur lui; j'ai parié qu'il serait digne de cet amour, et du temps que cet amour me prendrait... »

Ainsi réfléchissait-il, au milieu des beautés de la nature, si insipides pour qui a vu une âme. Et il souriait en songeant que le monde des lettres parlait de sa « solitude » — votre solitude, parce que

1. Un autre bâtard de Costals, auquel il avait refusé de s'intéresser.

vous ne fréquentez pas *ce monde-là!...* — alors qu'il n'était aucune époque de sa vie où il n'eût été plein d'un être qu'il aimait, — alors qu'il avait passé toute sa vie à aimer, comme on passe toute sa vie à mourir. Solitude? Oui, parfois. Mais solitude éclairée toujours par l'affection qu'il donnait, comme ici cette solitude des hauteurs éclairée par le doux soleil sur la neige.

XVI

Il la rencontrait tous les dimanches soir, dans le train, quand elle revenait de chez la tante Charlotte. Un jour il lui avait dit qui il était, et que depuis longtemps il l'avait remarquée. Il avait sollicité la permission de lui écrire, l'avait reconduite à la porte de sa maison. Il lui avait écrit, plusieurs fois. Elle avait trouvé qu'il écrivait bien; ses lettres l'enchantaient. L'enchantement tombait quand elle le voyait, chaque dimanche soir : son « rêve » était tellement plus beau, de loin! Enfin il l'avait demandée. Sa demande était centrée moins sur lui-même que sur certain pavillon exquis, du XVIIIe siècle, qui justement allait être libre... C'était ce pavillon qui avait emporté l'affaire. Ce soir-là, dans le train, il s'était assis à côté d'elle, alors que sa place habituelle était sur la banquette d'en face. Après s'être enquis si le geste lui déplairait, il l'avait baisée sur le front. Elle n'avait rien ressenti, mais ce qui s'appelle rien, et n'avait pas bronché. « Ne m'embrasserez-vous pas? » avait-il demandé, les traits un peu contraints. Elle avait tourné son visage, l'avait rapproché, — et puis, quand il avait fallu sauter le pas, elle n'avait pas pu : son visage s'était détourné. Ses mains étaient inertes sur ses genoux, comme des bêtes sous-marines, et elle s'était mise à pleurer (elle n'avait pas le pleur difficile).

Quand Mme Dandillot se souvenait de cette scène, elle pensait toujours qu'à ce moment M. Dandillot « était devenu très pâle ». N'exagérons rien : M. Dandillot avait seulement eu l'air qu'ont les messieurs dans une telle circonstance. Il avait repris brusquement sa place d'autrefois, sur la banquette d'en face. Il avait dit quelques paroles banales. Ils s'étaient séparés. Le lendemain il lui écrivait : « J'ai compris, vous ne m'aimez pas », et il retirait sa demande. Là-dessus elle pleura de plus belle : elle s'imaginait qu'elle avait été heureuse. Ce n'était pas cet homme qui lui manquait, c'étaient ses lettres, — si caressantes et si respectueuses! Elle n'avait pas besoin de lui; elle avait besoin d'attendre les courriers. La déception avait passé par deux phases, aussi classiques l'une que l'autre : une première phase pendant laquelle Mme Dandillot avait fait des vers, et une seconde phase pendant laquelle elle avait fait du christianisme. Le jour qu'elle parla d'entrer au couvent, son père courut chez les Dandillot. D'abord Charles Dandillot se guinda : il n'aimait pas les pimbêches, et sa velléité était tombée. Mais les écus de la sotte fleuraient bon, et quelques semaines plus tard il y avait un « couple éternel » de plus. Nénette et Rintintin *for ever*.

Sa jeunesse escamotée, et sa vie de femme où il n'y avait rien eu. Mais combien notre amour nous nourrit! Une vie où il n'y a « rien eu », s'il y a eu dedans l'amour de l'être pour ses enfants, il suffit, cette vie est à ses yeux remplie et justifiée. L'être ne l'éprouve jamais mieux qu'à l'heure cruciale, devant la mort. A cette heure-là, les grands problèmes, les prétentions de son existence, ce qu'il a construit, son « message » s'il en eut un, lui apparaissent dérisoires. Mais le fait qu'il aime, et l'objet qu'il aime, ne lui apparaissent pas dérisoires. *Cela* tient le coup terriblement, avec tout son pouvoir dans le bien et dans le mal, tandis que les colonnes du temple s'écroulent. Mme Dandillot aimait sa fille, et était sauvée. Au sommet d'une hiérarchie des amours, sans doute faudrait-il placer l'amour du père pour le fils, si cet amour existait. Mais il n'existe pas, ou guère : l'homme est trop occupé, et par ailleurs trop épais, pour s'occuper de son fils, d'ordinaire, autrement que de façon grossière et distraite; les garçons ne sont aimés vraiment que par quelques éducateurs-nés, et quelques pédérastes de la bonne espèce. De sorte que c'est dans l'amour de la mère pour la fille que nous voyons la forme la plus parfaite de l'amour de l'être pour l'être.

Mme Dandillot se réveilla, — pour la troisième fois au cours de cette nuit. Et instantanément, d'un élan sublime, sa conscience, à peine née, bondit sur la personne de sa fille, comme s'il y avait là on ne sait quel droit du premier occupant, qu'il était d'une importance vitale de marquer. Ce n'était pourtant pas la conscience parfaite, mais ces minutes troubles où s'affrontent, se mêlent et jouent le jeu dur, comme le fleuve et l'océan dans la barre, ces deux aventures aussi formidables l'une que l'autre, celle du sommeil et celle de la veille. Son cœur battait avec une force maladive. Des souvenirs de famille retrouvés hier dans une armoire, et dont l'image lui revint, suffirent à lui mouiller les yeux : tous lui rappelaient de l'abandon et de la solitude, annonciateurs de l'abandon et de la solitude de sa fille. Et il y avait eu une journée toute remplie du complexe d'infériorité : une visite chez le coiffeur, avec toujours ces permanentes qui ne tenaient pas; une visite chez la couturière, avec toujours ces attirails de deux mille francs, et qui ne lui allaient pas. Soudain, de cette gélatine d'amertume, quelque chose se dégagea, une certitude éclatante et absurde : Solange était partie! Partie?... Où? Pourquoi? Entre l'instant où, hier au soir, les deux femmes s'étaient embrassées (« Si tu es en sueur cette nuit et veux te changer, appelle-moi. Si tu te changes toute seule, tu es sûre de prendre froid »), et maintenant, Solange s'était habillée, avait ramassé en hâte ses affaires et avait quitté la maison. Mme Dandillot alluma, se leva, et marcha avec égarement vers la chambre de sa fille. Au passage, elle baisa un des manteaux de Solange, suspendu au mur, y plongeant un instant son visage.

Solange était éveillée, elle aussi, dans le noir. (Il eût suffi d'un bonheur pour leur rendre à l'une et à l'autre le sommeil.) Elle reconnut la forme de sa mère. La forme s'approcha du lit :

— C'est toi?

— Non, maman, ce n'est pas moi!...

— Je croyais que tu étais partie.

— Partie?

— Oui, que tu t'étais levée, habillée, et que tu étais partie avec ta valise.

— Maman! Tu ne deviens pas un peu folle?

— Je crois que si. — Laisse-moi m'agenouiller contre ton lit, sans rien dire, avec seulement ma main qui veut savoir partout que tu es là. — Pourquoi allumes-tu? (souriant) : Oui, c'est toi. A présent je te reconnais. Tu es ma fille unique.

— Mais oui!

— Qu'est-ce que ton père aurait dit, s'il avait vu la lumière chez toi à cette heure, par le rai sous la porte? Moi, quand je lisais à onze heures passées, j'étais sûre de le voir arriver : « Vous ne dormez pas? » Puisque tu es réveillée, tu ne veux pas me faire une petite place près de toi? J'aimerais avoir chaud.

— Tu sais bien que je n'ai pas assez de chaleur pour moi.

— Mais ce n'est pas pour avoir chaud, c'est pour être près de toi. (Elle s'installe.) Il y a longtemps que tu es réveillée?

— Je ne peux pas dire. Je me suis réveillée une fois à minuit et quart, une fois à deux heures, et puis maintenant.

— Je me suis réveillée exactement aux mêmes heures. J'ai déjà remarqué que nous nous réveillons presque toujours aux mêmes heures. C'est étrange. — Tu n'as pas mal quelque part?

— Mais non! Oh, écoute, ne t'inquiète pas à longueur de journée comme ça. Tout à l'heure j'étais « partie », maintenant j'ai mal quelque part!...

— Ton père disait que ça ferait un monde de poules mouillées si on imaginait toujours que les gens qu'on aime sont en train de se faire écraser. Moi, je crois que, quelqu'un qui aime une autre personne, si un jour il n'imagine plus qu'elle est en train de se faire écraser, eh bien, c'est simplement qu'il l'aime moins.

Elle glissa la main sous le bras de sa fille; tâta la saignée, où la sueur nocturne des affaiblis (qui avait traversé la chemisette) stagnait, comme l'humidité dans un repli de terrain où le soleil ne pénètre jamais; regarda les veines de l'avant-bras, qui avaient la disposition même des siennes, à croire qu'elles avaient été calquées sur elles; passa l'autre main sur le front de Solange, comme pour ramasser et en expulser les mauvais génies. « Dire que, sous ce front, jamais rien n'a été ni ne sera fait contre moi! » Cet être — visage et corps — qui était pour elle la chose la plus chère au monde, c'était le même être qui faisait bâiller Costals, d'ennui; le même être que des milliers d'hommes et de femmes croisaient ou bousculaient dans la rue avec indifférence;

le même être pour lequel d'autres hommes se fussent damnés de désir, sans en aimer l'âme : tout et rien, souverain et désarmé. Solange avait l'habitude (qui est celle de tous les Arabes et de nombreux Espagnols) de dormir toujours, même en été, la bouche couverte. Mme Dandillot reconnut à sa moiteur l'endroit du drap qui venait de reposer sur la bouche de sa fille, et y enfouit son visage, avec un petit gémissement. Elle était « Nénette », elle était le « cheval de gendarme » : pourtant elle atteignait en cette minute à ce qu'il y avait de vraiment fort en elle, et à ce qu'il y avait de valable. Solange regarda avec pitié ce visage un peu bouffi par le sommeil, où les poches sous les yeux avaient dévalé, comme les poches sous les yeux des cacatoès, où les plis de l'oreiller, qui avaient marqué, sabraient les rides, — et la pathétique expression d'avidité et d'épuisement que ce geste y avait soudain mis : il est bien connu que le désir, dans l'instant qu'il est satisfait, prend le masque de la mort; il faut savoir que la tendresse maternelle, à l'occasion, peut le prendre elle aussi. Ensuite Mme Dandillot laissa tomber la tête sur le traversin (sa fille occupait l'oreiller), et resta silencieuse. Puis elle dit : « Ma petite chérie... Qu'ai-je besoin de te dire d'autre, quand je t'ai dit : Ma petite chérie? » Après un moment, elle était redescendue sans doute de ce comble où l'amour l'avait un instant portée, car elle dit (ses yeux se trouvaient levés vers le cintre de la chambre) :

— Il y a des défauts dans le papier collé sur le mur [1]. Ce n'est pas ton père qui aurait fait ça. Il était ceci et cela, mais comme colleur de papier il n'avait pas son pareil. A Limoges, il avait posé

1. C'était du papier collé de fraîche date, au cours des travaux faits à l'appartement depuis la mort de M. Dandillot.

dans le salon une frise de la longueur d'un rouleau en un seul morceau, sans un accroc.

« Ton père », toujours « ton père ». Vivant, on le comptait pour rien. Mort, on parlait de lui sans cesse. Pour le contredire, bien sûr. Mais souvent aussi pour le louer.

Mme Dandillot prit la main de sa fille, souleva l'avant-bras, et les deux avant-bras, mêlés, se balancèrent un peu, avec une grâce triste.

— Si, la vie, ce pouvait être ça, être étendue auprès de toi, sans bouger, sans avoir à sortir, à commander les repas, à s'habiller. Tu sais, je suis passée chez Janine. Mais, c'est drôle, à mesure que je prends de l'âge, je ne sais plus choisir. Autrefois j'étais bien avec rien, ou si peu. Je me souviens d'une blouse en satin bleu que je m'étais faite en 16, et qui m'allait si bien. J'étais très fière quand on me demandait : « Où avez-vous acheté cette blouse? » Je me rappelle toujours mon plaisir quand le curé de Pontorson m'a demandé si j'habitais Paris, — et j'avais ma blouse ce jour-là! Être prise pour une Parisienne! Et sans fard!

Elle appuya la tête sur l'épaule de Solange, avec un nouveau petit gémissement; sa tête se soulevait à chaque respiration, comme une barque soulevée par la douce respiration de la mer. Au fond de la pièce, contre le radiateur, les deux chattes, mère et fille, dormaient dans les pattes l'une de l'autre.

— Je voudrais donner ma vie pour toi.

— Mais, maman, à quoi cela avancerait-il?

— Penser que ce cochon est à chasser les isards dans l'Atlas [1], pendant que toi...

— Pourquoi l'appelles-tu maintenant un cochon? Il y a trois semaines, tu as dit qu'il était « un chameau sympathique ». C'était beaucoup mieux.

1. Des isards dans l'Atlas?...

— Je l'appelle un cochon parce qu'il fait souffrir ma petite fille.

— Oh! je t'en prie, ne parlons plus de ça.

— Cet après-midi, je cherchais des brise-bise dans l'armoire normande. J'ouvrais des boîtes. Oh là là, ce que j'ai pu trouver de choses pas gaies! L'alliance de ta grand'mère, mon voile de mariée, ta première dent... Mais, le bouquet, ç'a été de tomber sur tes vêtements de poupon. Grande comme une bouteille tu étais, quand tu es née; oui, de la taille d'un litre. Ton père disait : « Il n'y a qu'à l'appeler Puce. Puce Dandillot. » On a été obligé d'acheter tes vêtements dans un magasin de joujoux : des vêtements de poupée. Tu l'as dit, ça, à... au chasseur d'isards?

— Oui.

— Qu'est-ce qu'il a dit?

— Rien [1]...

— Ça ne m'étonne pas de lui; les Méridionaux n'ont pas de cœur. Je me rappelle toujours le jour de ton baptême. On te fêtait, en bas, on faisait la noce. Moi, on m'avait oubliée au lit, dans ma chambre. J'ai pleuré. Tout de même, qu'ils n'aient pas pensé à me faire monter seulement un verre de grenadine! Alors j'ai envoyé chercher dehors une bouteille de champagne, pour ne rien demander à ton père. Un peu plus tard, il est monté, et m'a trouvée en larmes. « Mon Dieu, que vous êtes bête! On croyait que vous dormiez. »

« Quand tu étais venue au monde, ce jour-là aussi j'étais abandonnée comme un pauvre chien. Ta grand'mère n'avait pas voulu faire le déplacement à cause de la neige! Toujours des raisons! Ton père disait : " Tout ira bien. " Qu'est-ce qu'il en savait, je te demande un peu? Au moment où la tante Charlotte est arrivée... »

1. Costals avait dit : « Je vois. Ça devait être une poupée qui *marchait.* »

Brusquement elle se tut, comme une petite boîte à musique qui s'enraye, et s'arrête net au milieu de sa ritournelle. Elle dit : « Tu dors? » Pas de réponse. Elle alluma. Solange dormait, un peu de salive au coin de la bouche; pendant que sa mère vagabondait, le sommeil aux pieds de gazelle avait effleuré son visage. Comme la nuit est grande sur le monde, et comme la terre est silencieuse quand on regarde dormir ce qu'on aime! Celui qu'obsède la disparate enclose dans chaque objet, et qui veut y voir une des clefs de la nature, ne méditera-t-il pas sur la tendresse humaine, qui est à la fois le comble de l'inquiétude et le comble du repos? Mme Dandillot reposait en Solange, comme Costals, au bout de ses courses errantes, se retrouvait toujours dans son fils; maintenant il n'y avait plus de différence entre Costals et Mme Dandillot. S'ils l'avaient su, ils se seraient souri peut-être, au-dessus de leurs barrières; mais ils se cherchaient ailleurs. Leurs deux mélodies de tendresse se rapprochaient, couraient l'une auprès de l'autre, sans jamais se rencontrer. Mme Dandillot regarda les mains de Solange, si maigres qu'elles semblaient à peine plus larges que les poignets, comme les mains des singes. L'inspiration lui vint de joindre ses propres mains dans une prière : « Mon Dieu! faites que ma fille se remonte de là », mais, par un mécanisme de substitution assez connu (qui mériterait une glose), ce fut les mains de Solange qu'elle joignit. A peine eut-elle vu sa fille, les mains jointes sur la poitrine, qu'elle se la représenta morte. Elle posa sa main sur cette poitrine, la sentit qui se soulevait petitement. Alors elle éteignit et replaça la tête sur le traversin. Cent fois sa fille avait entendu toutes ces histoires — les vêtements de poupée, la bouteille de champagne, la grand'mère qui ne se dérange pas à cause de la neige, — et pourtant, qu'elle se fût endormie pendant que sa mère lui parlait, cela prenait dans l'esprit de Mme Dandillot une signification : oui, Solange était bien « partie », comme elle l'avait cru; oui, elle était bien une fois encore abandonnée. Mme Dandillot n'osait plus appuyer sa tête sur l'épaule de sa fille, crainte de la réveiller, et pourtant elle était saisie d'un espoir démesuré qu'elle se réveillât, qu'elle « revînt »; elle devait lutter pour ne pas provoquer cet éveil. Quelques minutes passèrent ainsi, puis elle pensa à ses larmes de tout à l'heure. Elles attendaient. Sa gorge se noua, ses yeux s'embuèrent, et elles se remirent à couler.

## XVII

En février et en mars, Costals nomadisa et chassa dans la région de Fez et dans l'Atlas. Un proverbe arabe dit qu' « un voyageur solitaire est un diable ». Il est aussi un saint. Cette longue solitude, ces mille épreuves, ces visages et ces décors qui vous effleurent sans vous pénétrer, cette résignation aux mains d'une Nature toujours inquiétante, quelle retraite!

Lobel le tenait au courant. Le nouvel examen du mucus nasal avait confirmé le diagnostic. Rhadidja se soignait à Tighremt. Elle écrivit une fois à Costals (par l'intermédiaire d'un cafetier arabe de Casablanca, comme elle en avait l'habitude, afin qu'on ne sût pas à Tighremt qu'elle écrivait à un Français). La lettre commençait par : « Je vous écris pour vous faire savoir que ma santé est bonne. » Comme on dit, il suffit de s'entendre. La lettre passait incontinent à d'autres sujets.

Costals écrivait toujours régulièrement à Solange. Au contraire de la plupart des hommes, prêts à soulager tous les chagrins du monde fors ceux qu'ils causent eux-mêmes, il voulait qu'elle souffrît le moins possible. Il voulait lui faire faire un atterrissage en douceur, dans un paysage riant : celui de sa vie nouvelle, de ses fiançailles et de son mariage avec un autre, — Tomasi sans doute. Il se refusait à lui donner une vérité qu'elle ne serait pas capable de porter. Il voulait lui faire croire que sa tendresse continuait, alors qu'elle ne continuait pas : il arrive que ce soit cela qu'on appelle la fidélité. « La plus grande preuve d'amour que je vous aie donnée a été de me séparer de vous. » (Ceci était charlatanisme pur et conscient.) « Mon amour pour vous s'est extraordinairement épanoui depuis qu'il n'y a plus d'heure H. » (l'heure hippogriffale). « Que puis-je pour vous? » (Certaines tribus sauvages honorent les têtes de leurs ennemis décapités.) Il voulait lui faire croire qu'il souffrait (« Il m'est impossible de trouver la paix et la liberté que je suis venu chercher pour travailler »), alors qu'il ne souffrait pas, sinon de jouer cette comédie. Cette comédie lui donnait beaucoup de mal, et parfois lui causait un peu d'horreur. Remplissant ses lettres de cajoleries, il lui semblait parfois que le papier devrait se déchirer sous sa plume, pour protester contre l'usage fait de ces phrases, et marquer l'abîme qu'il y a entre une seule et même phrase, lorsqu'elle jaillit de l'intime de votre âme, et lorsqu'elle est une imposture. A la fin de ces lettres, son écriture s'animait, devenait presque joyeuse : le cheval qui sent l'écurie. Un jour pourtant, ayant changé de plume, les sentiments lui vinrent bien mieux.

Quoi qu'il en soit, ces lettres — dont il classait les brouillons dans une chemise, sous le titre : *Flûte pour ma fiancée*, par allusion sans doute aux mariages musulmans, qui se font toujours au son des flûtes — étaient les plus touchantes qu'il lui eût jamais envoyées : il est bien connu que les plus belles lettres d'amour sont celles qui n'ont pas été écrites sincèrement. Rien n'est moins éloquent que l'amour véritable. Quand Brunet se jetait au cou de son père, le couvrait de baisers, lui disait : « Tu m'aimes beaucoup? Plus que l'année dernière? Tu penses à moi tous les jours, ou seulement un jour sur deux? », Costals ne trouvait à répondre que : « Tu le sais bien, bêta. » Conscient que cela n'était pas assez haut de température, il cherchait qu'ajouter, de plus tendre, et enfin il embrassait le marmouset avec un : « Je n'ai jamais vu un garçon aussi bêta que toi. » Tel était le pouvoir d'expression de cet écrivain, lorsqu'il aimait de tout son cœur. Mais, lorsqu'il n'aimait pas, cela coulait de source : « Comme tu mens bien! » dit Athena à Ulysse.

Peinant sur ses missives, non seulement il avait à lutter contre son indifférence à l'égard de Solange, mais, fasciné par l'envie de lui faire du mal, de la punir de cette « saison en enfer » qu'elle lui avait fait passer, il lui fallait lutter aussi contre cette envie. La soutenir ainsi à bout de bras, c'était tuant! Qu'il souffrait, lorsqu'il agissait par bonté! Quand les biographes futurs de cet auteur découvriront tout ce qu'il fit, poussé par le démon du bien, ils le mettront dans la légende dorée, et, comme il sera à ce moment en enfer, ce sera sa plus grande punition, de se voir béatifié. Il en grillera deux fois.

A la fin d'avril, de nouveau dans l'Atlas, il était l'hôte du caïd des Aït Arouen, petit barbichu à bille d'Auvergnat, à laine dure comme celle de ses moutons, à démarche d'ours, jovial, satyre, attaqueur de fermes, adorateur des planètes et du feu, enfin *bled-es-siba* cent pour cent.

Un matin, tandis qu'il se lavait les mains avant le déjeuner, tout à coup il s'immobilisa. Sur la face externe de son avant-bras droit, il y avait une petite tache. Exactement l'inverse de celle de Rhadidja : une macule de peau décolorée, et autour d'elle un halo brunâtre.

Il se dénuda, examina tout ce qu'il put de son corps (avec une glace de voyage!). Sur ce qu'il voyait, rien de suspect.

Il s'étonna que son visage n'eût pas changé. Avoir la lèpre, et que rien ne l'indique sur votre visage, quelle traîtrise! Il s'étonna aussi de n'être pas ému.

Décision : dans le plus bref délai, se faire examiner par Lobel. A déjeuner, prétextant qu'une sotte inadvertance lui avait fait perdre de vue qu'il devait être le surlendemain à Marrakech, il demanda au caïd un guide et un mulet qui lui permissent d'atteindre Souk et' Tnine, à seize kilomètres, où il trouverait sans doute aisément un autocar ou une auto. Cela fait, il mangea, but, parla, fuma, rota comme si de rien n'était : il faut bien que la vie continue. Comme si de rien n'était? Pas exactement, car, disant des gaillardises avec le caïd, il portait beau. Cette attitude fut sa première réaction devant la menace.

Deux heures plus tard, il était en route. Alors il réfléchit. Jusqu'alors il n'en avait pas eu le temps.

« Les taches commencent surtout à la face et *à l'extrémité des membres.* » C'était une phrase du livre de médecine, qu'il avait notée.

Qu'importait qu'il ne se fût passé que deux mois depuis son dernier contact avec Rhadidja, période trop courte pour une incubation? C'était il y a deux ans peut-être qu'elle l'avait contaminé.

« Si on ne pouvait pas se tuer, ce serait tragique. Absolue inutilité, malfaisance irréductible de la souffrance physique. Mais, lorsque je serai en trop mauvais état, et souffrirai trop, je me tuerai. (Ce revolver que j'avais tant à cœur de bailler au père Dandillot!) Mettons que j'aie devant moi quatre ou six ans de lucidité, — et ce doit être en partie une question de volonté et d'organisation, de les avoir. Le seul problème est d'équilibrer, dans ce temps donné, mon plaisir (tant qu'il sera possible), mon travail, et ce que je dois à mon fils. Côté travail, de conclure mon œuvre, non par sa conclusion naturelle, mais dans le cadre de cette seconde tranche actuellement en train, que je dois pouvoir terminer, si je m'administre bien; et de la conclure ainsi sans la trahir trop. Quant à Brunet, il aura vingt ans quand je mourrai; il pourra se débrouiller. Non, en vérité, il n'y a pas de problème, sinon celui d'une économie de mon temps plus étudiée encore qu'elle ne le fut jusqu'à ce jour. Me filtrer avec une extrême attention.

« Je disais, pensant à la prochaine guerre : dominer la guerre. A présent : dominer la maladie.

« Sans doute, il est pénible de mourir à quarante ans. Mais j'aurais pu mourir à vingt, à la guerre. J'aurais pu mourir cent fois depuis la guerre, avec la sorte de vie que je mène. La lèpre fait de moi un condamné à mort, mais non pas à un plus bref délai que je ne l'étais sans elle.

« Par ailleurs, cette maladie est un renouvellement de ma vie. Un nouvel élément d'intérêt dans ma vie. Ma vie perd en durée, mais va gagner en richesse et en nuances, en même temps qu'être nettoyée des scories qui l'encombraient encore, malgré ma chasse vigilante aux scories. La mort subite, c'était bien. La mort dans six ans, c'est bien aussi; j'ai le temps de me retourner. La cote mal taillée, c'était la mort dans deux mois : deux mois de conscience inutile, puisque deux mois ne sont pas suffisants pour s'aménager.

« Une bonne épreuve. Amélioration de mon expérience de l'épreuve, qui était insuffisante. Avoir besoin de toute mon humanité pour y faire face.

« Quant à la mort elle-même, elle est moins encore un problème. Qu'on cesse donc de nous casser la tête avec la mort. Que deviendrons-nous après notre mort? Les gens raisonnables ne se posent pas ces questions. Ils font ou ne font pas l'acte de foi, et la question est résolue. D'ailleurs, admis qu'il y ait à « penser » sur la mort, il sera temps d'y penser huit jours avant que je ne me supprime. Un homme sain ne pense à sa mort que lorsqu'il a le nez dessus. Les enfants parlent de la mort comme d'une blague qui n'arrive jamais. Là encore, prenons exemple sur eux.

« Comme j'ai eu raison de réaliser beaucoup! Comme j'ai eu raison de me faire plaisir!

« A la guerre, je savais que d'une minute à l'autre je pouvais être tué, ou défiguré, ou paralysé, ou devenir fou. Et pourtant, en gros, je me plaisais bien à la guerre.

« Ce paysage symbolique. Derrière moi, ma vie avec ses êtres, comme cette vallée vivante. Et à l'arrière-plan, mon œuvre, comme cette montagne. Et moi, un voyageur que presse la nuit. »

Son mulet butait et se rattrapait sur la piste très ardue, saccagée par les sabots des bêtes, étayée de poutrelles enfoncées dans les trous du rocher. La bourrique était traînée par un vieillard au teint blanc, à tête ronde et chenue, aux mollets d'enfant de dix ans, tandis qu'un homme plus jeune, infiniment gorille, lui tirait la queue avec la dernière énergie. Il était impossible de savoir si on lui tirait la queue pour l'animer ou pour la retenir; il semblait que le fin de l'art fût de tirer l'animal simultanément en avant et en arrière, et que ce fût *cela* qui le fît avancer : ô Créateur des mondes, vos voies sont insondables! Les deux guides s'excitaient eux-mêmes avec des cris pleins de voyelles, qui parfois, à un tournant de la piste, se répercutaient en écho. Tout le décor alentour évoquait ces illustrations de livres pour lesquelles l'éditeur radin a dit à l'artiste : « N'employez que trois couleurs. » Rose rougeâtre de la terre. Blanc de la neige. Bleu des ombres aux flancs des monts, et du léger ciel. Sur le versant de la montagne, au-dessus d'eux, des forêts jeunes se miraient dans les nuages. Sur le versant d'en dessous, des oueds avaient oublié leur mission dans la vie (« des oueds qui ont trahi », pensait Costals, toujours hanté par l'acte de trahir), étaient devenus des pistes, encombrées de galets, qu'on ne distinguait plus que par leurs rubans de lauriers-roses; et puis un ruisseau de glace rouge, comme un ruisseau de gelée à la groseille, ou comme une tranchée pleine de sang frais coagulé. Des troupeaux de moutons, qui avaient la couleur même de la sécheresse, passaient au-dessus de leurs têtes, se déplaçaient avec le rythme des ombres, et le chien croquait la neige durcie. Des bergers momifiés étaient là depuis cinq mille ans. Des sauterelles, figées elles aussi, sur les buissons neigeux, guettées par la fluxion de poitrine. Et de grands faucons blancs qui glissaient et viraient avec des grâces d'almée.

Après une heure, comme le ciel change, son ciel intérieur changea, se couvrit un peu. Il eut un peu peur, non de la lèpre, mais de voir comme il fonctionnait à rebours des autres, en n'en ayant pas peur (peut-être était-ce par simple esprit de contradiction que, dans une circonstance où tous auraient eu peur, il n'avait pas eu peur). Il se comparait à ce malade de Revault d'Allonnes, qui assistait au déroulement de sa vie sans la vivre, ne réagissait plus, et venait demander au médecin de lui rendre ses sentiments perdus. Toujours pas-à-l'alignement, toujours la dissidence, toujours *bled-es-siba*, comme le vieux. « Inhumain? » La conscience aussi que, en n'ayant pas davantage peur, il était frustré de quelque chose. Sans doute, en ce qui regarde le « caractère », son insensibilité était-elle un gain. Mais enfin, rien à faire, il était frustré de la peur. (Comme il était frustré de la jalousie, avec ses femmes, n'étant pas jaloux de tempérament : ce qui était honorable à la mesure de la raison, mais était aussi une perte, malgré tout.)

Fut-ce d'instinct, pour réparer cette insuffisance? Son âme s'échauffa un peu plus.

« On rigole, on pousse des bourrades à la Nature. Elle laisse faire. On l'asticote encore, on tire la queue à la lionne de Cybèle. Alors, d'un coup de patte, elle vous ouvre, et c'est justice. On asticote la mer en faisant le faraud avec elle (bateaux, sous-marins). Cela dure des années, puis on va au fond, et c'est justice. L'aviateur asticote le ciel. Un jour, immanquablement, le ciel en a assez, s'impatiente de ce puceron à teuf-teuf, cesse de le soutenir : l'avion tombe, et c'est justice. La Nature m'a puni par où je l'avais provoquée. Mes passions ont toujours été de celles que l'on paye dans son corps : guerre, bled, amours, fréquentations dangereuses. Je paye. Méphisto, dans *Faust*, quand son corps se couvre d'ulcères, c'est qu'il a trop regardé les fesses des anges.

« De ce point de vue, c'était déjà un scandale que je n'eusse pas la vérole, avec mon genre de vie. D'un autre point de vue, cela manquait évidemment à ma personnalité. Deux manques : la vérole et la Cour d'Assises. A présent, nous avons bien mieux.

« Si je guéris, quelle leçon! — Une leçon? Ma vie reprendra telle qu'autrefois exactement. » (O homme!)

Une lourde kasba de terre rouge, en ruine, avait la tristesse de la puissance qui a sombré. Comme s'ils les prenaient pour des troupeaux fabuleux, les corbeaux tournoyaient au-dessus des forêts endormies, en poussant des cris de matou. Les battements soyeux de leurs ailes faisaient une sorte de sifflement rythmé, très semblable au bruit d'un chien qui halète.

« La lèpre. Comme les rois et comme les papes. Et comme les conquistadores. C'est curieux, l'hérédité d'une anomalie est toujours belle.

« *Morbus sacer*, elle aussi. Les Grecs, qui à de certaines époques donnèrent un peu dans le genre névropathe, rendirent alors à la maladie, " pourvu qu'elle eût de la puissance ", les honneurs divins. La lèpre eût mérité ces honneurs.

« Rechercher tous les grands lépreux de l'histoire.

« Loin du camp : c'est la formule d'exécration pour les lépreux, dans la Bible. Mais ai-je jamais été autre part que loin du camp?

« Un cœur peint sur ma tunique, comme les ladres du moyen âge : symbole de ce cœur que je " n'ai pas ", à ce que disent les femmes. Et l'anesthésie de la peau, symbole de ma prétendue (partiellement véritable) anesthésie morale. — Mais ceci est de la littérature, ou je ne m'y connais pas. »

Des gamins passaient, encapuchonnés comme l'enfant Harpocrate des terres cuites hellénistiques; des petites filles, non voilées, mais qui mettaient vaguement la main sur le bas de leur visage quand elles croisaient les voyageurs, — vigoureuses et effrontées.

« Tas de salopes. Pas Rhadidja. Ni Jeanneton, ni Marina, ni La Fleur. Mais les autres. Maintenant on va rigoler : je vais leur foutre la lèpre à toutes, les salopes. Car nous avons à jouir encore de nos passions. Baise donc mes macules, ma mignonne : ce sont des taches de vin. " Les lépreux cherchent l'oubli dans une vie sexuelle intense " : encore une phrase du livre de médecine. Contaminer l'univers entier, ça, ce serait un destin. Où ai-je lu qu'il y avait un tuberculeux qui crachait dans le potage de sa femme, pour n'être pas seul à claquer [1]?

« Je m'étonnais pourquoi je ne souffrais pas. C'est le souvenir du mal que j'ai fait qui m'empêche de souffrir.

« Si la race humaine pouvait s'éteindre avec moi!

1. Cité par le Dr Fiessinger.

Pouvoir me dire, sur mon lit de mort, qu'en mourant je ne perds aucun être!

« *Malebolge.*

« Je suis sûr qu'après quelque temps je me demanderai comment j'ai pu vivre en m'en passant. On s'habitue à tout. Je suis sûr qu'on s'habitue à l'enfer.

« Et n'oublions pas notre œuvre, diable! Job, lépreux sur son fumier, rejoint Mme Roland dans la charrette [1], il s'écrie : " Qui me procurera de quoi écrire mes discours? Qui me donnera les moyens de les transcrire en un livre? " Voilà le dernier regret de Job, celui de n'avoir pas un stylo : il devrait être le patron des gens de lettres. Nous écrirons un roman sur la lèpre, si nous avons un peu de temps de reste. Et nos *ultima verba*, bien entendu : d'ailleurs, écrire ses *ultima verba*, cela suffit à vous empêcher de mourir. Et nos œuvres complètes reliées en peau de lépreux stérilisée : les coupes de peaux étaient de coloris si jolis, dans le bouquin de Lobel. Et j'espère bien qu'on fera des thèses sur nous : les lépreux excitent les littéraires. Maistre et *Le Lépreux de la cité d'Aoste*, Huysmans et *Sainte Lydwine de Schiedam*, et ce type du faux chef-d'œuvre, d'un faux génie, *La Jeune Fille Violaine.* »

Il perçut que le jour déclinait, et pensa : « Qu'est-ce que le changement de la nature, auprès du changement qui se fait en ce moment dans mon corps? » A l'horizon, les montagnes s'estompaient, disparaissaient; on ne voyait plus que la neige des cimes, comme des linceuls suspendus dans le ciel. Puis tout changea encore, les monts reparurent, couleur de raisin et de rose, et sur les hauts-lieux voués aux cultes naturistes commença le sacrifice quotidien

1. Mme Roland, dans la charrette qui l'emportait à la guillotine, demanda du papier pour écrire ses impressions (qui lui fut refusé).

du Soleil. Le silence était total. Il n'y avait plus de bêtes, plus d'oiseaux, plus de vies que la vie des vents démesurés; ou le petit bruit de la neige ou d'une pierre qui se détachait et glissait le long du remblai de la piste; ou celui d'une branche morte qui tombait, comme un avertissement. Un instant, par une clairière entre les nuées, une échelle d'or descendit sur des rochers pourpres. Un instant, dans une vallée, on aperçut un grand lac d'un violet intense, à se demander si ce n'était pas là un vaste parterre de violettes. Puis l'ombre fut, tout à coup, et les génies sortirent des montagnes noires.

Sûr maintenant d'arriver avant la nuit close à Souk et' Tnine, qui n'était plus qu'à un kilomètre, Costals mit pied à terre et dîna, des fruits, des gâteaux et du lait que lui avait donnés le caïd, sur ses pauvres richesses. Ces matières, une fois dans son intestin, contribuèrent à modifier sa conception de la vie. Sa première réaction devant la menace avait été de calme, en partie parce que son déjeuner le calait. Puis, fatigué, amoindri par l'étape dure, et son estomac se vidant, il avait fait de l'exaltation trouble : contre la réalité terrible, sa défense avait été alors celle que nous avons tous, — le mouvement qu'avait eu Andrée Hacquebaut quand elle voulait qu'il fût inverti, ou quand elle se persuadait qu'il l'aimait, le mouvement qu'il avait eu déjà lui-même quand il cherchait à se dorer la pilule du mariage en se montant systématiquement la tête, à la Bibliothèque Nationale. C'est notre penchant qui nous sauve de tout. Dans l'épreuve, l'homme de plaisir se sauve par le plaisir; l'homme d'imagination, qu'il se représente seulement que l'épreuve qu'il vit fut vécue par des personnages qui l'exaltent, il y prend goût. « Ce qui trouble les hommes, ce ne sont pas les choses, ce sont les opinions sur les choses », dit l'Ancien. Oui, mais ce qui les sauve, ce sont aussi les opinions sur les choses. Costals avait tenté de construire, avec du romantisme, un univers tel qu'il n'y souffrît pas trop, et il y était parvenu, car la nature humaine est extrêmement bien faite; il ne faut que la manier avec un peu d'intelligence. Maintenant, raffermi par la pause et par la nourriture, il reprenait sa sérénité première. Les prétendus avantages de son mal se replaçaient au premier plan de sa conscience : expérience intéressante, meilleur emploi du temps qui lui reste, vie centrée sur l'essentiel. « Les parties nobles de ma nature sont sauves », dit Méphisto, tandis que son corps se crève de plaies.

Cependant ils descendaient la dernière pente de la montagne, ils rentraient dans l'humain, ils rentraient dans le doux humain, et Costals en avait cette même émotion qu'il avait eue, un jour d'août torride à Paris (place de la Bourse), devant un vendeur ambulant qui lui offrait des violettes : des violettes! au cœur de cette fournaise, le frais hiver évoqué! Les eaux dénouées reprenaient leur cours, avec le bruit ravissant d'une artillerie lointaine; tout était plein d'eaux courantes invisibles. Invisibles? Mais voici un torrent qui fait jouer dans la nuit ses replis de vipère matraquée, voici des cascades, grandioses par les rochers et la hauteur d'où elles tombent, charmantes parce qu'elles ont l'air d'une longue oriflamme qui scintille ou de la queue d'un cheval arabe déployée. La lune était apparue, flanquée de Vénus toute petite (ainsi le bœuf, flanqué de son oiseau pique-bœuf), et les constellations brillaient sur l'autre versant, comme des cristaux de neige au soleil. Grand ciel damasquiné de figures! Nuit couronnée de souffles et de voix! En vue des premiers feux de Souk et' Tnine (il y eut un chien, derrière lui, dont il ne devina la course sur la pente qu'au bruit des pierres qu'elle faisait dévaler), en vue des premiers feux de Souk et' Tnine (il y eut un oiseau insomnieux, qui lui fit un cri de connivence), en vue des premiers feux de Souk et' Tnine, Costals eut une pensée un peu bizarre, mais pleine de paix : « Après tout, ce n'est que moi qui meurs. »

## XVIII

Costals arriva devant la porte de l'hôpital de Marrakech, et passa sans entrer. Il flanchait. « Il est neuf heures cinq. A neuf heures vingt je saurai que je suis foutu. » Puis il revint rapidement sur ses pas, avec un sourire de dépit et de courage, entra, et demanda Lobel.

Lobel arrivé, ils gagnèrent son bureau. Costals ôta son veston, remonta la manche de la chemise, et montra son avant-bras, sans un mot. Il souriait encore, mais d'un sourire différent de l'autre, d'un sourire gouailleur, comme s'il voulait dire : « Avouez qu'elle est bien bonne et que vous ne vous y attendiez pas! »

Lobel se pencha et scruta. Lobel regardait la tache, et Costals maintenant regardait Lobel, avec intensité. « C'est le moment où il va mentir. Ce n'est pas la peine d'écrire des romans psychologiques, si je ne sais pas le percer en ce moment-ci. » Mais le visage du médecin restait scellé.

— Pas d'autres taches sur le corps?

— Non, du moins à ce que j'ai pu voir.

A l'hôtel, il n'avait pas osé examiner son corps, de crainte d'y découvrir de nouvelles taches, comme le tuberculeux qui n'ose pas regarder ses crachats.

— Vous ne vous mouchez pas plus que d'habitude? Pas de fourmillements dans le bout des doigts?

— Non.

Une pause. Ah! cela va être l'instant grave. « Comment est-ce qu'il va m'apprendre ça? Probablement : " Aucun symptôme sûr, mais il vaut mieux cependant vous soumettre à quelques soins, au cas où... " Quoi! il met sa main sur mon bras : ah! c'est qu'alors il va manger le morceau. Il veut me donner du courage. » Costals se sent pâlir intérieurement. Avec passion, il murmure dans un sens humain la prière du livre de messe de son enfance : « Dites seulement une parole et mon âme sera guérie. »

Lobel dit :

— C'est que, voilà, vous êtes bien gentil... mais vous n'avez pas de rendez-vous?

Silence.

— Je ne voudrais pas vous faire attendre. Et je ne peux pas vous recevoir avant une heure. Vous n'avez pas une course à faire dans Marrakech?

« Non, je n'ai pas de course à faire dans Marrakech », dit Costals, sombre et glacé. Il pensait aussi : « L'animal fleure bon de la tête, comme tous les médecins; seulement, moi, j'ai la lèpre. Si la tache n'était pas suspecte, il m'aurait déjà ri au nez. Et si elle est suspecte, c'est que ça y est. »

Lobel calcula à voix haute, puis : « Je peux vous recevoir dans quarante minutes. Vous ne voulez pas faire un tour? Marrakech est tout de même assez pittoresque... Ah! évidemment, c'est un autre genre que la Tour Eiffel... »

« Il me rendra fou avec cette Tour Eiffel. » Costals se laissa mener vers la porte, et sortit.

« Est-ce qu'on parle pittoresque à un homme auquel, dans quarante minutes, on va dire qu'il est lépreux? Mais pourquoi pas? Avant d'apprendre à D...

qu'il avait un cancer, le médecin lui fit signer quelques exemplaires de luxe de ses livres.

« Je suis donc " bien gentil "! Si le docteur Lobel avait lu, sur moi, un article élogieux du plus bête des académiciens, il me donnerait du cher Maître. Mais il n'a jamais entendu parler de moi, de sorte que, ne pouvant me juger que sur ma tête, il me dit que je suis bien gentil, en d'autres termes que je suis un zozo. Et c'est en effet ce que je dois être. " Bien gentil " avec Solange. " Bien gentil " avec Andrée Hacquebaut. " Bien gentil " avec Rhadidja. »

Jamais Costals n'oubliera ces quarante minutes à tuer le temps dans Marrakech : elles l'auront guéri de l'Afrique pour la vie. « Quelquefois, c'est le monde qui est le théâtre d'un inconnu imminent : la veille d'une révolution. Cette fois c'est dans mon corps que la catastrophe est en marche. Et rien à faire qu'à en être le spectateur, — jusqu'au coup de revolver. Mais puis-je même compter sur celui-ci? X... et Y..., qui cherchèrent à se tuer quand il y avait encore pour eux une petite lueur d'espoir, et se ratèrent, n'osaient plus recommencer — et ils me l'avouaient, — le jour où la partie fut perdue. » A mesure que l'heure approchait, son malaise grandissait. Il se rappela ce camarade qui, téléphonant pour savoir le résultat d'un Wassermann, avait pris soin de téléphoner d'un café, avec un verre de rhum à portée de la main, afin de l'avaler rapidement si c'était « positif » et s'il se sentait tourner de l'œil. Après trente-cinq minutes Costals n'y tint plus et rentra à l'hôpital.

On lui fit traverser une salle pleine de mécaniques épouvantables. « Quel gaspillage! pensait-il. Il me suffirait d'une seule pour avouer. » (Ce que c'est que d'avoir l'humeur noire.)

Lobel lui fourra une ferblanterie dans le nez, lui pelota savamment les mains, lui donna, au creux du genou, de ces petits coups de marteau qui font se marrer les enfants. Puis il examina la macule. « Fermez les yeux. » Il lui faisait des chatouilles avec une sorte d'épingle, sur la plaque et à côté. « Sentez-vous? » Celui qui sait. Qui peut être un homme grossier, vulgaire, inculte, malhonnête. Mais qui sait. Et l'homme devant lui, qui peut être un esprit supérieur et raffiné, et qui pourtant lui dit : « Je suis entre vos mains. » Les religions veulent que cette attitude soit aussi celle de l'homme devant le prêtre. Mais le prêtre est un charlatan, tandis que le médecin sait véritablement. Costals, son abandon et sa passivité graves. Déjà au delà. Au delà de quoi? De sa volonté. Déjà il ne peut plus rien sur soi.

Toujours les chatouilles. « Sentez-vous? » Costals, ému, répondait un peu au hasard. Il lui semblait parfois que c'était son corps qui était insensible, alors que la macule était sensible : sûrement ça ne devait pas être ça. De même, quand Lobel rechercha le froid et le chaud sur la macule, avec de petits tubes canailles, Costals aussitôt confondit chaud et froid; ainsi jadis, gamin, quand le maître de manège commandait : « A droite! » incontinent notre jeune génie tirait les rênes à gauche.

— Déshabillez-vous.

Un petit rire :

— Si vous étiez une demoiselle espagnole, je vous dirais de garder vos dessous. Je ne fais jamais déshabiller les Espagnoles à la visite. Je ne veux pas que mes infirmiers indigènes puissent savoir à quel point une Européenne peut être sale.

Quand l'examen fut fini :

— Vous êtes forcé de rester au Maroc?

— Nullement.

— Alors, rentrez donc à Paris sans tarder. L'examen plus approfondi, qu'il faudrait que je vous fisse, vous prendrait plusieurs jours. Mais ce n'est pas la peine de rien commencer ici (*commencer*, nota

Costals), puisque, si vous avez des soins à prendre — ce qui, je m'empresse de vous le dire, me paraît peu vraisemblable, — c'est à Paris que vous suivriez votre traitement. Ici, nous ne sommes pas si bien outillés que ça pour la recherche.

« Il ne me disait pas cela, pensait Costals, quand il ne s'agissait que de Rhadidja. Bien que je l'eusse prié de la traiter comme moi-même. Non, Arabe, c'est-à-dire *anima vilis* : rien à faire contre cela. » Il ne percevait pas que Lobel, en lui conseillant de partir, cherchait surtout à se débarrasser d'un personnage qu'il devinait encombrant. Ensuite, avec la honte d'un amant qui demande à sa maîtresse : « Tu m'aimes? », il demanda : « Alors? »

— Il m'est tout à fait impossible de poser un diagnostic. Dans la mesure où je peux juger d'après un examen aussi superficiel, vous n'avez aucun, vous entendez, aucun des premiers symptômes de la maladie de Hansen. Seule cette tache est suspecte. Mais cela peut être du lichen, cela peut être du vitiligo, cela peut être mille choses. Nous sommes à Marrakech dans le paradis des maladies de peau. Il me paraît tout à fait invraisemblable que la lèpre se déclare trois mois après un contact. Je n'ai connu aucun cas, je n'ai entendu parler d'aucun cas où l'incubation ait été aussi foudroyante. Il est vrai que nous sommes rarement mis en face des premiers symptômes. En fait, nous ne connaissons que des hanséniens en évolution. Et puis, si vous aviez contracté la maladie, ce pourrait être dans un contact plus ancien que ceux d'il y a trois mois. Rhadidja était peut-être en incubation toutes ces dernières années.

Costals se disait qu'il y avait sûrement des questions importantes à poser, mais, bien qu'il fût alerté depuis vingt-quatre heures (sinon depuis trois mois), il était pris au dépourvu, et ne savait lesquelles.

Un aide entra et parla à voix basse à Lobel. La porte resta ouverte, montrant des malades européens qui attendaient, serrés sur des bancs étroits comme les prévenus sur un banc de commissariat : Italiennes qui semblaient avoir trois ou quatres seins, avec des poupons buvant à tous ces seins, comme les fleuves boivent à la mer, — Espagnols tenant des casquettes noires entre leurs doigts velus.

Lobel saisit un négatif de radio sur sa table et l'éleva vers le jour.

— Regardez ça, dit-il. Quand même, quelle belle image!

— Qu'est-ce que c'est? demanda Costals, outré que Lobel pût s'intéresser à un autre que lui, et le quitter si vite.

— Un cancer de l'estomac.

— Le type est perdu?

— Et comment! Mais avouez que c'est une belle image.

— La médecine, c'est bien, dit Costals, se reculottant. Sauver! Mais sauver quoi? A peine avons-nous vu, dans une affaire pénale, un plaignant ou un accusé qui nous fait battre le cœur par la justice de sa cause, que nous découvrons que, lui non plus, il n'est pas intéressant. Les malades, c'est la même chose; combien d'entre eux valent d'être guéris? Malades, ils sont sympathiques; la virulence de leur bêtise s'apaise. Mais guéris, diable! Et qu'est-ce qu'ils en feront, de cette fameuse vie que vous leur rendez?

— Si on se disait ça! Et puis, on se pique au jeu.

— Il me semble que l'assassinat médical doit être une terrible tentation... Il m'est arrivé, en mer, sur un paquebot secoué, de penser que, s'il sombrait, il me serait plus léger de mourir, en me disant que cent cinquante humains périssaient en même temps que moi.

« Sans blague? » dit Lobel. Il croyait que de tels

sentiments n'existent que s'ils ne sont pas exprimés. « Non, non, décidément, ça ne va pas », ajouta-t-il, avec un sourire. Costals essayait de nouer sa cravate, mais y parvenait mal, n'y ayant pas de glace dans le bureau. « Venez devant la fenêtre », dit Lobel. Un des volets, fermé contre le grand soleil, faisait tain derrière la vitre.

— Un jour, séjournant dans une ville, je dus me faire faire des piqûres par un médecin inconnu. Après trois piqûres, j'appris que le médecin était un grand catholique, membre de la conférence Saint-Vincent-de-Paul, communiant tous les dimanches. Je vous l'avoue, j'hésitai si je continuerais à me faire faire ma série par lui.

— Je ne comprends pas...

— Oui, s'il avait appris que je suis un ennemi déclaré des catholiques... Il pouvait mettre ce qu'il voulait dans ses piqûres.

— Vous avez une idée flatteuse des médecins et des catholiques!

— Saint Paul, ayant cité un trait de Jésus, ajoute « ...car il savait ce qu'il y a dans l'homme ». Moi aussi, je sais ce qu'il y a dans l'homme.

« Croyez que les médecins le savent souvent beaucoup mieux que les littérateurs », dit Lobel, se levant. « C'est cela, il me met à la porte, pensa Costals. Pourtant, nous débouchions sur un terrain où nous aurions pu rencontrer des choses essentielles. Mais quoi! Il n'a pas de sympathie pour moi; et, de médecin à malade, il y a besoin qu'on s'accroche un peu. » Ah! où étaient les chers médecins des voies urinaires, toujours si cordiaux, qui vous tapaient sur l'épaule et vous appelaient « Mon vieux » la première fois qu'ils avaient affaire à vous, qui vous racontaient des histoires cochonnes, qui vous raccompagnaient avec les plaisanteries chevronnées de la France éternelle : « La troisième fois?... Si encore c'était la sixième ou la septième!... » ou bien : « Il ne vous reste plus maintenant qu'à la rattraper » (et il n'était pas jusqu'au petit préparateur à huit cents francs par mois qui, vous ouvrant après le coup de sonnette, ne tînt à vous avertir dès le seuil : « Je veux vous rassurer tout de suite. C'est négatif!... »). Avec tout ce monde, la maladie devenait presque une prouesse; il y a dans une chaude-pisse quelque chose qui fait penser à une citation au corps d'armée. Mais Lobel, on le quittait avec cette sensation de ne compter pour rien, d'être abandonné, qu'on a quand on sort de chez son éditeur.

Comme la pensée qu' « on peut mettre ce qu'on veut dans les piqûres » était solidement installée en lui, et que Rhadidja restait confiée à Lobel, il tira son carnet de chèques. « Je serais heureux si vous vouliez bien accepter, pour l'hôpital... » Il arrive, quand vous donnez de l'argent, qu'il y ait en vous quelque chose qui pleure. Non de *les lâcher*, mais que ce soit si inutile.

Costals sortit de l'hôpital avec un visage marqué. Cette impossibilité physique de sourire, s'il l'avait voulu. Cette sueur au haut du front, bien que la chaleur fût modérée et très sèche. Dans la rue, il n'y avait plus d'Européens, d'Arabes, de nègres, plus de différences de nationalités, de races, de classes; une seule grande différence : ceux qui sont malades et ceux qui ne le sont pas. Pourtant, comme il se faisait conduire à la poste en « calèche », pour y prendre son courrier, il eut avec le cocher indigène, à propos de bottes, une de ses colères d'homme bien portant : « Quand mon corps tomberait en lambeaux, — vingt dieux! ce n'est pas encore ça qui m'empêcherait de commander. » Ce qui, traduit en langage *impérial*, donna : « J'ai un pied dans la tombe, mais il m'en reste encore un pour te le foutre au c...! »

Mais, à l'hôtel, ce fut, brusquement, l'instant où le malade se frappe, instant aussi facile à discerner, pour le médecin, que l'est, pour les spectateurs, l'instant où un boxeur est « sonné », l'instant où un coureur se désunit. L'horrible tentation de s'enfoncer dans le livre sur la lèpre, et en même temps la peur de le faire. « Je le rouvrirai à un moment où je me croirai mieux, où j'aurai une force plus grande à opposer aux choses atroces que j'y lirai. » Le voici devant la table, les yeux dans le vide, soudain confondu et anéanti à l'idée de n'être pas immortel. Est-ce lui qui, hier, à la même heure, accueillait la découverte de cette tache avec sérénité? N'est-ce pas un rêve? Comment a-t-il pu? Comment donc fonctionnait-il à ce moment-là? Aussi stupéfait d'avoir été, un moment, serein devant la mort, qu'il était stupéfait, ces jours derniers, d'avoir pu vivre avec son fils loin de lui. Que l'homme soit incompréhensible, nous ne le savons pas par les hommes, mais par nous-même. Comment peut-on accueillir avec sérénité de cesser de jouir de ce monde? Pourtant, « héros », « sages », « saints », ils sont innombrables ceux qui le font : mourir « bien », vulgarité suprême. Eh! ce sont des détraqués, simplement. Après tout, ce sont peut-être des hommes pour qui la vie est insipide. Le drame n'est pas de perdre la vie, mais de perdre le bonheur. S'il n'y avait pas de bonheur, il n'y aurait pas de peur de la mort. Voilà la grande punition des heureux, la grande revanche de ceux de la « vallée de larmes » : l'incomparable recette pour mourir sans horreur, c'est d'avoir été un dégoûté. Costals paye d'avoir follement joui, et d'en vouloir encore. C'est l'existence des êtres beaux qui le rend lâche; ce sont les visages divins qui lui donnent cette répugnance au non-être. « Dire que je ne verrai plus cela! » Alors il se rappelle une phrase qu'il a écrite dans un de ses livres : « Je ne mourrai pas, mes passions me tiennent à la terre. » C'étaient ses passions qui le jetaient hors de cette terre, mais c'était à elles encore qu'il s'adressait pour qu'elles l'y retinssent. C'était d'elles, et d'elles seules, qu'il voulait recevoir tout le bien et tout le mal.

Sa rêverie glissa vers son œuvre. « Je laisse au monde quelque chose qui lui est cher », disait Byron mourant. Lui, il laissera au monde quelque chose contre quoi le monde a presque sans cesse protesté. Hier, il pensait que six années à vivre, c'était le temps d'achever au moins la tranche de travail où il est engagé actuellement. Illusion! La hantise de la mort, la souffrance physique, l'affaiblissement graduel, avec cela on peut écrire des pages éparses, on ne peut pas faire une œuvre construite. Faute de quelques années, il disparaîtra donc en laissant au monde une image de lui incomplète et qui le diminue. (Et, sa disparition, quelle joie pour les confrères! Ah! cela seul devrait suffire à le maintenir en vie!) Ce regret, cependant, le tourmente moins que le regret des jouissances, — et qu'un autre regret... Car, à cette heure, son esprit se pose sur sa jouissance, sur son œuvre, mais aussi sur son fils : les trois seuls objets qui lui ont importé durant sa vie.

Son fils! « Que va-t-il devenir? Que devient quelqu'un, s'il n'y a personne qui l'aime? » Le coup fut si rude qu'il posa sa main sur ses yeux. C'était toujours la même chose : une vie de raison suprême, c'est-à-dire de non-souffrance; mais il suffit qu'on tienne à un seul être, et voilà l'âme jetée à l'inquiétude et à la servitude. « Il est horrible d'aimer quelqu'un! » lâcha-t-il à voix haute. « Ah! pourquoi l'ai-je créé! Sans lui, et sans lui seul, j'aurais traversé la vie comme un dragon invulnérable... » Selon l'habitude qu'il avait, de noter sur-le-champ tout ce qui chez lui prenait la forme de l'émotion, il écrivit sur le feuillet blanc d'une des lettres fraîchement rapportées : « Je me souviens de ce jour d'avril dernier où j'étais venu voir mon fils à Cannes, et où j'étais descendu au *(le nom d'un palace)* à cause des travaux qu'on faisait à la maison. Je me souviens de cette matinée splendide où nous étions assis sur un banc dans le beau jardin de l'hôtel. Tout était en fleurs, un jet d'eau mettait au-dessus du court de tennis rougeâtre sa flageolante queue de comète, les lointains bleus portaient leurs villas suspendues comme des pommes de la puissance et du bonheur. Mon fils était assis à ma gauche, lisant une brochure où étaient décrits les onze moyens techniques de se noyer dans les règles avec une yole qu'on a construite soi-même, — les pieds sur un des fauteuils de fer, la tête appuyée sur mon épaule, et parfois l'y poussant en une sorte de bourrade, comme un cabri qui a le tic de donner du front. Quand un souffle apportait, d'un autre jet d'eau proche, un voile de poussière d'eau sur son visage, il fermait les yeux et souriait. Je lui dis : « Tiens-toi donc un peu! Il y a les jardiniers... » Et lui, avec une moue de gosse de riche, une moue d'enfant mal élevé : « Oh! bien! tu payes assez cher ici! » Costals cessa d'écrire. En évoquant ce souvenir, il essayait de se raccrocher à un trait qui témoignât que son fils n'était pas de bonne qualité, il cherchait l'échappée par laquelle il pût sortir de la prison de l'aimer. Et il vit qu'il y avait peut-être en lui des parties un peu vulgaires, mais ce fut en vain, car il l'aimait. C'est lui qu'il emporterait dans la mort, comme les chevaliers de pierre sur les tombeaux, avec leur petit page à leurs pieds. — « Non! Non! je ne veux pas perdre tout cela! »

Qui le croirait? ces tentacules et ces ventouses horribles qui lui avaient poussé, pour l'accrocher à l'existence, un instant vint où elles perdirent leur force, relâchèrent leur prise. On ne saurait soutenir longtemps de suite même la peur de la mort : ce sujet-là s'épuise, comme les autres. Alors Costals décacheta les lettres de son courrier (sauf une d'elles, qui était d'Andrée Hacquebaut, et qu'il rangea dans sa valise sans l'ouvrir) et se mit en devoir de répondre à chacune d'elles, avec application. Il remarqua comme son écriture était ferme. « Pour combien de temps encore? » Il entrevit son visage dans la glace, et s'étonna de lui trouver cette expression énergique et dure; il songeait à ce qu'il y avait au-dessous, et ricanait.

Le lendemain, il prenait le paquebot à Casablanca.

## XIX

ANDRÉE HACQUEBAUT
*Saint-Léonard*

A PIERRE COSTALS
*Paris.*

*(Lettre réexpédiée à Marrakech.)*

*17 mars 1928.*

La joie enfantine que certaines femmes conserveraient jusqu'à leurs cheveux blancs, si elles se sentaient aimées! Vous avez été si gentil il y a quatre jours, quand nous avons été ensemble jusqu'au carrefour de la Muette, que j'en suis toute remontée. Vous m'avez pardonné le mal que je vous avais fait par ma dernière lettre : le gui reprochant au chêne de l'empêcher de vivre sa vie! Je vous suis si reconnaissante que vous ayez consenti à ce que je vous aime. Depuis trois mois que j'ai recommencé de vous écrire, vous pouviez facilement me faire comprendre, si vous l'aviez voulu, l'ennui que vous éprouviez de moi. Vous ne l'avez pas fait; donc... Enfin, Dieu seul sait le plaisir que j'ai à vous écrire, les joies que j'ai éprouvées par vous pendant ces trois mois. Je vous garde comme vous me gardez. Mais gardez-moi bien, je n'ai pas eu encore toute ma part de bonheur. Peut-être cette fois m'avez-vous acceptée pour toujours. — A propos, que signifie ce cœur découpé à l'emporte-pièce, que je remarque aujourd'hui seulement sur la couverture (verso) de ceux de vos livres que vous m'avez envoyés, et qui ne se trouve pas sur ceux que j'ai achetés [1]?

J'ai vu que dans votre conte de *Candide* vous avez utilisé une de mes dernières lettres [2]. Je suis heureuse de me retrouver dans vos écrits, de penser que pour les créer vous avez dû vivre avec moi. Et quand vous vivez ainsi avec moi, cela me rend meilleure, plus femme.

Il est passé à Saint-Léonard une auto de propagande des magasins X... d'Orléans. Quelle envie folle de tout acheter! J'ai acheté des bottes. Je suis folle de mes petites bottes. Bottée et hacquebottée. Et tellement rajeunie! « La cavalière Elsa. » Et vous, quand je m'étais déchaussée, et que, assis, vous teniez une des bottes entre vos pieds, de façon si caressante, comme si mon pied était encore dedans.

Je viens de chanter à tue-tête une valse lente d'avant-guerre, *Amoureuse*. Rien ne me délivre mieux que de chanter éperdument une rengaine comme cela, et de la façon la plus rengaine possible.

La vie est belle. N'ai-je pas ce que j'ai voulu? Je voulais une place unique dans votre cœur. Ah! que ce serait délicieux si j'étais une jeune veuve avec un appartement à Paris, avec... Oh! et puis zut!

A.

*(Cette lettre a été classée par le destinataire, l'enveloppe non ouverte.)*

1. Cette marque, faite par l'éditeur, signifiait que ces exemplaires étaient des « services de presse », et ne pouvaient donc être vendus.

2. Cette lettre n'a pas été ouverte par Costals.

## XX

En arrivant au Maroc, Costals avait écrit à Solange : « Je dois rendre hommage à la belle conduite de la mer pendant la traversée. » Pas d'hommage au retour. C'est une calamité que cet élément.

La mer aveugle aux trois quarts — quelquefois tout à fait — le hublot, et il est simplement absurde qu'elle ne le fracasse pas : peut-être recule-t-elle devant la puanteur humaine accumulée dans toute cabine de paquebot français. Costals ferme le rideau du hublot : très peu pour moi du sous-marin. Mais le rideau a été conçu de telle sorte (attention délicate) que ses balancements ne vous laissent rien perdre de l'amplitude du roulis. Costals se soulève de ses nausées, et titube jusqu'à la pancarte où doit être indiqué le numéro de son canot de sauvetage. Mais c'est un paquebot français : l'emplacement du numéro n'a donc pas été rempli. Quant aux ceintures de sauvetage, rien à dire, on peut s'y fier pour flotter; la tête en bas, toutefois, à cause des bretelles trop longues. Enfin tout va bien. Dommage qu'il y ait cette mouche tenace : une mouche qui ne paye pas son passage, et qui n'a pas le mal de mer, ah! c'est trop.

Il ne s'agit pas de penser, mais seulement de

*tenir*, avec un regard tous les quarts d'heure sur sa montre : « Plus que dix-huit heures. Dans vingt minutes, plus que dix-sept heures. Mais non, car il y aura du retard. Au diable mes calculs. » Costals, le nez bouché, éternue et se mouche. Est-ce la rhinite, un des symptômes de la lèpre? Et voici que, peu après, une aisselle, et l'intérieur d'une de ses cuisses, se mettent à le démanger. Or, le prurit est fréquent au début de la lèpre...

Les boiseries gémissent. Parfois tout le paquebot frissonne, comme un cheval qui fait frissonner sa peau. A un moment... cette main glacée, elle est insensible! Costals pince un de ses doigts, ne sent rien. La sueur humecte son front. L'anesthésie de la lèpre. Puis la sensibilité revient. Il se rend compte qu'il s'était accroché de cette main au cadre de la couchette supérieure, et le sang avait fui de sa main. Mais le rhume et le prurit continuent, eux.

A dix heures du soir, la mer s'apaise un peu. L'agonie cesse, la conscience revient.

Conscience.

Il est difficile d'apprécier les poètes avec un soulier qui vous blesse. Et les grandes architectures de l'âme s'écroulent au-dessus du tangage, comme un palais au-dessus d'un tremblement de terre. Costals, remonté de cette poche de misère physiologique, retombe dans une autre poche : celle de la misère morale. Il y trouve le christianisme.

Quiconque a passé son enfance chez les chrétiens, plus tard, chaque fois qu'il sera lâche, il y a de grandes chances pour que ce christianisme remonte en lui; jusqu'au jour où, de toute la puissance de son âge mûr, il aura éliminé définitivement le poison. Costals ne hait pas le christianisme. Pour qu'il haïsse cette croyance, il faudrait qu'elle eût contaminé un être qu'il aime. Or, tous ceux qu'il aime en sont indemnes. Quant à la haïr d'être la religion des

« ennemis du genre humain » (Tacite), il n'est pas assez coiffé du genre humain pour cela. Le christianisme, il le méprise, sans plus. Mais, élevé là-dedans, ses souvenirs lui permettent de l'imaginer aisément. Ce romancier a peu d'effort à faire pour se mettre dans la peau d'un chrétien : on l'a vu avec « Marie Paradis ».

Ces derniers jours, il avait envisagé sa maladie de façon épurée. C'était bien la peine : le voici qui rêve de la christianiser! Oh! naturellement, il ne s'agit pas de « croire », — bien qu'il envie les prêtres, à qui leur foi doit donner du bonheur à mourir (encore faut-il qu'ils aient la foi), mais il les envie comme il envie les bêtes, dont il présume (bien faussement) qu'elles n'ont pas peur de la mort. Non, il ne s'agit pas de croire. « J'ai pleuré et j'ai cru » (Chateaubriand) reste bien, à ses yeux, le mot peut-être le plus bête de toute la littérature française. Il s'agit de tonifier son épreuve en lui infusant une substance poétique d'un genre nouveau. Il entrera dans un tiers ordre, se retirera dans un couvent! Un lépreux dans le siècle, ce n'est que pitoyable et horrible. Mais un lépreux qui, grâce à sa lèpre, retrouve le « chemin des antiques autels », ça, c'est photogénique et élévatoire : une recette prouvée, un de ces lieux communs du faux sublime, dont l'effet est sûr. Le sot respect que la plupart des incroyants eux-mêmes portent au cabotinage conventuel, à quelle hauteur n'atteindra-t-il pas, si le froc recouvre des ulcères! (Remarquez qu'un tuberculeux qui retrouve le « chemin des antiques autels », cela n'est pas du tout intéressant.) Costals se monte la tête sur tout ce bric-à-brac. Non, on ne peut pas dire qu'il songe à faire une carrière dans le romanesque catholico-hansénien, comme d'autres dans l'effusion judéo-liturgique ou dans le pédérasthomisme. Mais il caresse avec complaisance un « personnage » possible. C'est toujours son fonctionnement de la Bibliothèque Nationale, lorsqu'il cherchait des images exaltantes sur le mariage, pour se rendre supportable le sien. Quand il tiraillait en volontaire contre Abd el-Krim, c'est qu'il s'était fait une construction dans laquelle le goût de l'aventure l'emportait sur la peur de la mort; à présent, il bâtit une construction qui lui permette de trouver qu'il est bien de mourir de la lèpre. A se créer un personnage il reprend du poil de la bête; il pèche par littérature, mais il se sauve par son péché. Et si un homme aussi remarquable que Gœthe, après avoir écrit : « Il y a quatre choses qui me sont aussi odieuses que le poison et les serpents : la fumée de tabac, les punaises, l'ail et le crucifix », a cependant osé dire plus tard : « J'aime mieux que le catholicisme me fasse du mal, que si l'on m'empêchait de m'en servir pour rendre mes pièces (de théâtre) plus intéressantes », on ne jettera pas trop la pierre à celui qui rêve de se servir du catholicisme, non pour rendre ses œuvres « plus intéressantes », mais pour rendre vivable la vie d'un lépreux. Il prend de la religion comme on prend de la quinine.

Il y a aussi des instants où il croit très sérieusement que sa passion du coït l'émpêchera d'avoir la lèpre! « Quand j'arriverai à Paris et que je tiendrai dans mes bras Guiguite, le mal qui se formait en moi sera jugulé. Non, il n'est pas possible qu'un tel amour de la vie n'ait pas raison de la mort, il n'est pas possible qu'une certaine intensité de joie ne fasse pas reculer la mort. » A d'autres instants, il pense (toujours très sérieusement) que, lorsqu'il aura étreint une fois, une seule fois, Guiguite ou une autre, il acceptera de mourir. Il se rappelle ce qu'une infirmière lui a raconté de ce grand blessé de guerre qui arrachait ses médailles et criait, en la regardant avec des yeux atroces : « Je me fous de la France. Je me fous de mes médailles. Ce que je veux, c'est b... encore une fois avant de crever. » (Pourquoi n'y aurait-il pas des femmes qui choisiraient pour devoir cet office-là, auprès des condamnés à mort? Une œuvre ne pourrait-elle être créée en ce sens? Mais pourquoi ne serait-ce pas un ordre de religieuses qui se spécialiserait dans cette forme sublime de la charité?)

Et revoici la France vieillotte et mal équipée. Pas de cireurs, pas de taxis aux gares, personne pour vous porter un paquet, des cigarettes qui s'éteignent seules. Picard, le serviteur, n'est pas avenue Henri-Martin. Retourné chez lui en province pendant l'absence de Costals, sans doute n'a-t-il pas reçu à temps la lettre le priant de revenir. Dans l'appartement, une affreuse odeur de renfermé et de tabac ranci (Picard a dû y fumer, puis oublier d'ouvrir les fenêtres). Et une autre atmosphère : celle des logements où il y a eu un décès, et qu'on n'a pas habités depuis. Et la même vieille voisine derrière sa fenêtre. « Encore une qui n'est pas claquée! »

Dans ces pièces désertes, poussiéreuses et funèbres, avec leurs vitres sales et leurs tapis roulés, il eut une seconde crise de faiblesse, comme si l'assaillaient les fantômes de toutes la faiblesse et de toutes les crises qui l'avaient malmené ici durant cinq mois: ici, l'ordre de Solange le reprenait. Défaire ses valises, ajouter encore à la pagaye de son bureau (« Surtout, Picard, ne changez rien de place »), il n'en eut pas le courage. Il avait froid : ce 27 avril, le chauffage central était éteint, et la saison boudait. Selon son habitude, il s'étendit sur son lit.

Il faut bien comprendre qu'à cette heure : 1° il était un homme devant qui s'ouvraient, à ce qu'il croyait, dix années d'un mal inguérissable et horrible;

2° qu'il avait été mis dans un état de moindre résistance par le coup dur de l'Atlas et par une journée de voyage en montagne, en partie à dos de mule, suivis presque immédiatement de huit heures d'autocar, de soixante-quinze heures de mer démontée et de sept heures de train; 3° que cet appartement froid et délabré versait le cafard à pleins flots; 4° que l'ombre de Solange, partout présente ici, était pour lui une ombre maléfique. En voilà assez pour que, sur ce lit, il s'abandonne de nouveau. Et sa lâcheté, qui dans le paquebot a coulé tout naturellement vers le christianisme (dont les phantasmes se sont depuis dissipés), coule ici tout naturellement vers la femme. La femme « consolatrice »! La femme « ange gardien »! Absurde et funeste préjugé des mâles, alors qu'il n'y a que ceci : un vaincu — fût-il un vaincu momentané — qui se rapproche de l'éternelle vaincue : la femme. (Dans l'antiquité, qui disait vaincu disait femme; certains peuples, pour humilier l'ennemi vaincu, le marquaient d'un triangle, représentation de l'organe féminin.) Et en quelle femme se réfugie Costals? Aberration! Il se réfugie en Solange. Il va vers celle qui lui a fait tant de mal, comme le chien que son maître frappe se réfugie en rampant aux pieds de ce maître.

Il se souvient d'une affiche lue machinalement dans le couloir du wagon : « L'accès des compartiments pourra être interdit à toutes personnes dont les infirmités seraient de nature à incommoder les voyageurs. »

Comme une pierre dans un puits, il lui semble s'entendre tomber dans le puits sans fond de l'éternité.

Une idée extravagante germe en lui : les mauvaises herbes qui germent d'une terre appauvrie. Pour soutenir, aider, soigner cet homme qui bientôt va être la proie de la décomposition, il y a Solange. Avec Solange, plus d'appartements-nécropoles, plus de cette solitude qui en ces instants l'effraye : elle a désenchanté pour lui la solitude. Oh! ce mouvement manque de noblesse : Costals jette sur Solange le regard de reconnaissance qu'il jetait sur le steward très complaisant, quand il avait le mal de mer; mais un malade fait passer la noblesse en second. Solange accepterait-elle le mariage maintenant, sachant son état? D'ailleurs il donnera à cette question un caractère général et vague : « Épouseriez-vous un lépreux, si c'était un homme que vous aimez? » Et il est convaincu qu'elle dira oui.

Sur cette taie d'oreiller où repose sa tête, sûrement leurs têtes se sont couchées. Solange est là, il lui parle :

« J'ai fui deux fois après vous avoir donné l'espoir, et vous m'avez pardonné. J'ai trahi ma parole, et vous m'avez pardonné. Je me suis défié de vous, de votre mère. Maintenant je fais un acte de foi dans la nature humaine. Je m'abandonne à vous. Faites de moi ce qui vous plaira. » Cela se termine par une phrase typique de grand affaibli : « Je voudrais vivre avec mon front appuyé sur vos genoux. »

Il y a un moment où il a un désir passionné que ce mariage se fasse, et le plus tôt possible. Il se lève, saute sur l'appareil téléphonique : qu'elle vienne ce soir! Si ce soir elle a prononcé son « oui », comme il sera plus fort lorsqu'il faudra entendre l'autre « oui », celui de son médecin : « Oui, vous avez la maladie »! — Mais silence au téléphone. On a dû couper le courant, pendant son absence, parce qu'il prétendait ne savoir où payer, dans l'Atlas. Il faut donc sortir pour mettre un pneu! O solitude, en d'autres heures si chère, et qui en cette heure a le visage de l'abandon! Eh bien, rhabillé et sorti, il en profitera pour fuir la nécropole. Ses valises ne sont pas défaites. Il va aller à l'hôtel, du moins jusqu'à demain.

Le voici à l'hôtel. A présent, que faire? Alors sa

partie puissante remonte à la surface (c'est peut-être aussi que cette chambre est propre et nette). Il revient à l'œuvre, comme le chat à la souris, pour l'asticoter encore un peu. Il s'installe à la table, reprend son manuscrit au point où il le laissa, dans l'Atlas, le jour où il découvrit la macule. Comme avenue Henri-Martin, lorsqu'il travaillait sereinement entre deux affaires prénuptiales, tout s'efface à l'entour. Un homme croit que, s'il se voit les menottes aux poignets, il s'évanouira. Quand il les a, non seulement il ne s'évanouit pas, mais il réalise qu'on peut très bien apprécier un café rhum avec les menottes aux poignets. Ainsi Costals, convaincu que dans quelque temps cette main écriveuse sera un moignon recroquevillé, que le pus coulera de ses narines, que ses parties mâles se détacheront et tomberont, — rature, surcharge, consacre trois minutes de sa vie brève à chercher le « mot précis ». Quand la sonnerie du téléphone l'appelle — Solange qui annonce si elle va venir ou non, — il a un geste d'impatience.

Après tout, il y a des femmes, aussi, qui reprennent leur tricot, comme cela, après une grande crise...

## XXI

Solange avait renoncé sans arrière-pensée à ce que Costals l'épousât. Les désirs non exaucés se résorbent : nous le verrons encore une fois, plus loin, avec l'autre héroïne de cette histoire. Résignée. Mais elle gardait, incoercible, de l'affection pour lui, à nuance d'amour. « Comme le fer à l'aimant, je suis attachée à lui comme le fer à l'aimant. » Les lettres si tendres, et si régulières, qu'elle recevait d'Afrique, la convainquaient que cette affection lui était rendue. « Non! Non! je ne veux pas vous perdre! » Le cri qu'elle lui avait jeté n'avait pas cessé en elle. « N'importe quoi, pourvu que je reste avec lui comme nous étions quand il est parti. » Perdre leurs relations charnelles lui était indifférent. Perdre ses baisers et ses enveloppements, ou sa seule présence, les perdre tout de bon, elle n'y pouvait songer (les perdre pour un temps, elle le supportait sans trop de peine). Si, du Maroc, Costals lui avait proposé à nouveau ce plan d'avenir où elle venait passer une partie de chaque semaine avenue Henri-Martin (mais il s'en gardait bien, trop heureux qu'elle n'eût pas saisi cette perche), elle n'aurait pas eu le sursaut qu'elle avait eu quand il le lui avait proposé il y a trois mois; elle n'avait pas été longue à mettre les pouces. Elle s'amollissait au souvenir de Gênes, et sans vergogne elle lui avait demandé, dans une de ses lettres, s'ils ne pourraient retourner en Italie. Il s'était excusé, sous un prétexte quelconque. Bientôt elle était revenue à la charge, mais ses ambitions avaient baissé : au printemps, ne feraient-ils pas une petite escapade de trois ou quatre jours dans les environs de Paris? Il avait répondu évasivement. — Avec cela, Solange n'ignorait pas qu'elle le perdrait tout à fait lorsqu'elle se marierait, mais, ce mariage, on avait le temps d'y penser. Une jeune fille est toujours convaincue que « cela » viendra tout seul.

Mme Dandillot avait accueilli sans trop d'émotion la « dernière » de Costals. Et avec moins encore de surprise : elle n'avait jamais partagé la confiance de Solange en la solidité de ces fiançailles. Peut-être aussi son veuvage lui permettait-il de supporter le coup plus facilement : elle était ennuyée, mais sans être énervée, comme elle l'eût été si M. Dandillot avait été en tiers dans cette aventure, et c'est l'énervement surtout qui démâte les femmes. Ainsi déjà, il y a dix ans, pendant longtemps elle s'était sentie beaucoup plus forte, plus maîtresse d'elle-même, du jour où elle avait fait chambre à part (son lit dans lequel elle pouvait remuer tout à son aise! ses draps *à elle*, qu'on n'employait que pour elle!) : le mariage est un enfer s'il y a chambre commune; chambres distinctes, il n'est plus que le purgatoire; sans cohabitation (en se rencontrant deux fois par semaine), il serait peut-être le paradis. Incapable de noirceur, sauf contre son mari, Mme Dandillot n'en voulait pas à Costals. Elle se contentait de se réfugier dans les lieux communs, qui sont le nid de toute femme : une femme a trop besoin de se sentir protégée, pour s'écarter beaucoup des lieux communs. « Des hommes il n'y a à attendre que la déception.

C'est la vie! Le mieux, vois-tu, est d'aimer... un Rêve! L'illusion reste la plus belle puisqu'elle forme le fond de nos pauvres amours humaines... » Elle berçait Solange, et se berçait elle-même, avec ces niaiseries, comme on raconte aux bébés des histoires d'elfes pour les endormir.

Elle était, on le sait assez, désarmée devant sa fille. Elle cherchait en Solange la justification de son existence : comme il arrive souvent, la médiocrité, chez elle, trouvait son expression dans le non-égoïsme. Elle avait conseillé à Costals de « voyager », mais elle ne lui avait pas interdit toutes relations avec Solange. Cette correspondance qu'ils échangeaient ne lui plaisait guère, parce qu'elle entretenait dans la petite un sentiment qu'il eût été sage d'étouffer; en même temps, voyant la joie que Solange en avait, elle se refusait à prier Costals de plonger tout de bon. Ces femmes confuses restaient dans l'équivoque, pour quoi de nature elles étaient faites. Quand Solange fit allusion, comme à une chose qui va de soi, aux relations qu'elle reprendrait avec Costals à son retour, « sur le plan de la simple amitié », Mme Dandillot ne broncha pas. Elle pensait bien qu'un jour elle devrait exiger que cette situation cessât, si elle voulait marier sa fille (car, pas plus que Solange, elle ne les imaginait continuant, Solange mariée). Mais elle remettait à plus tard, espérant sourdement que lui ou elle se lasserait, et se détacherait sans qu'il fût besoin d'intervenir.

Solange, en se rendant à l'hôtel où l'avait priée Costals, avait donc l'impression de reprendre sa vie presque au point où elle l'avait laissée trois mois plus tôt : on enjambait le cadavre de l'Hippogriffe et on continuait. Même, si elle mettait encore un peu de fard, elle était revenue à sa coiffure de jeune fille. Immobilité et permanence de toutes ces femmes : d'Andrée Hacquebaut, de Rhadidja, de Solange.

Costals l'attendait dans le salon de l'hôtel, afin d'avoir un prétexte pour ne pas l'embrasser, crainte de la contagion. Quand elle offrit son visage et qu'il lui dit : « Pas en public. Tout à l'heure », elle fut un peu surprise. Mais vite il fut si gentil et si tendre en paroles. Comme tout reprenait simplement! Et cette fois, s'il y avait la mélancolie de l'éphémère (un éphémère qui peut-être durerait longtemps), il y avait aussi le repos de n'avoir plus à vouloir, de n'être plus tendue, bandée. Et de n'avoir plus à le tourmenter, de le voir heureux, enfin revenu à ce qu'il aimait et avait toujours souhaité entre eux : la liaison, sans plus.

Costals avait décidé de ne lui parler sérieusement qu'après dîner. Le dîner, au restaurant, fut plein d'aisance et de gaieté. Il lui racontait son voyage, son travail. Il fouillait comme autrefois dans son sac à main, avec des observations désobligeantes et gentilles sur les objets absurdes qu'il y trouvait. Il la taquinait, car il taquinait même les femmes qu'il n'aimait pas. Elle lui disait que ses furoncles et sa décalcification avaient cessé. « C'était couru : il suffit que je vous déclare que je ne vous épouserai jamais, pour vous rendre la santé. Et je suis sûr que nous n'avons plus les urines pâles! » (C'était vrai que, depuis trois mois, toutes ses « misères » avaient disparu, alors qu'il eût été logique, après ce dernier coup, qu'elles s'accrussent; mais le corps est incohérent, lui aussi, comme l'âme. A moins que les spécialités pharmaceutiques... Mais ce serait trop simple, n'est-ce pas?) Il s'abstenait de l'engueuler lorsque, chaque fois qu'il tournait la tête, elle en profitait pour chercher ses engins dans son sac, et asticoter sa beauté. Il parlait très haut, à la façon des tout jeunes gens, et, comme ce qu'il disait était toujours

« impossible », elle (assise sur ses gants : une de ses manies), elle devait le sermonner : « Plus bas! »

Elle dit :

— Tout est si pareil à il y a un mois [1]! Notre même table, au même restaurant... Jamais je n'aurais imaginé, quand vous êtes parti, qu'un jour nous nous retrouverions ainsi, comme autrefois.

Lui, avec un peu d'imprudence, car il ne faut pas mettre le nez des gens dans leurs défaites :

— Pourtant, en vous, quelque chose est changé. J'ai l'impression que, si je vous proposais de venir habiter chez moi de temps en temps, vous accepteriez. Et ce projet vous avait tellement cabrée en janvier.

— Je vous ai déjà dit que cela se saurait, et que le scandale rejaillirait sur maman. Mais il y aurait peut-être un moyen terme. Sans *habiter* chez vous, je pourrais venir y passer une partie de la journée, quelques jours par semaine; me mêler à votre atmosphère, prendre part à votre vie quotidienne. Je serais censée être votre secrétaire, et d'ailleurs je pourrais l'être un peu : je voudrais tant faire quelque chose pour vous, pour votre travail. Et pourquoi ne diriez-vous pas que je suis votre cousine? Nous nous découvririons sûrement un vague lien de parenté!

— Vous savez bien que vous devez vouloir vous marier. Et vous accepteriez de passer une partie de votre vie chez moi, à peu près comme une maîtresse en titre (qui donc serait dupe de la « secrétaire » et de la « cousine »?), et en même temps de jouer à la pure jeune fille avec votre futur époux!

Elle eut le regard désolé qu'a une petite fille devant un problème d'arithmétique insoluble.

— Pouvez-vous penser un instant que cela ne me serait pas pénible? Mais puisqu'il le faut bien...

1. Style parlé.

— Qu'entendez-vous par « Il le faut bien »? demanda Costals (qui « entendait » parfaitement).

— Il le faut bien, puisque je vous aime. Mais vous n'avez jamais voulu comprendre que je vous aimais.

— C'est vrai. Peut-être parce que, d'ordinaire, cette solution — qu'une femme m'aime — est une solution à laquelle je ne tiens pas. Néanmoins, en ce moment, je suis touché que vous m'aimiez, après tout ce que j'ai fait contre vous. Nous reparlerons tantôt de votre projet. Il dépend de quelque chose dont je vous entretiendrai après dîner.

Un peu plus tard, elle eut un mot atroce. Elle lui avait écrit, lorsqu'il était au Maroc, qu'un éleveur de cochons normand avait demandé sa main.

— Je me déciderai peut-être un jour pour lui.

— Plutôt que pour Tomasi?

— Le Normand, lui, *je ne le connais pas.*

Au vestiaire, elle l'aida à mettre son manteau. Il le trouva bon. *Ancilla domini.*

Tandis qu'ils revenaient vers l'hôtel :

— Il faut maintenant que je vous apprenne... Je ne suis pas tout à fait sûr, mais je suis presque sûr d'avoir attrapé au Maroc une maladie grave. C'est une maladie qui n'est pas très contagieuse, contrairement à ce que le monde croit, mais risque de l'être si on ne prend pas certaines précautions. Nous pourrons continuer de nous voir, mais nos relations intimes doivent être supprimées. Je vous parlerai de tout ça dans la chambre.

Elle marchait en silence, les yeux sur les pointes de ses souliers. Enfin elle dit :

— Je crois deviner.

— Vous ne pouvez pas deviner. Vous croyez, n'est-ce pas, que c'est une de ces maladies qu'on appelle vénériennes?

— Oui.

— Ce n'est pas cela.

Dans l'ascenseur, elle le regardait, muette, visiblement perplexe et émue. Entrés dans la chambre :

— Asseyez-vous là.

Il n'avait pas allumé l'électricité. Elle alluma. Il éteignit. A travers les volets et les rideaux entraient dans la pièce noire les reflets rouges de l'enseigne électrique d'un cinéma voisin. Des lueurs d'enfer. Tout à fait ce qu'il fallait pour Méphisto et ses ulcères.

Elle était assise sur une chaise. Il s'assit sur une autre chaise, à côté d'elle, lui faisant face. Il mit la main sur son avant-bras. Elle lui prit la main, il la retira. « Si vous voulez, mettez votre main sur mon avant-bras, sur la manche. Pas sur la peau. » Ils se tinrent ainsi dans le geste de la « poignée de main » des Romains de l'antiquité, qui était une « poignée d'avant-bras ».

— Ne vous effrayez pas. Pas d'émotivité, s'il vous plaît. Si j'ai réellement cette maladie, et je suis convaincu que je l'ai, je puis vivre encore une dizaine d'années, avec beaucoup de soins et de souffrances. Je finirais comme un objet hideux, mais il n'en est pas question : je me tuerai quand il faudra. En attendant, je reste à peu près normal, et nous pouvons continuer de nous voir pendant quelque temps, à condition que nous ne nous touchions pas... autrement que sur les vêtements, comme en ce moment-ci...

Elle ne s'impatientait pas, ne le pressait pas : « Mais dites ce que c'est, à la fin!... » Toujours Mademoiselle Silence. Pétrifiée et attendant. Toujours attendant. Sous la fenêtre, la sonnerie du cinéma se mit à tinter. Une voix glapit : « Entrée immédiate et permanente! Une grande salle atmosphérique! Un film d'amour et d'aventure! Toutes les actualités! » — « Qu'est-ce que c'est qu'une salle " atmosphérique "? se demandait Costals. Et une " entrée immédiate et permanente " ? » Ce charabia risquait de lui faire perdre son sang-froid.

— Savez-vous ce que c'est que la maladie de Hansen?

— Non.

— Savez-vous ce que c'est qu'être *ladre?*

— Ladre? Je ne sais pas... C'est être grigou. Qu'est-ce que...

— Savez-vous ce que c'est que la lèpre?

Comme au contact d'un courant électrique, elle retira sa main du bras de Costals. Quoi qu'il advînt par la suite, rien ne pouvait faire qu'elle n'eût pas retiré sa main.

— Mais vous n'avez pas...!

— Si. Du moins, très probablement.

— Mais non! Ce n'est pas possible!

Sous les lueurs rouges, son visage épouvanté. Tout à fait réussi, comme « enfer ». Volubile, il tentait de se ramener dans l'humain.

— Vous ne savez pas ce que c'est. On se fait des idées. Il y a trois cents lépreux dans Paris, dont vingt seulement sont hospitalisés, et dans la salle commune, encore. Les autres se promènent la canne à la main. Peut-être le garçon qui nous a servis... Il y a des femmes qui ont vécu trente ans avec un mari lépreux et n'ont pas été contaminées. Tout ce que je vous dis, ce ne sont pas des boniments qu'on m'a racontés pour me rassurer. On me l'a dit, mais je l'ai lu aussi dans un livre de médecine. Vous n'avez qu'à en acheter un.

— Mais comment avez-vous attrapé cela? Si vous l'avez attrapé, car je ne peux pas y croire.

— Avec une femme.

(La vérité est fascinante comme la mort.)

— C'était une femme de passage, ou elle était votre maîtresse depuis longtemps?

— Elle était ma maîtresse depuis quatre ans. Une indigène.

Elle le regardait, les yeux dilatés et fixes, avec ce

rouge sur elle, comme un oiseau de nuit cloué sur un mur, et couvert de son sang. Et lui, sous ce regard, comme une petite bête des champs hirsute, contractée sous le regard d'un rapace. Même cette prostitution du pathétique, que sont les imbécillités des films, ne parvenait pas à affaiblir le pathétique de ces deux visages : la vie tenait le coup.

— Si je vous fais peur, vous pouvez vous en aller tout de suite, et ne plus me revoir. Je trouverai cela parfaitement naturel.

— Je n'ai pas peur. Je crois tout ce que vous me dites. Je sais bien que, s'il y avait du danger pour moi, vous ne m'auriez pas fait venir.

Sa confiance! Et voici que, comme pour en donner un gage, elle reposa la main sur son avant-bras. Ensuite elle lui sourit.

— Vous m'avez dit : « Pas d'émotivité. » Cette recommandation était inutile. Je serai émue quand les médecins auront fait un diagnostic positif. Jusque-là, je ne crois pas à votre lèpre, — ou je n'y crois qu'à demi.

Costals n'était pas très content qu'elle ne crût pas à sa lèpre. S'il avait eu à choisir, en ce moment, d'avoir la lèpre ou non, peut-être eût-il choisi de l'avoir, seulement pour lui montrer qu'il ne bluffait pas.

Pendant longtemps, il lui parla de la maladie. La sonnerie du cinéma tintait, intermittente. Chaque fois qu'elle commençait de tinter, elle lui rappelait les sonneries qu'il entendait dans quelque logis clandestin, quand il y était avec une femme et que leur liaison était menacée. Dans ces logis de bref passage, il ne savait pas toujours distinguer, faute d'habitude, si c'était chez lui qu'on sonnait. Alors il allait vers l'antichambre, pieds nus, revolver en main, pour voir s'il n'y avait pas une ombre qui entrait par l'interstice sous la porte : l'ombre de l'homme qui a sonné, qui attend, qui va frapper avec le poing si vous n'ouvrez pas, interminablement. Lui et vous, à vingt centimètres l'un de l'autre, séparés par une planche dérisoire. Et vous, les pieds nus sur son ombre.

Le visage de Solange, tandis qu'il parlait, était calme, plus calme que lorsqu'elle était entrée dans la chambre. Calme et réfléchi. Toujours mettant l'accent sur le *si*, elle lui égrenait des choses apaisantes, et toutes ces choses étaient raisonnables. « Si vous avez cette maladie, vous auriez pu avoir pire. Vous auriez pu mourir subitement, et vous m'avez avoué assez souvent que vos affaires n'étaient pas en ordre. Dix ans! Les gens en bonne santé, qui d'entre eux est assuré de vivre dix ans, par le temps qui court? La guerre... Dans dix ans vous aurez quarante-cinq ans, et ne prétendez-vous pas qu'à quarante-cinq ans la plupart des écrivains ont exprimé ce qu'ils avaient à exprimer et ne font plus que tirer des moutures de leurs œuvres anciennes? »

« Comme tout ce qu'elle dit frappe juste! » pensait Costals. « Souvent j'ai eu la preuve qu'elle ne comprenait pas ce que je suis. Et en ce moment elle a tellement l'air d'avoir compris. Et si sage! Une chic fille, quand même! » C'est alors qu'il lui posa la question vers laquelle tendait toute cette soirée :

— Préféreriez-vous épouser un homme lépreux que vous aimeriez à un homme sain que vous n'aimeriez pas?

— Oui.

Elle ajouta, après un petit silence :

— Bien sûr.

Il lui demanda de s'étendre, si elle le voulait, tout habillée, sur le lit. « Je ne vous embrasserai pas sur la peau. Mais sur vos vêtements. Ou plutôt je ne les embrasserai même pas, je poserai seulement mon visage contre eux. Et je vais mettre mes gants. »

— « Pourquoi des gants? Vous n'avez rien aux mains. » Il les mit, et s'allongea près d'elle, dans l'obscurité qui couvrait le lit, où les reflets rouges ne parvenaient pas. La sonnerie du cinéma retentissait toujours, mais le crieur ne criait plus. Elle était blottie dans ses bras, recroquevillée comme dans le ventre de sa mère. Il resta ainsi un long temps, la joue appuyée contre son corsage, tâtonnant, lorsqu'il bougeait, pour situer son visage et ses mains, et ne pas les toucher de sa bouche. Il sentait en lui de la paix, et une douceur dont il ne savait pas qu'elle était la fausse douceur de la houle qui lèche la plage et y brille avant de s'étendre éternellement. Le bruit des gens qui sortaient du cinéma les avertit qu'il était l'heure de se séparer.

Elle était assise sur le bord du lit, et elle enroulait ses nattes qui s'étaient défaites, comme la petite pensionnaire d'autrefois.

Le lendemain, plus maître de lui — parce que sa fatigue s'était dissipée, — Costals prit la décision non seulement de ne pas donner suite au fol projet de mariage qu'il avait conçu la veille, mais d'espacer ses rencontres avec Solange, jusqu'à les supprimer enfin tout à fait, quel que dût être le diagnostic des médecins sur son état.

A cela deux raisons. Non, il n'épouserait pas, pour en faire l'infirmière d'un lépreux, la fille qu'il n'avait pas voulu épouser quand il s'agissait d'en faire une compagne. En outre (et celle-ci était peut-être la raison la plus puissante), il refusait de se laisser entraîner sur le terrain périlleux où l'on répond à noblesse par noblesse. Le sublime ne doit pas pouvoir tout. Le monde irait encore pis qu'il ne va, s'il suffisait, pour faire pencher la balance du côté de son plateau néfaste, de mettre sur ce plateau une once de sublime. Mourir pour une cause ne fait pas que cette cause soit juste. Solange avait été sublime; cela ne faisait pas que le mariage avec elle fût autre chose qu'une solution absurde et grosse de dangers, — injustifiable. Le mot d'ordre devait être : « Se cramponner contre la tentation de la noblesse » — « Elle a été sublime, et moi j'ai dû l'être aussi, bien que je ne voie pas tout de suite en quoi. Alors, si on continuait, ça finirait sûrement très mal, car, quand on fait joujou à être sublime... »

Cinq jours plus tard, quand ils se revirent, ils n'allèrent ni à l'hôtel ni chez lui (il s'en expliqua par sa crainte de la contagion). Ils allèrent au concert, en bons camarades, ou plutôt en étrangers l'un pour l'autre. Tout cela, de nouveau, se perdait dans l'indifférence, comme les oueds qui se perdent dans le sable, où ils finissent par cesser d'être tout à fait.

## XXII

Livre-toi donc à la joie dans ce monde où règne le désordre.

Omar KHAYYAM.

Chaque être intelligent, jeté sur cette terre, va tous les matins à la chasse du bonheur.

STENDHAL.

Six jours plus tard, place Saint-Augustin. Cinq heures et demie. Costals s'engage sur la place, dans la direction de la Madeleine. Le printemps lourd, presque poisseux : une fumigation d'asphalte. Le soleil, dissimulé derrière une brume blanche, afin de pouvoir être méchant en toute tranquillité, comme au Sahara. Et des types avec des foulards, par dix-huit degrés, parce que leur foulard est « riche ».

Costals sort de chez le docteur Rosenbaum, après quatre jours de consultations et d'examens avec des manitous. Il n'a rien. La tache est du « lichen plan », qui n'est pas grave. Le coryza fut pris sur le pont du paquebot, dans le vent de mer. Le prurit (d'ailleurs passé) venait du changement d'air entre le Maroc et la France : cela est fréquent. Costals, ayant dit un jour à Rosenbaum que, du seul fait d'avoir acheté un médicament, avant d'avoir ouvert le flacon il se sentait déjà mieux, Rosenbaum tendait à présumer que chez Costals tout mal était imaginaire. (Nous devons décidément résister avec énergie à notre goût de nous ridiculiser.) Le docteur s'est donc un peu moqué de lui : « Vous êtes un grand imaginatif. » Costals lui a décoché un de ces dédains superbes qu'ont pour leur médecin les malades guéris, le regard qu'il a jeté, l'autre jour, à la ceinture de sauvetage, quand on était en vue de Bordeaux. « Il m'a dit aussi que j'étais un buffle de santé. Mais peut-être n'était-ce que parce qu'il va m'envoyer sa note d'honoraires dans huit jours. Il veut que je l'aime pendant huit jours, de façon à le payer presto. » Il est vrai que de son côté le docteur Lipschutz lui avait dit qu'il était bâti à chaux et à sable, tandis que le professeur Lévy-Dhurmer était d'avis qu'il avait la constitution d'un général bolivien. Lui, qui aimait les traces écrites, il leur avait répondu uniformément : « Faites-moi donc des certificats de tout cela. »

Heureux? Bien sûr, heureux. Heureux cent pour cent? Mettons heureux quatre-vingt-dix pour cent. Mais, de même qu'il est bien connu qu'un littérateur, lisant sur sa personne un article dithyrambique, s'il y a dans l'article une ligne de restriction, il ne voit que cette ligne, de même c'est le dix pour cent de non-bonheur qui donne le ton à Costals. Lazare, sortant du tombeau, dut avoir lui aussi son dix pour cent de non-bonheur, et pester un peu contre Jésus-Christ.

Depuis quinze jours, l'avenir entier de Costals était construit — et solidement construit — sur cette maladie. Et de nouveau tout est à bouleverser. Et puis, cette maladie, c'était de la grandeur, et de la grandeur *donnée*. Maintenant, la grandeur, elle est 1° à inventer, 2° à conquérir, 3° à organiser. En attendant, il faut rentrer dans le quotidien et dans la prose : c'est comme si on venait de lui fermer une porte au nez. Rosenbaum a eu raison lorsqu'il lui a dit la phrase classique du médecin au patient guéri : « Vous n'êtes plus intéressant. » Et il se surprend à murmurer un mot qu'il tient pour un blasphème, un mot qu'il renie, sur lequel il crache, — malgré tout un mot dont il ne peut faire qu'il ne lui soit monté de l'être aux lèvres : « Rien que la vie... » — Est-ce donc qu'il n'aime pas la vie? Au contraire, c'est que la lèpre lui était apparue comme l'occasion d'une vie plus abondante.

Sans parler des divers embêtements de la parfaite santé. Depuis qu'il croyait avoir la lèpre, il avait contremandé les conférences qu'il devait donner ce printemps, s'était bien résolu à ne pas tenir les engagements de ses contrats, bref, s'était dégagé de toute obligation à l'égard de la société. Et maintenant... Eh bien, non! Il va feindre d'être en convalescence de quelque sérieuse maladie, pneumonie ou autre, et se donner ainsi relâche. L'état de moribond a trop d'avantages pour qu'on accepte de le quitter comme cela.

Allons, assez de bêtises. Croisant un passant boutonneux, il a frissonné : cela lui rappelait *quelque chose*. D'ailleurs, s'il tient tant que ça à sa lèpre, tout espoir n'est pas perdu : l'incubation est si lente... Au centre de son quatre-vingt-dix pour cent de bonheur, il y a la vie normale avec son fils, retrouvée. Un des désavantages de la maladie est qu'elle nous force à nous occuper de nous-mêmes plus que de ceux que nous aimons. Durant cette dernière semaine, il s'est décidé : s'il apprend qu'il n'a pas la maladie, il rappellera d'Angleterre son fils; Philippe vivra désormais à Paris. *Vita nuova*. Le cri qui a jailli de lui, dans la chambre d'hôtel de Marrakech : « Que va-t-il devenir? Que devient quelqu'un, s'il n'y a personne qui l'aime? » ce cri qu'il ne peut se répéter sans en être bouleversé (il lui arrivait quelquefois d'être bouleversé soit par telle de ses propres paroles, soit par telle phrase d'un de ses livres), c'est cela qui a emporté sa décision. « Quand on veut rendre heureux quelqu'un, il faut le faire tout de suite. »

Et, au centre des dix pour cent de non-bonheur, il y a le destin de Rhadidja. Il y veillera. Déjà il en a parlé à Rosenbaum, qui préférerait que Rhadidja fût soignée en France, à Paris ou plutôt à Valbonne. On va écrire à Rhadidja dans ce sens. On fera tout ce qui peut être fait.

La Madeleine... La marche où, le premier soir de leurs fiançailles, il s'assit avec Solange... Ce cauchemar est fini, comme l'autre, et il retrouve tout naturellement la fraîcheur de bonheur de sa seizième année. « Sorti de ces deux lèpres, ô pureté première! Que maintenant je sois digne de cette pureté. »

Le temple dit de la Madeleine, bien qu'exagérément crasseux, est un des rares monuments de Paris qui ait de la majesté. Costals se sent le goût d'y entrer. Car il est un esprit religieux. S'il n'a jamais levé la tête vers le ciel pour demander, il la lève d'instinct pour remercier. Remercier qui? Le Génie de sa destinée. C'est-à-dire se remercier soi-même dans ce Génie.

La Madeleine est le seul sanctuaire chrétien de Paris que Costals supporte. Est-ce en mémoire de ce haut fait : petit garçon, dans ce saint lieu, il lui arriva de tirer la langue à une jeune femme inconnue qui priait? (la jeune femme se plaignit à l'Anglaise de l'enfant, qui raconta le haut fait à la maison : « *He's a tiger.* » Mme Costals évoquait encore cette histoire, après des années, le jour qu'elle disait à son fils : « Tu es tellement méchant... Plus tard, tu seras l'Antéchrist. » Et lui — quinze ans — de répondre : « Je ne me donnerai pas cette peine. ») Est-ce le souvenir de Mgr Rivière, jadis curé de la Madeleine, Dioclétien promenant ses mains trop parfumées sous le nez des petites filles du catéchisme, toutes amoureuses de lui? C'est plutôt parce que la Madeleine est la seule église de Paris où il n'y ait à peu près aucune trace de christianisme. Pendant neuf ans temple de la Gloire, sous Napoléon, pour Costals elle est restée cela : le temple de la Gloire, celle de l'individu et celle de la nation. Mais elle est aussi bien d'autres choses.

Un temple du syncrétisme, notamment. Un temple de la disparate : disparate du monde, disparate de chaque être. Sur le fronton, à la gauche de Zeus-Sabazius-Christ, un jeune Dionysos nu, au hanchement inquiétant; à sa droite, encore un éphèbe nu, le Génie de la Danse, ou quelque autre frère du bacchant de Carpeaux. A l'intérieur, un temple sans mystère et sans fumisterie : rien dans les mains, rien dans les poches; c'est-à-dire le contraire du christianisme. Derrière l'autel, de beaux gosses à ailes font sortir d'une coquille, comme jadis Aphrodite, l'Aphrodite moderne, Madeleine, la *puta* sainte : la pécheresse, les yeux baissés, bombant un ventre charmant de neuf mois, entrouvre les bras dans un geste de résignation qui semble dire : « Il fallait bien que ça m'arrive un jour ou l'autre... » Quel plaisir de n'être pas ici dans un temple de la Vierge! De cette Vierge dont l'Évangile parle à peine, dont nous ne savons rien, sinon que son fils l'abandonna, de cette Vierge qui n'était pas vierge, et qui comme mère est inexistante, de cette Vierge qui ne fut qu'un instrument pour incarner le Verbe, comme les vierges terrestres ne sont au bout du compte qu'un instrument pour reproduire l'homme. Temple de la Nation et de la Gloire, mais aussi temple de la Courtisane, dressé au seuil de cette « rive droite » qui est le parc des courtisanes (pour quoi sa façade, le soir, est éclairée symboliquement au permanganate de potasse[1]), Cos-

1. En 1928, la façade de la Madeleine était éclairée la nuit à la lumière violette, un chef-d'œuvre de mauvais goût.

tals a pris l'habitude d'y entrer chaque fois qu'il vient de faire une touche sur les boulevards. Levage et élévation. Il va remercier d'être heureux.

Aujourd'hui encore Costals remercie. Mais il demande aussi à la Présence inconnue la force et l'audace de songer sans cesse à son bonheur. Il prend la résolution de se rappeler toujours qu'il doit être heureux; de ne se laisser arrêter en rien ni par rien. Il prend cette résolution de façon solennelle. Puis, redescendu, il fait halte un instant sur une des marches.

Paris, blanc, gris, noir, sale, pollué, comme des draps après la nuit à deux. Rien de beau dans ce qui s'étendait là, que peut-être, sous le ciel de lait, ces bourgeons d'un vert si tendre qu'on aurait voulu le protéger. Ils annonçaient le printemps, le printemps pur et impur, grand vaisseau qu'on voyait apparaître à l'horizon, après la longue attente, apportant les parfums des pays inconnus. Et rien de fort que cette foule sans scrupules et ses possibilités infinies. Un jour, adolescent, se promenant avec ses parents sur les grands boulevards, Costals avait entendu son père dire : « Sur les boulevards, tout le monde est à vendre. » Il en avait conçu pour les boulevards un respect sagitté d'espérance : déjà l'océan de sa convoitise était sans rivages. Plus tard un doute lui vint : « Mais moi aussi j'étais sur les boulevards ce jour-là. Et mes parents. Et nous ne sommes pas à vendre! Hélas, il y a donc des exceptions... » N'importe, le mot de son père ne le quittait plus.

Au-dessous de lui, sur le trottoir gluant, coulait le peuple des hommes, des sous-hommes et des femmes, un grand purin qui se séparait en deux au pied du temple, et où c'était sa destinée à lui de projeter le liquide mâle, la plus pure des substances sécrétées par les organes humains — la seule pure, — innocente et pure comme le grain de blé. L'ignominie de cette foule parisienne, jadis il l'avait haïe. Il y avait eu un temps où il baissait les yeux quand il croisait ces femmes de Paris, de crainte que quelque passant ne crût qu'il les désirait : il en aurait eu honte [1]. Maintenant, cette ignominie, il l'aimait : « C'est ma matière. » Le gorille latin, le ouistiti parisien, la pétroleuse à teint de limande, le sans-culotte à la bouche cloaqueuse et à la voix de fille, tous ces gens gris tendus vers le mal faire — tromper, voler, b..., resquiller, se défiler, — tout ce débraillé judéo-latin (extérieur) qui horrifie et fascine le décent Nordique, parce qu'il témoigne du débraillé intérieur et promet qu'ici tout est possible, — ce fumier battu de soleil (fumier de corps et d'âmes), c'était cela dont il recouvrait sa terre, et qui la faisait germer si dru. Il savait aussi qu'il y avait beaucoup de perles dans ce fumier; et « négligera-t-on un diamant, parce qu'on l'a trouvé dans la boue? » (Fénelon). Et de la pureté dans cette ordure, comme les dents fraîches dans la gueule d'un chien mort.

Précisément, aujourd'hui, il se trouvait disposé pour la chasse, car il n'était pas rasé du matin. Or, quand il chassait la femme, il aimait n'être pas rasé et être un peu négligé de vêtements, afin de rendre le sport plus difficile, mais surtout afin de bien manifester qu'il méprisait ses enjeux et, si l'on peut dire, qu'il dominait son sujet : me gêner pour elles! qu'elles me prennent comme je suis! celle-là ou une autre! Cette barbe augmentait son assurance — « Pour que je chasse avec barbe, il faut réellement que je sois très fort! » — en même temps qu'elle lui fournissait une excuse en cas d'échec : « Bien entendu, avec ce poil d'homme des bois! » Pour la première fois depuis

1. « Elles (les Parisiennes) sont tout au plus passables de figure, et généralement plutôt mal que bien. » (J.-J. ROUSSEAU, *Nouv. Hél.*, II, XXI.)

son retour, il était aussi sans manteau et sans chapeau : débarrassé de ces symboles de la respectabilité, on naît à une vie nouvelle, comme une femme qui vient de se faire tailler les cheveux court : fantassin léger, sans impedimenta, on poursuivra plus aisément l'adversaire, guilleret comme ces gens qu'on a quittés à midi sur le paquebot, fripés, hâves et défaits, et qu'on retrouve à trois heures faisant leur persil dans les *ramblas* du port, pimpants et farauds. Puis il alluma une cigarette. Puis, avec le même geste instinctif que l'homme des cavernes « se ceignant les reins » avant l'aventure, que le soldat serrant d'une boucle son ceinturon avant l'heure H, que le matador collant sa cape autour de sa taille à l'instant de pénétrer dans l'arène, il boutonna le bouton du milieu de son veston, et plongea dans la jungle. Comme les bêtes sauvages sortent chaque jour pour chercher leur nourriture, il reprenait sa vie, qui était de sortir chaque jour pour chercher une proie fraîchette. Moins par besoin d'elle, que par besoin de la chasse : Lessing a dit que, si Dieu voulait lui donner la vérité, il la refuserait, aimant trop la recherche; et un obus qui éclate n'est plus intéressant, c'est celui qui s'annonce qui vous passionne. — Aujourd'hui, Costals n'avait pas grand'faim; mais il sautait le pas parce qu'il se disait : « Ces pourceaux m'empêcheraient de faire ce qui me plaît! » Quand les autres raisons étaient faibles en lui, celle-là le décidait à coup sûr.

Les laudateurs de l'amour devraient tirer la conclusion de ceci : que tout homme qui tombe malade devient bon et pardonne, et que le premier geste de l'homme qui guérit est celui de sévir. L'infirmière n'a pas encore regardé le thermomètre, qu'elle a vu déjà que la fièvre était tombée : l'homme a repris sa tête de corsaire. Identité du mal et de la vie (pour quoi un homme en bonne santé veut toujours la guerre;

sa poussée vitale la veut, alors même que sa raison lui montre tout ce qui pourrait être fait de bien dans la paix, avec les vertus dépensées dans la guerre). Aussi toutes les puissances sociales luttent-elles contre la vie, qui leur donnerait trop de fil à retordre; ne pouvant attaquer directement la vie dans les corps, dont elles ont besoin pour la force de la nation, elles l'attaquent dans les âmes : elles leur inoculent la morale et la religion. Costals, remontant les boulevards, s'amusait à bousculer les gens (surtout les femmes, les rombiers et les rombières), ou à foncer droit sur eux, pour voir s'ils s'écarteraient. Et ils s'écartaient toujours, et ne protestaient jamais : c'étaient des Français 1928 (ne pas jouer au rugby dans les rues en Algérie, en Espagne ou en Italie). Ces femmes moutonnantes, avec leurs pétards plantureux, leurs faces couvertes de crèmes comme des tumeurs couvertes d'onguents, il ne se faisait pas d'illusion sur elles, certes, et il reconnaissait qu'elles ne méritaient guère d'être voulues. Son désir, c'était seulement de mettre un sceau, son P.C., sur chacune d'elles, et ensuite de n'en entendre plus parler : cela pour le plaisir qu'a un propriétaire campagnard à voir s'étendre ce troupeau d'ovins tous marqués de sa marque.

Il allait, jaugeant chaque passant d'un coup d'œil, les femmes, pour ce qu'il y avait à en prendre, les hommes, pour ce qu'il fallait s'en garder. Il interrogeait les regards, fuyait celui-ci, suivait celle-là, à demi traqueur, à demi traqué — exactement comme les bêtes qui chassent, — à demi féroce, à demi poltron, — exactement comme ces bêtes. Il jouissait terriblement de cette jungle, et autant d'y être lui-même sur le qui-vive, que d'y mettre sur le qui-vive les autres. Par ondées la crainte passait sur lui, comme un léger voile d'eau sur un roc; ce roc était sa croyance qu'il était verni : *Gott mit uns*. Avec sa jeunesse, sa santé, son impudence, son œuvre, son gracieux fils, son collier de maîtresses très jeunes, et tous les avantages de la puissance, sans un seul de ses inconvénients, il se sentait invulnérable : plus fort, plus souple, plus encaisseur et plus malfaisant qu'eux. La tête projetée en avant comme un serpent, pour flairer de loin la proie et le péril, et l'encolure un peu lourde, comme le buffle qu'avait vu en lui Rosenbaum, buffle et serpent, il était cela, et il l'éprouvait presque sans cesse. Et la force de la vie, la passion de prendre, la passion de sévir, la passion de corrompre, la passion de tromper ressortaient sur son visage, non en une sueur, mais en une sorte de vernis qui le dorait : brillant comme Moïse lorsqu'il descendit du Sinaï. Et tout ce temps il créait, dans cette course de bête. Et il créerait mieux encore, lorsqu'il aurait sacrifié. Plus il sacrifiait, plus il en avait envie : ses plus belles prises étaient faites lorsqu'il sortait de sacrifier, « marchait sur les mains », mais était lancé; et plus il était apte alors à le faire : les rails sur lesquels passent beaucoup de trains sont nets et luisants, tandis qu'ils rouillent sur les voies peu fréquentées. Les médecins nous disent que les organismes vivants ont des capacités sexuelles bien plus considérables encore qu'on ne le soupçonne. Jamais Costals n'avait perçu la moindre différence de vigueur intellectuelle ou physique, de lucidité, de maîtrise de soi, bref, de tout ce qui est la valeur de l'homme, entre les périodes où il se livrait à des délices en apparence excessives, et celles où (à la guerre, en mer, dans la montagne) il était astreint à une continence absolue. Au contraire, plus il sacrifiait, meilleure était sa forme, esprit et corps. Lorsqu'il marchait sur les mains, vivement un sacrifice : il en sortait rénové, avec la joie du chienchien qui vient de poser culotte, et aussitôt court en rond comme un fou. A la lettre, une abondante excrétion amoureuse était nécessaire à sa santé.

Ressuscitant de cet autre monde — le monde de la maladie et de la mort, le monde du désespoir et des constructions extravagantes pour n'y pas sombrer, — il rentrait dans la vie, dans sa vie, comme un convalescent qui sort pour la première fois, comme un officier du bled qui se retrouve pour la première fois dans une ville après les fatigues et les dangers de deux ans de Sud. De là ce qu'il mettait d'un peu frénétique dans l'acte si banal de se promener sur ces mornes boulevards. De là qu'après dix minutes de marche, l'excitation nerveuse et une anxiété anormale étaient devenues en lui insoutenables, — anxiété de la prise prochaine, anxiété de l'échec possible, anxiété de la *cogida* [1] possible : il y avait le dragon de la Maladie, auquel il avait échappé, l'Hippogriffe, qu'il avait abattu, le monstre de l'Œuvre, qu'il terrassait chaque jour; maintenant il y avait aussi cette Gorgone à mettre sur le dos, sans trop en pâtir. Déjà ses paupières lui faisaient mal, déjà une fatigue sacrée creusait son visage, car il avait retrouvé son malaise constant, qui était de ne pas pouvoir « tomber » toutes les jeunesses de cette ville, sans une exception. Un peu avant d'arriver au coin de la rue de Richelieu (où il y a une maison à double issue : avis aux pirates), il entra un instant sous une porte cochère, ferma les yeux, pour apaiser les vibrations qui montaient en lui, — pour laisser aussi se détendre cette face si serrée, si avide, si sournoise, si parlante, qu'il se sentait porter horriblement au sommet de soi, et dont il lui semblait qu'à tous elle le désignait comme un être dont il faut se défier, alors qu'il ne souhaitait rien tant que de passer inaperçu et d'endormir les gens.

1. *Cogida :* acte du taureau blessant le torero.

De petites voix, ridiculement débiles, des voix d'un autre monde, du monde des ombres et des larves, firent au-dessus de la foule une aigre musiquette de clavicorde cassé, à moins que ce ne fût une cantilène de fœtus : « Achetez la Bible! » La laideur monstrueuse de ces Nazaréennes expliquait tout. Costals détourna la tête. Il souffrait de ses colères et de ses écœurements, et en fuyait les occasions autant qu'il le pouvait.

Au coin du faubourg Montmartre, il hésita s'il désirait ou ne désirait pas une passante; elle avait je ne sais quelle pauvreté pleine de promesses dans la chaussure; en vérité, il s'en fallait de peu qu'elle ne lui plût. Il sortit une piécette, et, dans la paume de sa main, joua son désir à pile ou face. Il laissa partir la passante.

Devant la rue Rougemont, ayant donné du feu à un vieillard, il eut l'impression qu'il avait accompli un acte d'altruisme. On fait ce qu'on peut.

Un peu plus haut, il tressaillit. Le soleil, passant à travers les cinq chiffres tracés à l'emporte-pièce dans le rabat du toit d'un autobus, au-dessus de la plateforme, dessinait un nombre sur le dos d'un des voyageurs. Avec ce numéro en grands caractères voyants sur son veston sombre, l'homme évoquait un bagnard. « Hum! » grogna Costals. Après une pause il ajouta : « Mais y a-t-il quelque chose qui ne vaille pas d'être vécu? »

Devant le faubourg Poissonnière, il se glissa dans un urinoir. Il avait vu venir une « ancienne » à lui, et frémi en pensant que la fin d'une journée si prometteuse pourrait être empoisonnée par la charité. Il n'avait pas envie d'elle, mais, par charité, se croirait tenu, s'ils s'abordaient, de passer la soirée avec elle, en quelque lieu de distraction, au lieu de courir. « Non, Dieu ne m'abandonnera pas », se répétait-il dans l'urinoir. Ce qui n'était pas blasphémer, puisqu'il ne croyait pas en Dieu. Dieu ne l'abandonna pas : l'ancienne disparut.

Alors de nouveau il plongea. Il rentra dans sa destinée.

Et déjà il songeait à la nuit prochaine, à la nuit sans démons et sans rêves, sur son visage reposé.

Et déjà il songeait à la première pointe du matin prochain, quand les lumières de la ville tremblent affreusement comme si elles savaient qu'elles n'ont plus que quelques minutes à vivre, mais la plus haute étoile, qui sait qu'elle aussi elle va s'éteindre, se roidit et ne tremble pas. Le petit matin, heure méconnue, en regard des couchers de soleil littéraires, comme une personne trop délicate, qui ne se fait pas valoir. Et la gravité des aurores : qu'y aura-t-il dans cette journée? L'incertitude devant la journée, comme devant une vie jeune. Et déjà il serait à sa table de travail, lucide et pur et tenace, et les yeux abreuvés de doux sommeil.

Et le premier bruit serait le tintement des boîtes à lait d'un enfant laitier. Et il irait à sa fenêtre, la poitrine toute dorée de miel par les rayons frais du jour, et il écouterait les rayons du jour vibrer contre sa personne. Il irait à sa fenêtre, pour que le premier visage qu'il vît fût celui d'un être de jeunesse, comme le salut et le gage d'espérance de la journée.

Et il y aurait la joie d'eau, la vieille joie tritonienne et romaine, *ludus matutinalis* (il avait fait de sa vie une grande salle de bains). L'éternel étonnement qu'un verre d'eau bien froide ne vous coûte pas six francs sur table, tant c'est meilleur que tous leurs alcools. L'éternel étonnement que notre mélange avec la partenaire aquatique ne soit pas un « péché », tant c'est bon; qu'on ne soit pas passible de quatre ans sans sursis, pour être entré dans une baignoire. L'éternel étonnement qu'on ne risque pas non plus la P. G., en se faisant couler de l'eau sur le crâne.

O certitudes (celles de la sensation). Et impunies! Et qui n'ont de limite que la satiété!

Et il sortirait, il entrerait dans le Bois, où les oiseaux chantent encore pour eux seuls, son manuscrit, son stylo en main, travaillant en marchant. Il y aurait les *insulae* des riches ignobles, et bientôt le petit peuple de sept heures du matin, trimant au milieu d'elles sans les haïr : les piqueurs de papiers, qu'il connaissait tous, auxquels il disait bonjour; les cantonniers peinards et rustiques; les gardes qui sont incapables de vous indiquer le chemin de Bagatelle; les garçons bouchers sur leurs triporteurs qui, en le voyant, feraient rouler le triporteur sur deux roues, par gloire, comme un chien, quand il vous aperçoit, fait pipi pour vous émerveiller; les veilleurs de nuit qui s'en vont après avoir protégé les riches, lesquels ne seront pas tués parce qu'ils payent des hommes du peuple pour être tués à leur place, de même qu'ils iront au ciel parce que leurs parents auront payé beaucoup de messes pour eux.

Et, peu à peu, les fous sportifs, en chandail, courant, s'arrêtant, faisant des mouvements rythmiques. Et les riches, qui s'arc-boutent pour ne pas payer la pension à leur divorcée, et foutent leur fils unique interne, mais baladent chaque jour au Bois le cocker, non qu'il en ait envie, mais parce qu'il coûte deux mille francs. Et les petits garçons bourgeois, se promenant dans l'air, légèrement, comme des bulles de savon. Et les satyres au teint triste, aux yeux rapides et inquiets (soulignés de poches), feignant la désinvolture souveraine.

Et, dans le fond, la Seine bleuâtre, des coteaux bleuâtres, une brume bleuâtre, un clocher pointu qui évoque toute la spiritualité française, etc. (si je ne fais pas une phrase sur le clocher, c'est que je ne suis pas un homme), des petits bateaux qui renversent leur cheminée quand ils se font couvrir par le pont, avec un je ne sais quoi qui sent la femme qui succombe. Et les faiseurs et faiseuses bourgetesques, dans les allées cavalières, et les petits chevaux luisants, bien cirés, jouant des fesses de la façon la plus inconvenante, mais fiers par-dessus tout d'avoir des veines saillantes sur le visage. Et les marmousets râleurs (rien qu'à leurs visages, on voit qu'ils râlent à l'intérieur), sur des vélos aux couleurs de libellule et de poison, aux couleurs jamais vues que dans les oasis, marmousets étonnamment graves, roulant dans un rêve (ils courent le Tour de France), leur peloton bousculant des papillons blancs qui n'ont pas compris. Et le silence religieux du peloton quand il passe.

Et partout il reconnaîtrait des endroits où il s'était embêté ou avili avec des femmes, et devant chacun d'eux, en lui-même, il ferait un écart, comme un cheval qui passe à un carrefour où il a vu une fois une vipère. Et il les rejetterait, ces endroits, mais le plaisir de les rejeter serait comme s'il les remangeait. Et, passant en vue du fourré où il avait donné son premier baiser à Solange, il penserait : « Morte la bête, mort le venin. »

Et il songeait que, dans huit jours, son fils, ici même, serait auprès de lui, sur sa bécane aux élytres d'émeraude, s'entêtant à faire du sur-place dans une allée interdite, et lui mettant la main sur l'épaule à chaque coup que le vélo tourne de l'œil...

Et ils iraient, parmi les oiseaux rieurs, dans la grâce de la matinée.

## XXIII

> Je te tiens au pas sans pitié, connaissant ta souffrance.
>
> *Chant des Bédouins du Sud tunisien* (le cavalier s'adresse à sa jument.)

Une vie qui bouge au delà de ce que vous souhaitez, comme ces grosses chaînes auxquelles vous donnez très légèrement le branle, et qui bientôt vous entraînent la main, et vous entraîneraient vous-même, si vous ne vous reculiez pas...

A. a un vieil ami de collège, B. Depuis que B. habite Chartres, et vient tous les quinze jours pour quarante-huit heures à Paris, il s'est mis en tête qu'une de ses deux soirées parisiennes devait être passée avec A.; A. trouve que cela est beaucoup, et que sa vieille amitié avec B. se contenterait d'une soirée ensemble tous les deux mois. Volontiers il lui dirait, comme Mahomet à Abou Hosairah : « O Abou Hosairah, visite-moi plus rarement, mon amitié pour toi en augmentera. » (Saadi.) Il ne le lui dit pas, mais deux fois de suite il s'excuse, et cela suffit. B. comprend. Il espace ses invitations.

Le vieil ami de collège peut être un personnage assez épais, plongé dans ses affaires et son *make money*, il est un homme ou de la graine d'homme, c'est-à-dire qu'il y a en lui non seulement une certaine dignité, mais une sorte d'intelligence par laquelle il se met à la place de l'autre : il accepte d'éprouver plus de plaisir à cette soirée avec son ami, que son ami n'en éprouve, reconnaît qu'après tout c'est bien le droit de celui-ci, et que cela n'empêche pas son amitié.

En revanche, il est toujours très laborieux de faire réaliser à une femme ou qu'on ne l'aime pas, ou qu'on ne l'aime plus, que sa présence n'est pour vous qu'accablement et temps perdu, et que tout ce qu'on attend d'elle est qu'elle fasse place nette. Vouloir noyer doucement une femme, c'est comme vouloir noyer un chat : on rencontre une terrible vitalité. C'est pourquoi il n'y a de liaisons vraiment agréables que celles où l'on est plaqué.

Costals ressentait cette sorte de gêne qu'on éprouve, sur le paquebot qui s'éloigne du quai, quand on a agité le bras et souri aux siens qui restent, qu'on ne peut plus leur parler à cause de la distance, et qu'on ne sait pas bien quelle tête prendre. En fait, il avait dit adieu à Solange, et maintenant ils étaient là à esquisser de vagues sourires, tandis que l'espace entre eux allait s'agrandissant, jusqu'au moment où ils ne se verraient plus. Tous les deux jours, à dix heures du soir — parce qu'elle savait qu'à cette heure le domestique n'était pas là, et que c'était Costals qui allait à l'appareil, — Solange téléphonait. « Quand nous voyons-nous? » Bon Dieu! Qu'il devait prendre sur soi pour ne l'envoyer pas promener! Mais sa voix contrainte, glaciale, comme embourbée, aurait dû avertir l'importune. Chacun de leurs entretiens téléphoniques se terminait invariablement par : « Je suis surchargé en ce moment. Je vous ferai signe dans quelques jours. » Une fois par mois il lui disait : « J'ai mardi un rendez-vous à onze heures et demie. Voulez-vous que nous nous voyions à dix heures et demie, devant la gare de la Ceinture? » (Sa rage de donner aux femmes des rendez-vous sur le trottoir.) — « Mais cela nous fera très peu de temps! »

Au début elle avait donné des prétextes — si gauches! — à ses coups de téléphone : « Juste un mot. Le libraire de la rue d'Antin m'a priée de vous demander si vous consentiriez à signer des livres chez lui. » Le libraire ne lui avait sûrement rien demandé de pareil, car il y avait bien huit jours qu'il avait reçu la réponse de Costals à ce sujet. Maintenant, à ses appels téléphoniques elle ne donnait même plus de prétextes. « Quand nous voyons-nous? » — « Mais nous nous sommes vus il y a huit jours! » — « Huit jours!... Nous nous sommes vus le 24; il y a donc dix-sept jours exactement. Et vous savez bien que j'aime vous voir, vous parler! » — « Laissez-moi vous dire que ce plaisir que vous éprouvez là me paraît incompréhensible. Et pour un peu je dirais : de nature un tantinet pathologique. » Il le pensait, car il était si morne, lorsqu'il était avec elle, et si peu « gracieux », qu'en vérité il lui paraissait anormal qu'elle pût éprouver du plaisir de sa présence. Ils causaient presque comme des étrangers, mêlant leurs mains par habitude. Maintenant elle ne voulait plus se marier, disait-elle, qu'avec un ami de Costals, afin de pouvoir conserver avec lui des relations (de pure amitié) qui seraient autrement impossibles.

Costals se résigna à mettre chaque soir l'interrupteur au téléphone, risquant ainsi de manquer des appels importants. Elle téléphona à huit heures du matin : il mit l'interrupteur le matin. Alors les billets affluèrent : il n'y répondit pas.

Il était excédé d'elle au delà de toute expression : ce sont toujours les dernières heures du voyage qui paraissent les plus longues. Il se prenait la tête dans les mains : « Non! Non! Il n'y a rien au monde de plus ennuyeux qu'une femme! Et une femme qui souffre! — Nous n'avons pas besoin de leur amour, qu'elles veulent nous imposer. Quant à leur besoin d'être aimées... vrai, je préfère cent mille fois, dans un être, le goût de l'argent à ce goût d'être aimé : voilà où elles nous poussent. Les femmes ne comprennent pas qu'elles dérangent, ne comprennent pas cette impatience qu'elles créent dans un homme jeune. Définition : " La femme? Un être qui racole et un être qui relance. " Une femme qui ne relance pas est un objet si rare que je voudrais que toutes les femmes de cette espèce fussent — après enquête et témoignages — décorées de la Légion d'honneur. »

Il avait l'habitude, le printemps venu, d'aller s'asseoir, le matin, dans certaine allée du Bois, voisine de sa maison, et d'y travailler. Par malheur, il avait confié ce détail à Solange. Un matin qu'il était sur son banc favori, elle arriva, frétillante, le visage enjoué : « Surtout ne croyez pas que je sois venue pour vous voir. Je vais chez les Un Tel, rue Michel-Ange; j'ai fait un détour pour respirer la verdure. » Il replia ses feuillets (tout le monde sait imaginer l'humeur d'un écrivain interrompu dans son travail). Il la garda dix minutes, puis la congédia sans ambages : une indiscrète fait un malotru, *genuit indiscreta muflum*. Elle partit sur un : « Quand nous revoyons-nous? »

Costals élut un autre banc, très loin du premier. Et il n'y travaillait plus qu'inquiet, convaincu qu'elle saurait bien le découvrir là aussi.

Alors ce fut autre chose : elle était crampon comme un arrière qui vous « marque » au foot, qu'on retrouve tout le temps devant soi. Si Costals quittait une réunion de jury littéraire, au coin de la rue il tombait sur M^lle^ Dandillot, pleine de surprise : « Vous ici! » Elle avait lu dans un journal qu'il siégerait à ce jury, et l'attendait sur le trottoir depuis une heure. S'il passait chez son libraire habituel, comme par hasard Solange était là, feuilletant des livres : le commis lui avait dit, la veille : « M. Costals passera demain à dix heures. » Quand il l'apercevait, son visage changeait. Elle, ne voyant rien, ou comme si elle n'avait rien vu, elle continuait, imperturbable, à faire tout ce qu'il fallait pour qu'il la prît en horreur.

Nous avons dit plusieurs fois, au cours de ces livres, que tel trait d'un de nos personnages, qu'il nous arrivait de rencontrer, dépassait notre compétence psychologique, et que nous préférions l'avouer, plutôt que jeter la poudre aux yeux du lecteur avec une explication de charlatan. Nous nous dérobons quant à décider si Mlle Dandillot ne voyait pas qu'elle assommait Costals, et était aveuglée par les rendez-vous dont il lui faisait l'aumône toutes les trois semaines, au point de les tenir pour une preuve d'affection; ou si elle le voyait et s'obstinait quand même, n'ayant besoin ni qu'il l'épousât, ni qu'il la possédât, mais ayant besoin de le voir et de parler avec lui, même si elle avait conscience qu'elle lui infligeait là une corvée.

Quoi qu'il en soit, c'était pour Costals comme s'il voyait se faire sous ses yeux cette chose monstrueuse, pareille aux opérations de la nature quand nous les montre le ralenti cinématographique (la chenille qui devient un papillon, etc.) : *Solange se métamorphosait en Andrée Hacquebaut.* Cette fille jadis si réservée qu'elle ne téléphonait jamais la première! La même frénésie de vous « faire des pattes » sur le bas du pantalon, pour avoir le susucre, la même rage de ne pas voir ce qui crève les yeux, la même rage de s'accrocher, la même confiance obtuse et les mêmes stratégies inutiles : le même chef-d'œuvre de volonté vaine. La vérité éclatait : toutes les femmes étaient Andrée Hacquebaut. Andrée Hacquebaut apparaissait telle une sorte de gigantesque idole

— plus grande que nature, comme l'Athena de Phidias, et comme elle, à la fois effrayante, ridicule et grandiose, — faite de tout le sexe, de milliards et de milliards de personnes du sexe qui venaient s'y engouffrer et y ressortaient avec tous leurs visages. Andrée Hacquebaut était *la Femme*.

Un matin, Costals s'habillait avec hâte et nervosité. Il déjeunait en ville à une heure, il était midi et demi, et il calculait que son retard ne pourrait être moindre que d'une demi-heure. Sonnerie du téléphone. Et cette voix pleine d'entrain, cette voix qui à elle seule prouvait à quel point *on* ne réalisait pas la situation : « Alors, toujours vivant? » Cette fois, Costals, qui bouchait les récepteurs avec la mousse de savon de ses oreilles, n'y put tenir. Six mois de contrainte vers la courtoisie et la charité furent saccagés en un instant : une branche que l'on maintenait ployée, et qui soudain se détend. « Écoutez, mademoiselle Dandillot, je vous aurais une grande obligation si vous pouviez ne pas me téléphoner ainsi tous les trois jours. » — « Excusez-moi, je vous dérange... », dit la voix, balbutiante, et tombée, comme un oiseau qui vient de recevoir le plomb, et descend en feuille morte. — « Oui, vous me dérangez. Convenons, si vous voulez, de nous voir une fois par mois, et téléphonez-moi donc une fois par mois. Nous nous sommes vus la semaine dernière. Téléphonez-moi dans trois semaines. Au revoir. » Il raccrocha.

Mlle Dandillot ne téléphona plus, et n'écrivit plus. Quand nous introduisons un être dans notre existence, nous nous inquiétons comment nous l'en expulserons un jour. Mais cette inquiétude est le plus souvent superflue. Le plus souvent, la vie se charge de détacher les êtres, sans heurts, par le simple consentement mutuel (sauf dans quelques cas où l'on se fait assassiner).

*Knock-out de Mlle Dandillot. Commentaire technique.*

— Au premier et au deuxième round, Costals avait marqué un avantage. Au troisième, sonné, il avait été au tapis (le « oui » hippogriffal). Si alors elle avait « suivi », si sa mère avait dit : « C'est monsieur le maire dans les huit jours, ou adieu à jamais », Costals était descendu pour le compte. Mais elle l'avait laissé récupérer, et il avait remonté, car il était coriace; remonté jusqu'à son K.-O., sans lequel elle l'aurait eu aux points. Costals en vint bientôt à croire que c'était lui qui avait imposé son jeu. « Je me réservais pour le troisième round. Allons, la classe a parlé. »

Plus profondément, il pensait, cherchant à s'innocenter : « Ce n'est pas comme femme qu'elle m'a fait souffrir; je n'accepte pas de souffrir des femmes. Ce n'est pas d'elle que j'ai souffert, mais de moi-même. Elle n'a été qu'un prétexte pour moi à développer mon angoisse devant le mariage. Je ne pouvais souffrir d'elle, puisqu'elle ne faisait rien contre moi. J'ai souffert de la " fiancée en soi ". Plus précisément encore, j'ai souffert de l'idée que je me faisais de la fiancée en soi. »

Ensuite, la vie rebondit. « Chaque fois que je romps, la vie rebondit. »

# ÉPILOGUE

## ANNÉE 1928

### I

PIERRE COSTALS
*Paris*

A ANDRÉE HACQUEBAUT
*Saint-Léonard.*

*17 septembre 1928.*

Chère Mademoiselle,

Entre 1925 et 1927, vous m'avez envoyé quelque deux cents lettres. Je ne l'ai pas trouvé mauvais, et même je vous ai répondu plusieurs fois.

Depuis votre lettre du 30 décembre 1927, qui fut votre rentrée épistolaire après une douce bouderie de six mois, vous m'avez écrit vingt et une nouvelles lettres. Pas une seule de ces dernières ne fut ouverte à sa réception. Elles sont restées sous leurs enveloppes, telles que je les recevais, délicatement classées dans un classeur *ad hoc*. Disons tout, ce classeur était un carton à souliers; mais le bottier étant de Londres, votre honneur est sauf. Je voulais voir combien de lettres une jeune fille peut écrire à un monsieur sans qu'il lui réponde. Vingt et une, ça n'a rien d'excessif.

J'identifie mal la force étrange qui me pousse à vous répondre aujourd'hui, après avoir eu l'humeur de décacheter enfin toutes vos lettres; ou plutôt, hélas, je la connais trop. Appelons-la, si vous voulez, en cette occasion, le respect de la personne humaine, — de cette personne humaine que je respecte en vous. Comprenez-moi : je suis toujours logé à demi — en tant que romancier, voire en tant qu'homme — même dans ce que je n'aime pas; je suis donc un peu en vous, bon gré mal gré. L'autre jour, vos lettres anciennes (de 1927) me sont tombées sous la main. Vous faire chanter? Mais je n'attends rien de vous; on dit d'ailleurs que c'est le don qui fait la chanson, et vous ne vous êtes pas donnée à moi; je ne vous ai jamais prise, si mes souvenirs sont exacts. J'ai feuilleté ces lettres, et les ai balayées du regard par endroits. Vous souvenez-vous de celle que vous avez écrite de Paris, au début d'une semaine douloureuse, la lettre « solennelle » qui commence ainsi : « Le feu ronfle, en bas Paris s'agite sous la pluie »? Je ne puis faire que cette simple phrase ne soit pour moi le départ d'une vibration. Je vous ai revue, dans la petite chambre du petit hôtel (où on vous avait volé votre flacon de parfum), gelée, votre manteau sur les épaules, et m'écrivant follement, sous l'ampoule électrique trop haute. Trois années ont passé depuis lors, et trois années de ma vie égalent en richesse la vie entière d'un autre homme (sinon plusieurs vies; mais retenons-nous). Cependant il y a là quelques images qui sont nichées en moi, — pour toujours, il me semble.

Comprenez-moi encore. Je n'ai jamais eu pour vous ni une gouttelette de désir, ni une gouttelette d'amour, ni une gouttelette d'affection, ni une gouttelette de tendresse. Je n'en ai pas davantage aujourd'hui. Mais j'ai eu et j'ai pour vous de la sympathie. Pourquoi cette sympathie? Le fait que vous m'aimiez ne pouvait que m'irriter, puisque je ne vous aimais pas. Le fait que vous ayez souffert à cause de moi m'était indifférent, puisque je ne vous aimais pas. Je pense que cette sympathie vient, comme le mot l'indique, des affinités qu'il y a entre nous. Si le monde lisait vos lettre de 1927, il dirait que vous êtes une impudique; celles de 1928, une toquée; et toutes depuis le début jusqu'à ce jour, une raseuse et un crampon dignes de l'immortalité. Ce sont là des jugements que je ne partage pas. On m'a reproché plusieurs fois d'être trop familier avec vous. On m'a dit qu'il était *invraisemblable* qu'un homme comme moi perdît son temps à entretenir des relations avec une personne aussi peu importante et aussi peu intéressante que vous, que c'était là de l'inconscience ou du vice. Mais je sais ce que je fais. Il y a en vous un élément de grandiose auquel je crois ne pas me tromper. Et j'aime vos lettres de la dernière période, cette cantilène perdue comme celle des petits enfants qui en chantonnant se racontent des histoires. Vous ne voyez pas clair? Eh! qui vous aurait appris à voir clair? Toute l'éducation des filles est faussée. Vous avez été un peu indécente? Allez, allez, les autres s'offrent comme vous, seulement elles y mettent plus de manège. « Mon lieutenant, vous finirez par vous faire tuer : vous êtes trop *franc!* » me disait mon ordonnance, pendant la guerre. Et puis, on sait bien que la solitude a des gestes impurs. Restent les insultes que vous m'avez écrites. Mais être insulté est pour moi un amusement.

Enfin, j'allais oublier ma grande pitié pour les femmes, bien connue de vous à ses effets. Quand je songe à tous ces jupons que nul ne troussa, j'ai envie de demander pardon à celles qui ne furent pas aimées.

Je souhaiterais assez de vous revoir. Rien, naturellement, ne serait changé aux relations que nous eûmes toujours. Mettons qu'il s'agisse chez moi d'une sorte de divine curiosité...

C.

*P.-S. 1.* — Je suis tombé aussi sur une phrase où vous dites votre émotion devant le serpent sculpté du Musée Dennery, qui s'aplatit quand il passe sur les rebords de la carapace de tortue. Quelque part, en Chine, il y a des siècles, un homme s'est enchanté à voir s'aplatir une couleuvre sur les rebords d'une carapace de tortue, et, en 1928, une jeune fille de Saint-Léonard-Loiret regarde à son tour et s'émeut. Il me plairait que la phrase où vous m'avez dit votre émotion fût de celles qui me ramènent à vous. Quelle chaîne, jusqu'à cette minute où l'artiste imagina d'aplatir un peu le corps de sa couleuvre, et comme le voici splendidement justifié!

*P.-S. 2.* — Quant à votre phrase au jeune frère de votre amie, lui conseillant de faire quelque chose, de lire, le crayon en main, ne vous laissez pas déconcerter par les moqueries. L'univers entier poufferait-il de vous, c'est vous qui avez raison.

*P.-S. 3.* — Quant à votre lettre du 29 janvier, exprimant votre désir du coït avec moi, elle est parfaite. De qui est-ce? M^lle de Lespinasse? Adrienne Lecouvreur? Marie Dorval?

*P.-S. 4.* — Et pas de furonculose, pas de décalcification, malgré les embêtements. Un bon terrain physiologique. Bravo!

## II

ANDRÉE HACQUEBAUT
*Saint-Léonard*

A PIERRE COSTALS
*Paris.*

*20 septembre 1928.*

Cher Costals,

Vous avez décidément le secret de rompre le charme : je réalise pour la première fois le sens plein de cette expression. Depuis quinze mois vous ne m'avez pas donné signe de vie, depuis neuf mois vous n'avez pas répondu à une de mes lettres, et vous avez aujourd'hui la bonne grâce de m'informer que vous les conserviez sans en décacheter les enveloppes. Bien classées, un petit rectangle à côté d'un autre petit rectangle, je les vois d'ici : la cataracte changée en marais salants. Et j'en ris.

Donc, vous revenez. Vous cherchez à me ramener à vous, à m'enchaîner de nouveau à votre char. « Éloignez-vous... Rapprochez-vous... Aimez-moi un peu moins... Comme ceci, comme cela... Non, ce n'est pas tout à fait cela encore... » Une petite chienne à qui on apprend à sauter dans un cerceau. « En amour, j'aime bien garder l'initiative. » Pourtant c'est vous cette fois qui cédez du terrain. Vous m'écrivez avec des pleurnicheries voilées, — car enfin, pas d'histoires : si vous sortez ainsi de votre repos, après plus d'un an de silence, c'est que vous sentez le besoin de moi. Mais vous m'avez rappelée ainsi une fois déjà, et, votre crainte de me perdre passée, ç'a été pour me faire subir ces avanies, dans votre atelier du boulevard de Port-Royal. On commence à vous connaître. Vous êtes un illusionniste. Vous donnez l'illusion d'être toujours changeant, à mille faces. Et vous êtes toujours le même, désespérément le même. Vous retombez toujours sur le même accord, comme la musique de Mozart. Vous revenez avec vos mêmes tics d'il y a deux ans. Stupide vous êtes, stupide vous resterez. J'ai renoncé à vous convertir.

Eh bien, vous vous leurrez. L'habitude de vous écrire était si puissante que j'ai continué, et c'est tout. Je vous ai écrit comme j'écrivais mon journal avant de vous connaître, comme j'aurais écrit un roman : je n'ai jamais pu vivre sans confident. Je vous en ai raconté sur moi plus que n'en ont jamais su mon père ni ma mère : vous avez eu devant vous une femme à l'état pur. Mais, depuis un an, je ne tenais plus à vous que comme à un témoin de ma vie intérieure. Quelque chose était mort. J'étais comme les mystiques qui continuent d'aimer d'une façon latente, mais ne sentent plus rien. Avant, le moindre article de vous, si on me le signalait, je faisais venir le numéro où il avait paru (souvent au nom et à l'adresse d'une amie, de crainte que la « demoiselle de Saint-Léonard » ne devînt célèbre chez les libraires); je renversais la tête en lisant vos phrases et je m'en gargarisais; je coupais l'article; il m'arrivait de le glisser dans mon corsage, parfois pour m'en réjouir le cœur, parfois aussi pour que mon cœur lui transfusât un peu de cette tendresse dont vous manquez. Or, depuis un an, ces deux éditions à tirage restreint que vous avez publiées, je ne les ai même pas lues. Avant, chez le libraire, à Paris ou à Orléans, quand je demandais un de vos livres, je feignais d'avoir oublié l'auteur, pour n'avoir pas à prononcer votre nom; jamais je ne prononçais votre nom, qu'en face de moi-même. Aujourd'hui je le prononce sans la moindre émotion. Votre portrait, sur mon mur, je ne l'ai pas enlevé; mais qu'il fût là suffisait, je ne le regardais jamais. Vous m'avez écrit, en juin 27, que, si vous ne vouliez pas être mon amant, c'était pour ne pas « déchoir » à mes yeux. Vous vouliez rester sur un piédestal. Eh bien, vous n'y êtes pas resté.

Dans cet état, j'étais heureuse. Jadis, l'absence a été le rongeur qui a mis en pièces nos relations. Cette fois, le bien que m'ont fait votre absence et votre silence! Ils ont été mon opothérapie. Je brodais, je n'avais besoin de vous que pour vous recréer à ma guise. Si vous saviez tout ce que j'ai mis dans votre silence! tout ce que j'ai réalisé de la sorte si simplement! J'ai fait ma vie à côté de ma vie. Car nous avons été amants, n'est-ce pas? Comme tout aura été romanesque dans l'existence de cette petite fille!

Et ne plus recevoir ces lettres de vous que je n'ouvrais qu'avec des battements de cœur, n'avoir plus rien à attendre de vous, n'avoir plus à demander, à insister, à s'efforcer de comprendre. Renoncer. Connaître qu'on a fait tout ce qu'on a pu, que cela ne dépend plus de vous. Ne chercher plus rien, et se dire que c'est peut-être parce que, en un certain sens, on a atteint et trouvé. La paix dans le désespoir (naturellement, désespoir au sens littéral : perte de l'espoir). Paix à envers de tourment. Mais quand on sait bien que tout, en ce monde, a deux faces...

Dans ces conditions, vous retrouver inchangé, avec seulement cette année en plus (qui se lit très bien sur votre visage, si j'en crois votre dernière photo de *Vu*)? J'en suis lasse d'avance. J'ai usé dans cette affaire beaucoup trop de courage et de confiance en moi. Vous revoir serait l'aplatissement du ballon prodigieux que j'ai gonflé durant votre absence. Déjà votre lettre a réveillé en moi une sorte de bête douloureuse qui dormassait et qu'il aurait fallu laisser dormir. Retrouver cette atmosphère irrespirable de sécheresse où vous m'avez fait vivre pendant six ans, comme dans un bois pendant le gel, quand la terre est dure et craquelée? Et tout ce déjà vu de taquinerie et de grossièreté combinées, d'insolence caressante et de compassion irritable, dont votre lettre m'offre l'exemple? Et cette fameuse lucidité, qui ne cherche jamais qu'à outrager ce que quelqu'un d'honnête doit tenir pour saint, qui même vous disqualifie en tant que romancier, car que vaut la vision d'un homme qui refuse les valeurs normales? Eh bien! non. Stendhal dit que la grande épreuve d'une amitié entre homme et femme, c'est l'amour, et qu'on ne peut la surmonter qu'avec une extrême droiture de cœur. Je ne sais qui, de nous deux, n'a pas eu cette droiture, mais l'épreuve n'a pas été surmontée.

Si vous tenez à moi, comme votre retour le prouve, mais si en même temps vous vous battez les flancs sans éprouver pour moi la moindre envie physique, comme vous ne me le cachez pas (une femme qu'il ne désire pas, quelle aubaine pour un homme! Il se venge sur elle des autres. La femme non désirée joue son rôle dans la création, comme le révolté joue son rôle dans l'ordre social), alors épousez-moi, que voulez-vous que je vous dise, donnez-moi un fils, trouvez autre chose que l'amitié, un autre lien. Tout, mais pas l'amitié. Je n'en suis plus capable. L'amour mort l'empoisonnerait, comme ces mouches mortes dans le parfum, dont parle l'Écriture, et qui en gâtent toute la bonne odeur. Il ne vous est jamais arrivé, en chemin de fer par exemple, ayant une envie féroce de dormir, de fermer les yeux pendant quelques minutes seulement, et, quand vous les rouvrez, de vous apercevoir que ces cinq minutes ont suffi pour vous faire passer l'envie de dormir? Mes lettres de cette année, sans réponse, ont été ces « cinq minutes » : elles ont suffi pour faire passer mon goût de vous. Maintenant tout s'est résorbé. Quelle différence entre un corps qui a joui et un corps qui n'a pas joui, en fin de compte? Les choses s'en vont, qu'on croyait aimer, et brusquement un jour on décide qu'on les a assez vues et qu'elles n'ont plus qu'à disparaître. On se disait : « Comment pourrai-je vivre avec plus rien? » Puis, une fois qu'on y est, on voit qu'on peut très bien vivre avec plus rien. Apprenez cela, mon petit. Cela vous servira pour vos romans.

Le silence d'un petit bourg, la nuit tombante, les lumières des cuisines et des étables, le bruit des chaînes, les pas lourds des cultivateurs, et puis la lampe électrique qui n'éclaire que votre table et laisse tout le reste dans l'ombre, mais tout ce reste tellement le même, tellement connu depuis trente et un ans... Dans cette ambiance tout se réduit à l'essentiel, et l'on voit très profond en soi, si l'on y consent. Or, ce que je vois en moi, c'est que je vous ai aimé bien mal, puisque jamais je ne vous ai fait le sacrifice que vous me demandiez pour vous garder, bref, que je n'ai aimé que moi et mon plaisir. Aujourd'hui encore, je ne mets à mon retour qu'une condition, la levée de votre veto... Mais je sais bien que vous ne le lèverez pas. De sorte que, en fin de compte, *c'est moi qui n'aurai pas voulu*.

Adieu, cher Monsieur, et soyez heureux : restez toujours exceptionnel dans votre sort de bonheur humain. Car, si vous n'étiez pas heureux, avec les moyens que vous prenez pour l'être...

A. H.

Peut-être aussi (mes lettres dans le vide) ce désir de maintenir en vous, coûte que coûte, la vie de l'âme...

III

ANDRÉE HACQUEBAUT
*Saint-Léonard*

A PIERRE COSTALS
*Paris.*

*24 septembre 1928.*

Cher Costals,

Vous allez me prendre pour une folle. Mais j'ai relu votre lettre pendant que la radio jouait en sourdine, et tout ce que je vous ai écrit ne tient plus. Vous souhaitez me revoir, et je vous le refuserais avec hauteur! Ce serait un peu fort. Je prends le train demain matin. Écrivez ou téléphonez le soir vers huit heures à l'hôtel R..., rue de Verneuil. J'aurai fait tout ce que j'aurai pu pour la beauté de mon destin et pour sa plénitude. À vous.

Andrée.

## IV

PIERRE COSTALS
*Paris*

A ANDRÉE HACQUEBAUT
*Hôtel R..., rue de Verneuil, Paris.*

*25 septembre 1928.*

*Pneumatique.*

Chère Mademoiselle,

Connaissez-vous le restaurant arménien, 4, rue de la Chaussée-d'Antin, presque au coin du boulevard des Capucines? J'y ai mangé cinquante fois avec une femme que j' « aimais », et cela ne ferait pas de mal de désinfecter la place, en y mangeant avec une femme que je n'aime pas. Je vous y attendrai demain, mardi 26, à une heure. Je vois sur le calendrier que c'est le jour de la décollation de saint Jean-Baptiste. Cet anniversaire ne me dit rien de bon. Mais à Dieu vat!

Si c'est entendu, ne me répondez pas.

A vous.

C.

## V

ANDRÉE HACQUEBAUT
*Paris*

A PIERRE COSTALS
*Paris.*

*26 septembre 1928.*

*Pneumatique.*

*Ainsi, comme je l'avais prévu,* vous ne m'avez fait venir à Paris que pour une mystification et une vengeance. J'ai été d'une heure à deux heures, sans vous y voir, au restaurant du 4, boulevard des Capucines. Je n'ai pas osé rester là une heure sans prendre mon repas, et j'ai dû payer trente francs pour un plat ou à peu près! Je ne sais rien vous dire d'autre que ceci : votre conduite me soulève le cœur.

A. H.

*P.-S.* — Je viens de rechercher votre pneu, et je vois que le rendez-vous était : 4, rue de la Chaussée-d'Antin. Mais, comme vous parliez ensuite du boulevard des Capucines, j'ai confondu (je n'avais pas emporté votre pneu), et le malheur a voulu qu'il y eût également un restaurant au 4, boulevard des Capucines. Excusez-moi. Voulez-vous que nous déjeunions ensemble demain ou après-demain?

VI

PIERRE COSTALS
*Paris*

A ANDRÉE HACQUEBAUT
*Paris.*

*26 septembre 1928.*

Chère Mademoiselle,

Je vous ai attendue d'une heure à deux heures moins le quart, au restaurant où je vous avais donné rendez-vous. Je suis quelqu'un non qui pardonne, mais qui oublie — qui oublie réellement — les plus graves désobligeances. Mais je ne suis pas quelqu'un à qui on pose des lapins, même quand c'est par bêtise. Adieu donc, cette fois tout de bon.

Costals.

*(Cette lettre est restée sans réponse. Costals n'a plus reçu signe de vie de Mlle Hacquebaut. Tout est bien qui finit bien.)*

# ANNÉE 1929

## VII

SOLANGE DANDILLOT
*Paris*

A PIERRE COSTALS
*Paris.*

*2 octobre 1929.*

Mon cher ami,

Vous me rendrez cette justice que, depuis quinze mois que nous ne nous sommes vus, et que nous n'avons correspondu, je n'ai pas trop cherché à pénétrer dans votre vie.

Aussi bien, je ne vous écris pas pour vous entretenir de moi, pensant que, si ce sujet vous intéressait, vous auriez bien su me demander de mes nouvelles. Je vous écris à propos de notre femme de chambre. Vous savez que, du temps déjà où vous veniez à la maison, elle n'était pas en bonne santé. Elle est aujourd'hui tuberculeuse déclarée, et doit entrer dans un sanatorium. Et je me souviens que vous m'avez dit que votre mère vous avait légué une fondation de lit dans un sana dont le nom m'échappe. Ne pourriez-vous faire quelque chose pour cette fille qui nous a été très dévouée pendant six ans? Merci d'avance. Téléphonez-moi, si vous le voulez bien.

Mille choses.

Solange.

## VIII

PIERRE COSTALS
*Paris*

A SOLANGE DANDILLOT
*Paris.*

*3 octobre 1929.*

Chère amie,

Comme je suis heureux que vous ayez pensé à moi pour me demander un service! Envoyez-moi votre femme de chambre un matin entre onze heures et midi : j'aime beaucoup les tuberculeuses. Si je ne peux lui trouver un lit au sanatorium de R..., sans doute lui en trouverai-je un ailleurs (honni soit qui mal y pense). La seule question est de savoir si on veut qu'elle vive, ou non, car la tuberculose est une question d'argent, quand elle est prise à temps.

Je me demande ce qui peut vous faire croire que je ne m'intéresse plus à vous. Si c'est que je ne vous ai pas donné signe de vie depuis quinze mois, vous n'êtes pas sérieuse. Mes amis les plus chers, je n'éprouve pas le besoin de les voir plus d'une fois tous les trois ans.

Mille choses, comme vous dites si bien.

C.

## ANNÉE 1930

### IX

Monsieur Alphonse Groger, Ingénieur principal aux Aciéries et Forges de S..., chevalier de la Légion d'Honneur, et Madame Alphonse Groger, Madame Charles Dandillot, ont l'honneur de vous faire part du mariage de Mademoiselle Solange Dandillot, leur petite-fille et fille, avec Monsieur Gaston Pégorier, Ingénieur E. C. P.

Et vous prient d'assister à la bénédiction nuptiale qui leur sera donnée le 20 décembre 1930, en l'église Saint-François-de-Sales, rue Brémontier.

*Avenue de Villiers.*

## ANNÉE 1931

### X

MADAME GASTON PÉGORIER
*Paris*

A PIERRE COSTALS
*Paris.*

*8 octobre 1931.*

Mon ami,

Dans un moment de désarroi j'ai composé machinalement votre numéro à l'appareil téléphonique, sûre d'ailleurs qu'on me dirait que vous n'étiez pas là, ou que le célèbre interrupteur serait mis; si j'avais su que vous me répondriez, je crois que je ne vous aurais pas appelé. De fait, votre : « Qui parle? », au bout du fil, rauque, autoritaire, désagréable, m'a donné la panique. Aviez-vous ou n'aviez-vous pas reconnu ma voix, je ne le saurai jamais. Je me suis mise à haleter dans l'appareil, et la honte que me causait ce halètement de bête aux abois, qui devait vous parvenir amplifié, jointe à la panique... bref, j'ai raccroché.

Et, comme autrefois, quand vous parler m'intimidait trop, je vous écris. Comme je faisais aussi avec mon mari, dans les premiers temps. Il trouvait la lettre sur sa serviette en arrivant à table. Je n'apparaissais que lorsqu'il avait lu. Je le regardais, il ne me regardait pas, et le repas se passait dans un silence absolu. Je criais intérieurement, mais rien au dehors : médusée et passive. Vous me voyez d'ici, je pense. Toujours le petit artichaut.

Je crains que ceci ne vous paraisse (bien à tort) être un premier pas. Mais comment vous cacher plus longtemps que votre interminable silence me peine? Il est vrai que le silence fut égal de mon côté. Ne l'attribuez pas à la froideur; c'est que je redoute toujours de vous importuner; vous me connaissez assez pour vous souvenir de ma terreur de gêner ceux que j'aime. Manifestement, vous ne tenez pas à me revoir. Je pense que rien de ma conduite n'a pu me nuire dans votre estime et j'espère que vous avez bien voulu me la conserver. Quant à votre affection, je me demande ce qu'il en reste. Pourtant je serais heureuse de ne pas vous perdre tout à fait. Ne pourrions-nous nous rencontrer de temps en temps chez vous? Ne me devez-vous pas au moins cela? Mon mari est actuellement pour six semaines dans la Haute-Saône. C'est votre amitié seule que je voudrais conserver ou retrouver. Mais je serais pour vous ce que vous désireriez que je sois. Vous savez bien que je ne ferai que ce que vous voudrez.

Mon mari est un garçon excellent et un homme de grande valeur, mais il ne me comprend pas plus que papa ne comprenait maman. Maman me dit, pour me consoler : « Tous les hommes sont ainsi. » — « Alors, pourquoi m'as-tu forcée à me marier? — « Il faut bien se marier. C'est la vie. » Depuis que je suis mariée, je me sens drôle, mal à l'aise, comme dans une robe mal coupée, qui vous gêne sans que l'on sache exactement à quel endroit. Mais, ces temps dernier, ç'a été bien pire. Certains jours j'ai l'impression d'être prise comme dans un filet; encore un peu, je crierais. Saccager tout pour me retrouver seule et libre...

Il y a quatre ans, mon ami, nous étions à Gênes. Oui, quatre ans cette semaine-ci. Ce souvenir vous touche-t-il? J'en doute. Pour moi, croyez qu'il vaut le chagrin dont je l'ai payé. Et peut-être ne m'est-il si cher que parce qu'il m'a coûté tant.

J'espère une bonne réponse de vous. Mais vous m'avez tellement habituée aux renoncements... Et puis : « Femmes, pleines de mémoire, toujours traînant le passé comme un ventre de neuf mois, alors que l'homme est l'oubli éternel, le pouvoir viril et enfantin d'oublier [1]. » N'importe, je n'ai jamais attendu dans ma vie comme je vous attends.

Puisse cette lettre vous apporter au moins la certitude de toute ma tendresse.

Votre
Solange.

1. Citation d'un livre de Costals.

XI

PIERRE COSTALS
*Paris*

A MADAME GASTON PÉGORIER
*Paris.*

*10 octobre 1931.*

Ma chère M^me^ Gaston Pégorier,

Vous m'avez dit un jour : « Les mots que vous me dites ne sont jamais ceux que j'attends. » En voici, encore une fois, qui sans doute ne sont pas ceux que vous attendiez.

J'ai eu jadis un mouvement pour vous; je vous ai prise. Ensuite j'ai eu de la tendresse pour vous, j'ai désiré votre bien; il y a eu un instant où j'ai eu à cœur de vous aimer beaucoup. Puis vous avez voulu transformer ce mouvement, qui était naturel, en un devoir, c'est-à-dire en quelque chose de non-naturel et de mortel; vous avez cherché à m'attirer — moi, un irrégulier — sur un terrain qui n'était pas le mien : vous avez voulu « régulariser ». Et de ce jour-là j'ai eu pour vous, aussi, de la haine : je dis *aussi*, parce que ma tendresse subsistait. Jusqu'au jour où je vous ai dit : « Jamais. » De ce jour-là je n'ai plus eu pour vous de la haine : j'ai eu de l'indifférence, que j'ai camouflée autant que je l'ai pu durant des mois encore, par le sentiment que vous auriez dû le moins accepter, mais que vous avez accepté quand même, car les femmes acceptent n'importe quoi, il ne s'agit que de prendre; ce sentiment était la charité. Jusqu'au jour où je me suis tiré par la peau du cou, au moment où je commençais de me noyer dans un altruisme sans issue.

Je vous reverrais maintenant, quel sentiment aurais-je pour vous? Ce ne serait encore, encore et toujours, que de la charité : votre souffrance actuelle m'est indifférente. Sous prétexte que vous avez épousé un imbécile, vous voulez que je redevienne la proie de cette charité, qui est le cancer de l'homme. Avant vous et après vous, j'ai été heureux. Je n'ai pas été heureux « pendant vous », à cause de cette charité et de ce devoir. Tout autour de vous, c'est la santé et le bonheur, et vous, au milieu, c'est le malheur et le mal : vous m'avez été comme une tête coupée au milieu d'un bassin d'or. Vous vous souvenez, je croyais toujours que mon avenir serait empoisonné, si je ne vous épousais pas, du regret de ne l'avoir pas fait. Eh bien! depuis trois ans, il ne se passe peut-être pas une quinzaine que je n'invente Dieu pour une minute, le temps de me jeter à genoux au bord de mon lit et de m'écrier : « Mon Dieu, qui avez permis que je ne l'épouse pas! Mon Dieu, qui avez permis que je résiste à la charité! » Et si, en recevant votre lettre, je me suis dit (quoi de plus humain?) : « Après trois ans, elle me trouverait vieilli », d'un jet je me suis répondu : « Qu'importe! puisque ce n'est pas auprès d'elle que j'ai vieilli. »

Dans le manuscrit d'un roman que vient de me soumettre une jeune fille inconnue, je lis cette phrase : « La bêtise des femmes est la nuit sur le monde. » (Elle aurait pu écrire aussi bien : « L'amour des femmes... ») Oh! cette nuit-là n'est pas la seule sur le monde; il y a beaucoup d'autres nuits. Une d'elles est la charité. Qui fait un artifice de ce qui ne vaut qu'élan. Qui usurpe sans cesse sur l'amour, lui vole ses prérogatives et jusqu'à son visage. Qui fait du sourire une grimace de sourire. Un poète persan a écrit : « Celui qui a été charitable pour le serpent n'a pas vu que c'était là une injustice à l'égard des enfants d'Adam. » Je dirai, moi, de façon plus générale : « Celui qui a eu la charité n'a pas su que c'était là une injustice à l'égard de l'amour. » Mes charités me font honte, c'est pourquoi vous avez été une de mes hontes. Je ne veux plus de grimaces. Je ne tiens à rien davantage qu'à me défaire de toutes celles qu'on m'a apprises, car ce qu'on appelle l'éducation, c'est vous apprendre des grimaces. Je m'efforce de faire lever le jour en moi, dans la seconde partie de ma vie, en place de cette nuit qui y était comme elle est sur le monde, et que mon couchant soit une sorte d'aurore. Ne venez pas remettre votre ombre dans tout cela.

Si cette lettre est dure, et l'est à contretemps, c'est qu'on ne peut pas soutenir indéfiniment un poids au-dessus de ses forces. On soutient, on soutient, puis le muscle fléchit, le poids tombe, et si quelqu'un a mis le pied au mauvais endroit, le poids lui écrase le pied. C'est cela sans doute que les femmes appellent « trahir ». Vous avez vu tomber le poids sur le pied d'une de vos congénères, celle que je vous ai montrée dans mon studio du Port-Royal. Par contre, quand on aime, le poids ne tombe pas, parce qu'il vous est aisé de le soutenir.

Un jour je me suis préféré nettement à vous, et de ce jour tout est rentré dans l'ordre. Tout le mal venait de ce qu'il y avait des moments où je vous préférais à moi. Vous me dites : « Je serai pour vous ce que vous désirerez que je sois. » Je désire que vous ne me soyez rien. Vous vous demandez ce qui reste de cette affection que j'ai eue pour vous. Il n'en reste rien. Si vous saviez à quel point je ne vous aime pas, vous seriez effrayée. Vous n'avez laissé aucune trace dans ma substance; votre visage même s'est évanoui. Bien que je vous doive quelques heures dignes de moi, l'ensemble de votre souvenir m'est pénible. Je me rappelle tout ce qu'il y eut de touchant en vous, et parfois de sublime, mais cela ne m'accroche plus, c'est comme une pince dont la vis s'est relâchée; « l'estime s'use, comme l'amour » (Vauvenargues). La plus grande partie de ce qui vous concerne s'est effacée entièrement de mon souvenir. S'il m'arrive de lire à tel jour de mon agenda 1927 que nous avons été ensemble au Théâtre Sarah-Bernhardt, non seulement il ne surnage rien — pas un instant — de toute cette soirée, mais j'aurais juré que jamais nous n'avions été à ce théâtre. C'est d'ailleurs très bien ainsi. On a écrit que la mémoire était une muse. L'oubli doit être une fée.

Et c'est de l'indifférence aussi que vous avez pour moi depuis trois ans, malgré cet apparent retour de flamme provoqué par le séjour de M. Gaston Pégorier dans la Haute-Saône. Et, croyez-moi, c'est un sentiment parfaitement sain que l'indifférence absolue, que l'indifférence compacte, entre deux êtres. Même lorsqu'ils se sont aimés. Les choses se résorbent, et il n'en naît pas plus de mal qu'il n'en naît d'avoir laissé des lettres sans réponse. Cette métamorphose ne fait pas partie des misères de l'homme, mais de ses vertus. Croyez qu'il y a quelque chose d'enivrant à se sentir dans cet état. Cela vaudrait d'aimer, ne fût-ce que pour s'y sentir un jour. On a l'impression de voler dans les airs.

Une des raisons pour quoi j'ai pu supporter beaucoup de vous, c'est que vous ne m'écriviez pas des lettres longues. « Incomprise » ou non, ne vous fourrez pas sur la voie des lettres. Je ne peux rien pour vous : on ne peut rien pour ceux qu'on n'aime pas. Cherchez ailleurs, le monde est grand, je vous l'ai répété cinquante fois. Et, si vous avez besoin d'une consolation, dites-vous que, malgré tout, vous m'avez fait *vivre* pendant une année. Vous m'avez donné des sentiments. Jusqu'à votre dernier jour, vous pouvez donc vous dire que vous n'aurez pas été une superflue sur la terre : cela est acquis. Lestée de ce bagage-là, allez.

Mille choses.

C.

*(Cette lettre est restée sans réponse. Costals n'a plus reçu signe de vie de Mme Pégorier. Tout est bien qui finit bien.)*

# APPENDICE

Costals venait de relire des notes de lui, inédites, vieilles d'un an, qu'il avait retrouvées. Et il songeait :

« Je pense et pense du mal des femmes, et le dis, et m'emballe. Puis un moment vient où je m'arrête, cligne des yeux, et me demande : " Où suis-je? " avec la sensation que depuis quelque temps déjà ce que je pense et dis ne colle plus sur la réalité. Alors je m'accuse, et prends un vigoureux bain de boue dans l'humilité et le remords. Mais, quand je sors de ce bain, j'ai la surprise de m'apercevoir que je ne m'étais pas trompé du tout, et que mes exagérations prétendues correspondaient très exactement à ce qui est.

« Cette femme de soixante ans, qui vit depuis quarante ans avec son mari (de soixante-dix ans), et qui, tandis qu'ils continuent de cohabiter, de manger face à face, introduit une instance en séparation, fait faire du logis un inventaire par huissier, fait mettre les scellés sur le coffre de son mari, et quand il dit :" Cette histoire me tuera ", répond : " Je le sais bien " : tout cela par jalousie, c'est-à-dire par " amour "...

« Ces femmes d'aviateurs qui vous disent : " Vous croyez que Georges est un type à cran, mais il a peur dans un ascenseur, il n'ose pas faire une observation à la bonne, et il suffit que je dise un mot pour qu'il prenne ou ne prenne pas telle décision. C'est un enfant, etc. "

« Cette jeune femme, au Maroc, que j'entendais

dire de son mari, blédard trimant dix heures par jour : " Il faut qu'il boulonne, René. Il sait maintenant ce que ça coûte, une femme! "

« Et de ces traits à l'infini... Un pour le feuillet de chaque jour du calendrier. Non, c'est quand je crois m'être perdu loin de la réalité, que je me trompe... »

Voici le texte que l'écrivain venait de lire :

## *LES LÉPREUSES*

### Quelques maux graves de l'Occident moderne
*(Schéma.)*

Femme, qu'y a-t-il de commun entre vous et moi?

*Jésus à sa mère.*

L'irréalisme. — *Les œillères. La peur de la réalité, soit par lâcheté, soit par niaiserie idéaliste. Alors que c'est par la réalité qu'on se lave l'âme. « Je jette au panier les documents que les militaires m'envoient sans cesse sur les armements allemands. » (Briand à Stresemann, à Thoiry.)*

Le dolorisme. — *L'apôtre dit que celui qui n'est pas affligé est bâtard et non enfant légitime. Les affligés se frottent les mains : sus aux heureux! Les affligés professent qu'on doit souffrir, comme les auteurs sans style professent qu'un roman doit être mal écrit : il s'agit d'avoir raison. La souffrance morale sera censée approfondir, alors que ce n'est pas elle qui approfondit* [1]*, mais la crise : ce n'est pas la même chose.*

1. « Le chagrin en a tué beaucoup, et *il n'y a pas en lui de profit* » *(Ecclésiastique)*.

*Elle sera un titre à la considération, aux petits soins, au pardon, un des éléments soi-disant indispensables de la qualité intérieure et du génie. Un homme ne pourra pas dire qu'il est heureux sans être tenu soit pour un simple d'esprit, soit pour un grossier, soit pour un imposteur qui veut qu'on l'envie, soit pour un insulteur de la misère du genre humain. D'où l'universelle pose à la souffrance, à l' « inquiétude », etc. : on sait bien que c'est la souffrance qui paye. Alors que la souffrance morale est presque toujours signe soit d'infériorité physiologique (c'est le faible qui se fait du souci), soit d'infériorité intellectuelle (quelqu'un d'intelligent sait comment réduire en soi la plupart des souffrances morales).*

Le vouloir-plaire. — *Il ne s'agit pas de dire ce qui est, ni ce qu'on pense, mais ce qu'on croit qui plaira. Le désir d'approbation est le dénominateur commun de tous les individus de toutes les bourgeoisies.*

Le grégarisme. — *La peur et la haine de la pensée personnelle, et l'autosuggestion collective. Le monde est rongé par le lieu commun comme la vigne par le phylloxera. Tous pensent de la même manière, au même moment, comme les pantins auxquels l'opérateur fait faire en même temps le même geste.*

Le sentimentalisme. — *Qui se substitue à la raison et à la justice. Le moralisme petit luxe et le faux sublime (l'opéra de quat' sous) de la religion, de l'école et de la presse.*

*Or, dans chacune de ces cinq plaies du corps social on retrouve la même abondance de bacilles en forme de* yoni. *En d'autres termes, tous ces maux sont d'essence féminine. Reprenons-les :*

L'irréalisme. — « *Je ne veux pas y penser* » *et* « *Il faut espérer que : deux mots typiques de la femme. La femme est trop infirme pour supporter la réalité : la réalité est pour elle une blessure. D'où les* « *refuges* » *: amour, religion, superstition, mythomanie, conve-*

*nances*[1], *idéalisme : falsifiée de visage et de corps (à cause de son infirmité), elle ne se sent à l'aise que dans un univers falsifié. L'homme a peur des mots plus que des réalités; la femme a peur également des réalités et des mots. L'autruche et la femme mettent la tête sous l'aile, et croient qu'on ne les voit plus. L'homme, lui aussi, met la tête sous l'aile, mais sait qu'on le voit. Dans le conte d'Andersen, c'étaient les femmes, sûrement, qui vantaient avec le plus d'enthousiasme les habits inexistants du roi; les hommes devaient suivre avec quelque répugnance; et il n'y avait que l'enfant pour dire que le roi était nu.*

*(D'où le succès, dans une société qui accorde une place excessive à la femme, d'un art — roman, théâtre, cinéma — où la vie est représentée telle qu'elle n'est pas, et l'horreur qu'éprouve cette société pour tout art qui représente la vie telle qu'elle est)* [2].

1. « Des femmes distinguées pensent qu'une chose n'existe pas, quand il n'est pas possible d'en parler dans le monde » (Nietzsche).

2. Femmes-auteurs. Leurs manuscrits toujours pleins de fautes d'orthographe, de ponctuation. Elles savent l'orthographe, la ponctuation, mais elles ne *voient* pas plus ces erreurs, dans leur manuscrit, qu'elles ne voient ce qui crève les yeux dans la vie. Comme ces mères qui, après douze années, n'ont pas encore vu que leur fils avait une cicatrice sur la tête ou une tache de vin sur le mollet.

Il y a une trentaine d'années que les chaînes qui ferment les plates-formes des autobus parisiens livrent passage si on en soulève une des extrémités. Pourtant de nombreuses femmes, qui veulent monter, s'acharnent à tirer de haut en bas sur cette extrémité, alors qu'il est évident que c'est le geste contraire qui devrait être fait, et jettent enfin un regard implorant sur les voyageurs de la plate-forme, pour qu'ils viennent à leur secours, comme un chat qui s'est introduit une arête dans les gencives, après s'être mis la gueule en sang pour l'extraire, vient à vous pour que vous la retiriez. Or, *jamais* nous n'avons été spectateur de semblable scène avec un homme pour acteur. Je ne veux pas en inférer trop de choses. Il m'a semblé seulement que cette remarque valait d'être faite, si futile qu'elle pût paraître.

Le dolorisme. — *Longtemps dans une situation sociale anémiée, la femme a sauté avec transport sur la doctrine que la douleur est une promotion et un profit : le bacille en forme de* yoni *et le bacille en forme de croix ont des affinités depuis longtemps connues. Nul ne répète avec plus d'emphase et plus de ténacité qu'il est nécessaire de souffrir; nul n'insulte davantage celui qui sait l'art de souffrir peu, et ne s'acharne davantage à chercher le défaut de son armure. « Je le hais parce qu'il ne souffre pas » (M^me^ Tolstoï, sur Tolstoï). L'histoire de l'humanité, depuis Ève, est l'histoire des efforts faits par la femme pour que l'homme soit amoindri et souffre, afin qu'il devienne son égal*[1].

*Dans l'Occident, dominé par les femmes, culte de la souffrance. Dans l'Orient, où l'homme est le maître, culte de la sagesse.*

Le vouloir-plaire. — *La femme veut plaire, plaire à n'importe quel prix, dans n'importe quelle circonstance, et à n'importe qui. (Inutile de développer.)*

Le grégarisme. — *« Comme vous êtes différente des autres! » Toute femme s'est entendu dire cela par un homme tirant la langue. (Titre de roman :* Les tireurs de langue.) *Alors que c'est : « Comme vous êtes semblable aux autres! » qu'elle aurait dû entendre. L'animal qui sécrète le plus le lieu commun, c'est la femme. Parce que, faible et sans confiance en soi, elle a besoin de se sentir appuyée sur l'opinion; parce que, sans pensée personnelle, elle a besoin de la pensée de l'homme, pour*

1. « Vous ne connaissez rien à la psychologie féminine, parce que vous ignorez la souffrance, parce que la satisfaction par la chair (alors que *la chair qui ne souffre pas est une chair avortée*) vous empêche de désespérer de tout. » Plus loin : « Un homme peut être ceci et cela, mais une femme restera toujours femme, *saura toujours donner la souffrance qui est plus belle que l'amour, la déchéance qui est plus forte que la vie,* aux êtres forts, qui sont toujours les plus orgueilleux et les plus niais. » (Lettre d'une correspondante inconnue, à Pierre Costals.)

*se l'approprier; parce qu'elle est habituée à dire ce qu'elle croit qui plaira à l'homme. Et pourtant, « Je ne fais pas partie du troupeau », c'est un mot typique de femme! N'y aurait-il donc que les pires bêtes de troupeau pour crier contre le troupeau?*

Le sentimentalisme. — *Un homme qui aime* vraiment *une femme, l'amour qu'il lui donne, c'est une autre sorte d'amour que celui qu'elle demande : elle cherche sans cesse à corrompre l'amour que l'homme lui donne. Ce sont les femmes qui ont fait de l'affection une névrose, et de l'amour-affection — sentiment divin quand il est la tendresse, mêlée ou non de désir — cette risible monstruosité, que nous appellerons* l'Hamour, *par le même procédé qu'employa Flaubert quand il créa* hénaurme : *pour en indiquer à la fois la prétention et le ridicule.* L'Hamour, *c'est l'amour-tel-que-l'entendent-les-femmes : niaiserie, jalousie, goût du drame, « Voyons, où en sommes-nous? », anxiété féminine, dont la femme contamine l'homme, besoin d'être aimé en retour, aptitude à se changer en indifférence, aptitude à se changer en haine, inepte scolastique dont l'objet devient si ténu qu'on en arrive à se dire : « Mais enfin, de quoi s'agit-il? » Bref, un des plus ignobles produits de l'être humain, mille fois plus impur, plus vulgaire et plus malfaisant que l'acte sexuel dans sa simplicité, et le principal « refuge » de la femme et de l'homme contre la raison et contre la conscience. L'Hamour, le mal européen, la grande hystérie occidentale.*

*Les anciens Arabes crucifiaient côte à côte leur ennemi tué et le cadavre d'un chien. Si l'Hamour avait une forme humaine, c'est ainsi que je voudrais le crucifier.*

*Ouvrons une parenthèse.*

*Quelqu'un que je sais se sent parfois, en France, aussi perdu que l'est un homme entré par mégarde dans un grand magasin de nouveautés, comble de femmes jacassantes, et d'elles seules : « Qu'est-ce que je fais ici? » Il y a des années, j'écrivais dans un de mes textes : « Un peuple féminin, comme la France... » Puis je me dis : « Attention! Peut-être une généralisation légère. Peut-être une de mes marottes. » Et je biffai la phrase.*

*Or, depuis ce temps, j'ai lu : « Il y a de la femme dans tout Français. » De qui? De Voltaire. « Le rôle que les Français jouent parmi les hommes est celui que les femmes jouent dans toute la race humaine. » De qui? De Gœthe. « En tout Français, la femme domine. C'est un peuple décadent. » De qui? De Tolstoï.*

*... Et j'ai regretté de n'avoir pas, il y a dix ans, été plus sûr de moi.*

*Enchaînons.*

*Cette infériorité morale de la femme, dont nous avons noté quelques traits, qui se double d'un nombre considérable d'infériorités physiologiques (dans un livre de médecine que j'ai sous les yeux, la sèche énumération de ces infériorités occupe dix lignes), la femme en a conscience* [1], *— sans même avoir besoin de considérer, dans les paquebots, la boîte spéciale où elle est invitée à se débarrasser de ses « linges et objets encombrants ».*

1. « Un des faits qui m'a permis d'établir ma conception de la psychologie individuelle, c'est la démonstration du sentiment d'infériorité plus ou moins conscient qui existe chez toutes les femmes et chez toutes les petites filles du simple fait qu'elles sont femmes. Et ceci influe de telle sorte sur la vie psychique, que l'on trouve toujours chez elles des traits d'aspiration virile, bien que souvent sous une forme dissimulée, spécialement sous la forme de traits d'apparence féminine » (Adler).

(Les vaches se chevauchent entre elles, bien qu'elles n'en éprouvent nul plaisir, par une imitation stupide du mâle.)

*Comment ne se reconnaîtrait-elle pas d'une race misérable quand elle voit que c'est toujours elle la demanderesse, toujours elle qui* a besoin, *toujours elle qui bat des ailes en appelant la becquée? (Son besoin d'être aimée, baisée, prise dans des bras, est une véritable maladie. Quelle honte que cette supplication éternelle, avouée ou non, cette mendicité éternelle, — camouflée quelquefois des grands plumages de la coquetterie ou du dédain!) Le sentiment de son infériorité gouverne en dessous toute sa conduite. De là sa tendance à engloutir, à retenir, à accumuler, à vouloir des assurances : on dirait qu'elle a toujours peur de manquer; elle ne donne que l'enfant, qu'elle ne donne qu'après avoir reçu (et c'est sur cet acte de recevoir, nous disent les physiologues, que se porte tout l'intérêt biologique). De là aussi cette frénésie, qui lui est propre, dans la façon de se pousser et de s'accrocher, qu'elle insiste pour se faire une place dans votre vie, ou pour que vous lui rendiez quelque service. (Lorsque, dans une foule, vous vous sentez violemment agrippé ou bousculé, l'indiscret est neuf fois sur dix une femme ou un enfant. Connaissant sa faiblesse, le faible met toute sa force dans un geste qui n'en demandait pas tant.)*

*Comment expliquer, autrement que par un complexe d'infériorité, ce besoin, inné en presque toute femme, de se contrefaire, de contrefaire son caractère (la pose), son visage (le fard), son corps (n'énumérons pas...), son odeur naturelle (les parfums), son écriture? Les forts ne mentent pas, ou guère; ils ne se donnent pas cette peine; ils sont francs, voire cyniques, par dédain : « Nous autres véridiques », disaient les nobles de l'antiquité grecque. Et toutes les races serviles par nature, ou asservies par les circonstances, mentent. Comment expliquer autrement que par le sentiment d'une insuffisance de la personnalité ce besoin de se rendre intéressante, d'affecter des états d'âme d'emprunt — toujours « distingués » — qui travaille la femme? Comment expliquer autrement que par le sentiment d'une infériorité physiologique cette nécessité où elle est si souvent, de simuler la jouissance sexuelle?*

*Et enfin il n'est pas rare qu'une femme ambiguë fasse transformer son sexe par le chirurgien. Mais l'appât même de n'aller pas à la guerre ne pousse aucun homme ambigu à se changer carrément en femme.*

*Une civilisation — la nôtre — où la littérature tant populaire qu'académique, le journal, le cinéma, la radio, la romance ressassent le slogan : « ce que femme veut »; où ils ont fini par le faire croire aux hommes; où, depuis des siècles, ils ont établi, assuré, envenimé ce pouvoir de la femme, qui serait anodin sans eux, et forcent l'enfant et l'homme à béer devant elle, par une conspiration immense de l'opinion, de la morale, d'innombrables lieux communs (ainsi le fermier, et sa fille, et le petit gars, bâton au poing, tapent à tour de bras sur l'étalon pour le faire aller à la jument); toutes les puissances sociales coalisées, une gigantesque organisation de montage de cou, qui fait apparaître dérisoires la publicité des grandes firmes et la propagande des États totalitaires; — et comme l'idolâtrie de la femme signifie pour un homme abandon de son indépendance et de sa dignité, et tous les désordres, on a devant ce battage le même sentiment d'horreur que vous cause la réclame pour quelque alcool meurtrier. Si les femmes, au moins, étaient assez fières ou assez fines pour envoyer au diable leurs affreux chevaliers? Si elles accueillaient avec des trognons de choux le toucheur de bestiaux déguisé en conférencier, ou le cinéaste-qui-donne-des-poncifs-comme-le-pommier-donne-ses-pommes, dont les boniments à l'eau de rose les déshonorent : « Fichez-nous la paix avec Ève victorieuse. Des défenseurs de votre espèce, triste avantage. Nous avons besoin du respect que nous méritons en tant que personnes humaines; mais, votre galanterie, nous la vomissons. » Las! pas l'ombre de vomi. Les plus délicates en redemandent.*

*Si la femme règne, malgré une indignité manifeste, malgré une incapacité dans sa propre partie elle-même dont témoignent son manque de clairvoyance, sa faiblesse de jugement, ses puériles « ficelles », ce n'est donc que par la bêtise de l'homme.*

*Cette bêtise vient en partie du désir. Désirant, l'homme flatte l'objet désiré, pour conquérir ses faveurs, et surfait ses charmes, pour justifier sa convoitise, autant que les faiblesses qu'elle entraîne, à ses propres yeux et aux yeux des autres*[1]*. Mais cette bêtise n'est pas impliquée nécessairement par le désir. Les peuples de l'antiquité, les peuples de l'Orient, dont certes nul ne met en doute leur désir de la femme, la situaient ou la situent néanmoins à sa vraie place.*

*Cette bêtise vient surtout des séquelles de l'idéologie appliquée jadis à la femme : amour chrétien (le fanatisme du mariage), amour courtois, amour romantique, etc. (développer).*

*La femme joue son jeu, et il n'y a pas à le lui reprocher. Le reproche est à faire à l'homme, de jouer mal le sien. De se laisser imposer par ces siècles de littérature gynolâtre, de n'oser être ni lucide, ni véridique, ni rigoureux avec la femme (tout ce que les femmes, et leurs complaisants, appellent « être mufle »), et cela soit par faux honneur, parce qu'il est suggestionné,*

1. D'où le *tollé*, dans l'Occident moderne, contre ceux qui contestent la suprématie de la femme, de la part des hommes eux-mêmes. Car, montrer que cette suprématie n'est pas fondée, c'est les traiter indirectement, eux qui l'ont faite, de cornichons. Et puis, voyez-vous ça, dégonfler les rêves de ces Messieurs!

soit par lâcheté, parce qu'il craint, s'il agit autrement, d'avoir l'opinion contre lui. La femme le sait bien, et tant qu'elle n'aura pas été mise de force en face de ce qu'elle est, comme l'agonisant en face de la mort, elle biaisera, se tortillera, et voudra en faire accroire. C'est donc un des devoirs de l'Européen moderne, qui veut vivre raisonnablement, que le devoir de grossièreté dans l'amour. Trancher avec « effronterie » ces nœuds gordiens que noue la femme, ces difficultés qui n'en sont pas. Lutter contre ce qu'il pourrait y avoir en lui qui tende vers ce terrain bourbeux ou miné où elle l'appelle. Opposer avec la dernière fermeté une légèreté systématique à ses complications et à ses sublimations malsaines. Cesser de se créer à son endroit, sous le prétexte du désir, des devoirs bêtes, je veux dire des devoirs sans fondement. Lutter contre les réflexes artificiels de la « galanterie », en se répétant à chacun d'eux : « Si l'être humain a droit au respect, la femme a droit à ce respect, sans plus. Elle n'a pas droit à un respect particulier. Il n'y a pas de raison valable pour qu'une femme soit traitée autrement qu'un homme. » Opposer une indifférence coriace, vraie ou affectée, à tout ce strass si vulgaire du faux sublime, de la fausse distinction d'esprit, de l'idéalisme d'alcôve, de l'Hamour-convenance sociale, de cet opéra de quat' sous que devient la vertu, lorsqu'elle est conçue par une tête de femme, et rigoler comme une petite baleine quand la femme vous traite de butor parce que vous prétendez qu'il y a là une langue que vous ne comprenez pas. Bref, d'une part, déshonorer l'Hamour, et d'autre part, dans la mesure où la femme n'est pas indispensable, s'affranchir d'elle. Et, après tout cela, voir que la femme ne cesse pas de venir à vous, que peut-être même il en est qui viendront plus fort. Et prendre la lépreuse dans ses bras, et jouir d'elle, et la faire jouir aussi, pourquoi pas? pauvre chatte, — mais n'avoir pas attrapé la lèpre.

*A quoi, de même qu'il y a toujours un incrédule fieffé pour jeter des regards noirs à qui fait gras le Vendredi Saint, à quoi il y aura sûrement quelque pourceau mâle pour grogner : « Ah! la vieille chevalerie française! » Et vous de vous souvenir alors qu'il y eut une chevalerie grecque à certain moment de l'antiquité, une chevalerie arabe anté-islamique, une chevalerie persane à l'époque du Chah Nahmeh et du Béharistân, une chevalerie allemande avec le culte des héros, une chevalerie japonaise avec les samouraïs — toutes authentiques au dernier point, nous voulons dire : toutes marquées de l'authentique extravagance chevaleresque, — et que dans aucune d'elles la femme ne jouait* le moindre rôle *(non plus que n'en jouait « Dieu », notons-le en passant).*

*Et à tous ceux qui, « déchirant leurs vêtements », glapiront : « Il a blasphémé! crime de lèse-amour! », nous dirons encore que ce n'est pas l'amour que nous diffamons, mais sa caricature, l'Hamour. L'amour parental et l'amour filial, l'amitié véritable, voire l'amour de « Dieu » et l'amour de l'humanité, tels qu'on les voit chez certaines âmes hautes; et même des sentiments qui passent pour n'être que de pâles reflets de l'amour, et sans proportion aucune avec lui, l'affection intellectuelle d'un disciple pour son maître, la gentillesse du supérieur pour l'inférieur, la camaraderie d'armes ou d'aventures, l'intérêt qu'un éducateur porte à son élève; et même des sentiments que l'opinion place plus bas encore, comme l'amitié de l'homme pour son chien ou pour son cheval, sont des sentiments autrement plus nobles et plus dignes de respect que l'Hamour.*

Le progrès se fait non par les femmes, mais malgré elles (...). La science, la raison, la justice, tout le meilleur du patrimoine de notre espèce est menacé par l'avènement de la femme.

AMIEL *(Journal)*.

*Que ce que nous disons ici ait été dit maintes fois, peu importe que cela plaide contre nous, si cela plaide en faveur de ce que nous disons. La civilisation dont nous venons d'exposer un des traits principaux n'est pas une civilisation de l'île d'Utopie. Elle a été durant des milliers d'années celle du monde antique, lequel fut vanté ensuite durant des siècles, sans qu'on prît jamais garde que « toutes les grandes choses qui ont été faites par l'humanité antique prenaient leur force dans le fait que l'homme se trouvait à côté de l'homme et qu'aucune femme ne pouvait élever la prétention d'être pour l'homme l'objet de l'amour le plus proche et le plus haut, ou même l'objet unique » (Nietzsche)* [1].

1. Et encore :

« Se tromper au sujet du problème fondamental de l'homme et de la femme, nier l'antagonisme profond qu'il y a entre les deux et la nécessité d'une tension éternellement hostile, rêver peut-être de droits égaux, d'éducation égale, de prétentions et de devoirs égaux, voilà les indices *typiques* de la platitude d'esprit. Un homme qui possède de la profondeur dans l'esprit comme dans le désir, et aussi cette profondeur de la bienveillance qui est capable de sévérité et de dureté (...) ne pourra jamais avoir de la femme que l'opinion orientale (...). Il devra se fonder ici sur la prodigieuse raison de l'Asie, sur la supériorité de l'instinct de l'Asie, comme ont fait jadis les Grecs, ces meilleurs héritiers, ces élèves de l'Asie — ces Grecs qui (...) depuis Homère jusqu'à l'époque de Périclès, ont fait marcher de pair avec le *progrès* de la culture et l'accroissement de la force physique, la *rigueur* envers la femme, une rigueur toujours plus orientale. » (NIETZSCHE, *Par-delà...*)

Ce sont là, presque textuellement, les paroles dites par Napoléon à Sainte-Hélène : « Nous autres peuples de l'Occident, nous avons tout gâté en traitant les femmes trop bien. Nous

*Elle est celle de l'Asie, dont nous vantons la sagesse, en oubliant que le lieu « d'où vient la lumière » est le lieu où la femme n'a aucune place, que sexuelle. Elle gouverne le monde musulman, dont une tradition rapporte que le Prophète a dit : « Quand il est dans le doute, un Musulman consulte sa femme, pour agir contrairement à son avis » (cité par Djâmi). Deux mille ans d'une civilisation différente, sur une partie seulement du globe (Europe et Nouveau Monde), contre les millénaires de cette civilisation-là* [1]*...*

*Peut-être à une race future l'époque du règne de la femme semblera-t-elle aussi dépassée que le semble aux hommes d'aujourd'hui l'époque où régnait le prêtre. L'Hamour aura disparu comme les grands sauriens du secondaire. La conception moderne du couple (sublimation, casse-tête et frénésie) causera le même ébahissement horrifié que nous cause le mariage entre frère et sœur ou la prostitution sacrée dans telle civilisation antique. Il est possible que cette période de santé ne dure qu'un temps : les civilisations sont éphémères par nature, comme les régimes politiques. La quantité de bêtise humaine reste vraisemblablement toujours la même; quand on l'a fait disparaître ici, elle renaît là, à la manière des furoncles (quelle liste étourdissante à dresser, des âneries successives de l'humanité?), mais il arrive qu'entre deux furoncles il y ait un moment de répit. Si une civilisation où la femme ne régnera plus n'est qu'un répit dans la furonculose*

les avons portées, à grand tort, presque à l'égal de nous. Les peuples d'Orient ont plus d'esprit et de justesse; ils les ont déclarées la véritable propriété de l'homme, et, en effet, la nature les a faites nos esclaves. Ce n'est que par nos travers d'esprit qu'elles ont prétendu être nos souveraines. »

1. Que les tentatives faites en U.R.S.S. pour mettre un peu de bon sens dans le couple semblent échouer, cela ne vient pas de ce qu'elles sont « contre nature », comme le disent nos bien-pensants. Car, si le christianisme a réussi, toute contre-nature peut réussir.

*de notre planète, il est malgré tout honorable d'avoir été de ceux qui l'ont appelée.*

« N'est-ce pas? Il faut avouer que cela n'est pas trop mal tassé », dit-il joyeusement, à la jeune femme par-dessus l'épaule de laquelle il venait de relire son texte, et qui le tenait encore dans ses mains aiguës, les avant-bras appuyés sur les os de ses hanches (à demi Égyptienne par sa mère, elle était construite comme les figures égyptiennes que l'on voit sur les monuments). « Race infâme! » Il baisa sa tête, le crâne même, par-dessous les cheveux; ses cheveux avaient trois odeurs différentes, sur le sommet de la tête, aux tempes, et à l'orée du front. « Oui, tu fais partie vraiment d'un sexe infâme. » Il y eut un silence. Il ajouta : « Néanmoins je te sais gré de ne t'être pas encore exclamée : " Drôle d'histoire d'écrire des choses que l'on ne croit pas! "

— Je ne l'ai pas dit, parce que je ne le pense pas. Mais j'avoue que je suis déconcertée.

— Tout ce que j'ai écrit là, je le crois profondément, et cela depuis l'adolescence, depuis l'âge où l'on flaire pour la première fois les êtres. Mais parfois il me semble que je pourrais soutenir avec autant de sincérité, c'est-à-dire avec une sincérité entière, une vue tout opposée de la question : celle qui montre la grandeur de la femme. Pourquoi? Parce qu'il y a dans la femme et cette malfaisance et ce ridicule et cette grandeur. « Tour à tour. Toujours tour à tour. » Parfois il me semble aussi que...

« Tiens, je vais te raconter une histoire. Il y avait dans un collège un garçon qui était véritablement persécuté par un de ses professeurs, lequel se montrait contre lui d'une partialité odieuse. Un des derniers jours de l'année scolaire, un jour de juin, le professeur fit venir cet élève, qui se présenta devant lui crêté et tendu, avec un : " Je pense que vous m'avez fait venir pour m'attraper encore. " Le professeur lui dit : " Non, je vous ai fait venir parce que je quitte définitivement le collège, et que nous ne nous reverrons plus. Et alors je voulais vous dire que, si je vous ai fait tant de misères, c'est parce que je vous aimais trop. Maintenant donnez-moi la main, et retirez-vous. " Ils se serrèrent la main et se quittèrent. Et, comme il avait été dit, ils ne se revirent plus.

— Quel est le sens de cette histoire? demanda la jeune femme, qui avait un peu froncé les sourcils.

— N'est-il pas clair?

Elle avait tourné le visage vers lui, et elle cherchait dans ses yeux (en vraie femme) moins à comprendre qu'à savoir seulement si elle pouvait être rassurée.

Mais lui, éternellement, il souriait à d'autres choses.

# ŒUVRES DE HENRY DE MONTHERLANT

*Aux Éditions Gallimard*

*Romans et récits*

LA JEUNESSE D'ALBAN DE BRICOULE
1. LES BESTIAIRES.
2. LES GARÇONS.
3. LE SONGE.

LES VOYAGEURS TRAQUÉS
1. AUX FONTAINES DU DÉSIR.
2. LA PETITE INFANTE DE CASTILLE.
3. UN VOYAGEUR SOLITAIRE EST UN DIABLE.

LES CÉLIBATAIRES

LES JEUNES FILLES
1. LES JEUNES FILLES.
2. PITIÉ POUR LES FEMMES.
3. LE DÉMON DU BIEN.
4. LES LÉPREUSES.

LE CHAOS ET LA NUIT.

LA ROSE DE SABLE.

UN ASSASSIN EST MON MAÎTRE.

MAIS AIMONS-NOUS CEUX QUE NOUS AIMONS?

*Poésie*

ENCORE UN INSTANT DE BONHEUR.

*Théâtre*

L'EXIL.

PASIPHAÉ.

LA REINE MORTE.

FILS DE PERSONNE. FILS DES AUTRES. UN INCOMPRIS.

MALATESTA.

LE MAÎTRE DE SANTIAGO.

DEMAIN IL FERA JOUR.

CELLES QU'ON PREND DANS SES BRAS.

LA VILLE DONT LE PRINCE EST UN ENFANT.

PORT-ROYAL.

BROCÉLIANDE.

DON JUAN [LA MORT QUI FAIT LE TROTTOIR].

LE CARDINAL D'ESPAGNE.

LA GUERRE CIVILE.

*Essais-Littérature*

LA RELÈVE DU MATIN.

LES OLYMPIQUES.

MORS ET VITA.

SERVICE INUTILE. *Édition revue, 1952.*

L'ÉQUINOXE DE SEPTEMBRE.

LE SOLSTICE DE JUIN.

LE FICHIER PARISIEN, *Édition définitive, revue et augmentée, 1974.*

TEXTES SOUS UNE OCCUPATION *(1940-1944)*.

L'INFINI EST DU CÔTÉ DE MALATESTA.

DISCOURS DE RÉCEPTION À L'ACADÉMIE FRANÇAISE ET RÉPONSE DU DUC DE LÉVIS MIREPOIX.

LE TREIZIÈME CÉSAR.

LA TRAGÉDIE SANS MASQUE. *Notes de théâtre.*

COUPS DE SOLEIL.

L'ÉQUINOXE DE SEPTEMBRE *suivi de* LE SOLSTICE DE JUIN *et de* MÉMOIRE.

*Mémoires*

CARNETS. *Années 1930 à 1940.*

VA JOUER AVEC CETTE POUSSIÈRE. *Carnets 1958-1964.*

TOUS FEUX ÉTEINTS. *Carnets 1965, 1966, 1967, 1972, et sans dates.*

LA MARÉE DU SOIR. *Carnets 1958-1971.*

*Dans la « Bibliothèque de la Pléiade »*

THÉÂTRE. *Édition de Jacques de Laprade. Nouvelle édition, 1972.*

ROMANS.

Tome I. *Préface de Roger Secrétain.*

Tome II. *Édition de Michel Raimond.*

ESSAIS. *Préface de Pierre Sipriot.*

*Impression Société Nouvelle Firmin-Didot.*
*Dépôt légal : juin 1995.*
*1[er] dépôt légal dans la même collection : septembre 1972.*
*Numéro d'imprimeur : 31272.*
ISBN 2-07-036199-3/Imprimé en France.

73072